MW01536404

C.P. 7600
T.E. 95-2571/5833

*colección* **la otra orilla**

OSVALDO SORIANO / *Piratas, fantasmas y dinosaurios*

DEL MISMO AUTOR

*Triste, solitario y final* (1973)
*No habrá más penas ni olvido* (1978)
*Cuarteles de invierno* (1980)
*Artistas, locos y criminales* (1984)
*A sus plantas rendido un león* (1986)
*Una sombra ya pronto serás* (1990)
*El ojo de la patria* (1992)
*Cuentos de los años felices* (1993)
*La hora sin sombra* (1995)

OSVALDO SORIANO

# Piratas, fantasmas y dinosaurios

GRUPO EDITORIAL NORMA
Barcelona, Buenos Aires, Caracas, Guatemala,
México, Panamá, Quito, San José, San Juan,
San Salvador, Santafé de Bogotá, Santiago

Primera edición: Octubre de 1996
© Osvaldo Soriano, 1996
Editorial Norma S.A., 1996
Apartado 53550, Santafé de Bogotá
Derechos reservados para América Latina
Diseño: Camilo Umaña

Agradecimientos del autor:
a Página/12
a Antonio Dal Masetto, el Sandokán de la tapa

Impreso en Argentina por: Indugraf S.A.
*Printed in Argentina*

C.C. 26008056
ISBN: 958-04-3541-3

Prohibida la reproducción total o parcial por cualquier medio sin permiso escrito de la editorial.

Este libro se compuso en caracteres Linotype New Caledonia.

*Para Catherine y Manuel*

Anoche tuvo un sueño que después
olvidé. A la mañana lo recordaba; ahora
sólo sé que se trataba de hechos descritos
por frases que yo interpretaba en sentido
figurado y que después adquiriría toda la
fuerza de lo real.

ADOLFO BIOY CASARES, *En viaje, 1967*

## Contenido

*De tanto en tanto me gusta publicar un libro que reúna ficciones y artículos aparecidos en el diario* Página/12, *en revistas extranjeras y en antologías de relatos. Éste es el tercer volumen. Mejor dicho: el cuarto, si tengo en cuenta uno muy difícil de encontrar, titulado* Rebeldes, soñadores y fugitivos, *que fui canibalizando en publicaciones posteriores. Los otros,* Artistas, locos y criminales *y* Cuentos de los años felices, *todavía andan por ahí; el que está ahora en sus manos merodea temas recurrentes, visita mi juventud y habla de amores y nostalgias que son los de muchos. Al armarlo como un rompecabezas me pregunto si éste o aquel texto deben ir al comienzo o al final. Después, todo es bastante arbitrario y caótico: los cuentos se mezclan con los homenajes, las evocaciones con los apuntes y las narraciones con las historias de fútbol. Así me gusta leerlos a mí y mientras los reviso y corrijo pienso que son fragmentos de los instantes más felices de mi vida.*

# DESDE QUE EL MUNDO ES MUNDO

# AÑO NUEVO

Cada noche de Año Nuevo recuerdo, aunque sea por un instante, la última que vivió mi padre. Estaba envuelto en una bata raída, en la puerta de la casa que alquilaba en la calle Santo Tomé. El pucho seguía en sus labios pero ya lo estaba matando. Levantaba un brazo para saludarme mientras alrededor estallaban petardos y bengalas de colores. Nos habíamos peleado, creo, porque yo odiaba las fiestas tanto como él y no sé qué estúpida costumbre nos hacía reunirnos a brindar y desearnos cosas en las que no creíamos.

Me parece que ya habíamos discutido antes de comer. Mi padre estaba sin trabajo y deambulaba por la ciudad en busca de una changa. Había perdido el Gordini y ya no le quedaba nada por empeñar. Mi madre presentía que el final estaba cerca pero cuando supimos que hasta se le podía poner una fecha, ella se negó a aceptarlo. Salimos al patio de baldosas y ahí se puso a llorar. Afuera, detrás de los cohetes, López Rega gobernaba el alma del General. Si lo menciono es porque en esos últimos días de 1973, uno de mis tíos, que era un tarambana, fue a visitar a mi padre para empujarlo a entrar en la guerrilla.

Era un disparate: mi padre tenía sesenta y dos años y era radical. Ni siquiera había aceptado que Balbín se abrazara con Perón. El Jefe podía perdonar y hacer política por su cuenta, él no. Me contó la ocurrencia de mi tío con una sonrisa. "Quiere que me gane la vida como bandolero", me dijo, y empleaba esa palabra para herirme porque sabía que algunos de mis amigos eran montoneros y no lo habían aceptado como fotógrafo en el diario *Noticias*. Ya estaba grande para trances de guerra y de algún modo se lo dieron a entender. En mi cabeza, el episodio es tan confuso: mi padre necesitaba trabajo y en el único lugar donde yo conocía gente con posibilidad de dárselo era en el diario de los montoneros. Le expliqué a uno de ellos que se trataba de darle una oportunidad, algo en el laboratorio de fotografía. Me preguntó qué sabía hacer y no supe explicarle. Le dije, sí, que mi padre era antiperonista por lo menos desde el 17 de octubre del cuarenta y cinco.

Seguro que eso no lo ayudó a conseguir trabajo y fue una pena: andaba tan bajoneado que no tenía nada que perder. Igual, en la entrevista enseguida metió la pata: oyó la palabra "compañero" y empezó a cagarse en Perón como si estuviera en sus mejores tiempos, allá por los años cincuenta. Después me contó que habían sido amables con él y le dijeron que lo citarían a la brevedad. Yo quedé mal con mi amigo por mandarle un gorila y con mi padre porque nunca lo llamaron a revelar las fotografías del General.

Creo que todo eso pesó para que discutiéramos aquella noche. A mí no me levantaba la voz, pero al hablar se le notaba el disgusto. En esos días le había dado un relato mío para que lo pasara en limpio y lo hizo mal. Se lo dije y, súbitamente, se entristeció. Lo había juzgado desde mi pedantería juvenil y ni se me ocurrió pedirle perdón. Nunca lo había hecho y no iba a empezar esa noche, aunque mi madre presintiera que aquél era el último Año Nuevo que pasábamos juntos. Mi padre dijo algo así como "si no te gusta hacételo vos" y se levantó a buscar otro paquete de cigarrillos. La bata que llevaba parecía salida de una novela de Gogol y el piyama, abajo, tenía tantos años como su inquina por Perón. Tal vez ya he escrito lo suficiente sobre él y tal vez no. Nadie conoce el instante en que muere de verdad.

Tengo una fotografía que mi padre se tomó a sí mismo en la que está reclinado sobre una gran regla de cálculos. Esa es la imagen que quería dejarme de él. Años después, en Brasil, un funcionario me contó que de joven había aprendido dibujo industrial a su lado. "Me hablaba todo el tiempo de vos", deslizó después para congraciarse. Uno de mis primos, que fue su dependiente en una oficina de Morón, se me acercó en la Feria del Libro para decirme que era un gran tipo mi viejo. Entonces, ¿dónde está su parte oscura? ¿Cómo adivinar su lado odioso? Acaso cometo el error de vestir a los perdedores con el ropaje de los sueños. No estoy seguro de que mi padre haya sido digno de elogio. Hacía su deber de controlar el agua corriente por puro orgullo y de hecho siempre permaneció en el más rotundo anonimato. Resulta triste admitir que mi padre era un don nadie. Un tipo de cuarta perdido en las provincias. Un oso de invierno jugando a la escondida.

Para las fiestas de fin de año y para los carnavales, algún comando hacía saltar la red de agua para demostrar que había resistencia y ahí iba él, de noche y en bicicleta, a recoger peones y restablecer el servicio. Como a esas horas los tipos eran remolones y se negaban a trabajar en nombre de la familia y la religión, mi padre acordonaba la bicicleta en la vereda, avanzaba unos pasos y en voz alta, para que escucharan los vecinos, les enumeraba las veinte verdades del buen peronista. Eran pocos los que se resistían. A veces la disputa giraba en torno de si mi padre decretaba San Perón para el día siguiente o si lo dejaba para el lunes de la semana siguiente. Cuando llegaba la ocasión todos eran felices menos él. A veces, con otros chicos, en lugar de asistir a clase nos íbamos a nadar o a jugar a la pelota y al otro día, si la maestra me pedía el justificativo, yo me ponía de pie y respondía que en la víspera Obras Sanitarias había festejado la fiesta del General. Nadie tenía nada que objetar, salvo el cura que era más contrera que mi padre. Antes del cincuenta y cinco, a los gorilas se los llamaba contreras y Enrique Santos Discépolo los gastaba con un personaje al que llamaba "Mordisquito". Entre el cura que lo criticaba desde el púlpito y Discepolín que lo cargaba por radio, mi padre vivía atormentado en busca de una identidad. Todavía faltaban veinte años para que mi tío lo tentara con la guerrilla y yo lo mandara a buscar trabajo en el diario montonero, pero él ya estaba tironeado por los símbolos de nuestras discordias. Cómo iba a imaginar que un día Alfonsín, urgido por figurar, iría a rendir el pabellón radical a la puerta de un caudillo riojano.

Pero volvamos al Año Nuevo del setenta y cuatro. El relato que ha pasado en limpio trataba sobre la guerra entre peronistas y eso debe haberlo sobresaltado un poco, lo suficiente como para hacerlo tipiar algunos párrafos a la bartola. No había computadoras en ese tiempo y cada teclazo dejaba una marca indeleble. No guardé aquella copia suya: nadie piensa que lo que hoy tiene entre sus manos con indiferencia será mañana un recuerdo. Y aquellas páginas anunciaban el final. Cuando a uno le vienen ganas de morirse puede elegir la forma que le venga mejor. Mi padre era de la época del tango, de cuando había peronistas y radicales, así que decidió sufrir.

Yo me empecino en discutir con mi padre aquel Año Nuevo en el barrio de Versalles. Siguen los buscapiés, las estrellitas y los rompeportones. Zumban las saetas y se nos ponen los pelos de punta. Cualquier aficionado a las letras podría describir la desazón de esas horas. Al filo de la medianoche se desata un tiroteo y enseguida, desde el centro, llega la sirena de *La Prensa*. No recuerdo con qué vino brindamos, pero él y yo tenemos el estómago revuelto. Todos los malos augurios se cumplen ese año. Se mueren mi padre y el General. Buenos o malos, esos hombres me tienen, todavía, en vilo. Desde el fondo de los tiempos mi padre me saluda en la puerta de su casa, con la bata raída, mientras el General escucha por última vez esa música maravillosa que es la voz de su pueblo.

## ¿LOBO ESTÁS?

De chico, en las barrancas de Mar del Plata, se me aparecía el lobo feroz. Unas veces llevaba sombrero de paja y otras un bonete de payaso por encima de las orejas negras. Tenía una boca muy grande con unos dientes largos y filosos para comerme mejor. No me asustaba realmente. Por la espalda me corría un cosquilleo de excitación, un sobresalto de alegría pecaminosa. Mi padre dejaba la bicicleta en el suelo y fingía correrlo a pedradas. "¡Allá va, allá va!", gritaba y tropezaba en los pozos de la playa. No había bañistas porque ya era otoño y el sol se volvía mezquino.

En la casa de mi madre encontré unas fotos de aquella época en el barrio de Los Troncos. Algunas están coloreadas a mano y otras guardan el sabor de tiempos irrecuperables. Pura sensiblería de cartón desvaído. El láser las agranda, las mejora, pero les quita la poca vida que tienen en la pátina original. En una toma, mi padre y yo estamos en la playa, él de campera negra y pantalones anchos que ondulan al viento y yo con un bombachón amarillo que me sitúa a caballo entre dos épocas. No le llego a la cintura y señalo algo que está fuera de cuadro. Tal vez el lobo que nos acecha entre los pastizales. Un lobo feroz, necesariamente. No sé si es el de Tex Avery o el más vulgar de Walt Disney, pero no importa. Es el primer personaje que cuenta en mi vida.

Mi padre le tiraba piedras o lo corría con la zapatilla, según dónde nos sorprendiera. A veces, mientras bajábamos en bicicleta la loma de la calle Alvarado, el lobo cruzaba por la esquina de Obras Sanitarias y yo daba un grito para que mi padre soltara el freno y se largara a perseguirlo. Y allí íbamos, piñón libre y melenas al viento, detrás de una quimera que salía en las historietas. Yo conocía el nombre de mi sueño; ¿sabía mi padre cuál era el suyo? Apenas lo intuyo sin llegar a entenderlo: ya era mayor pero no había madurado. Hablaba con el oso y se peleaba con el lobo para divertirme a mí, pero una parte suya aún buscaba enfrentarse a los dragones de fuego. Podía ser desopilante. Se sentaba frente a mí y me decía, serio como un escritor nacional: "Recién venía por el bosque y me topé con el lobo." No sé qué le contestaba yo mientras me miraba a los ojos y empezaba un cuento interminable y confuso. No tenía ningún talento para narrar fantasías pero era un campeón en el arte de la sorpresa. Metía la mano en un bolsillo y sacaba boletos viejos, cajitas de fósforos, monedas y tornillos perdidos. Su intención era transfigurar el universo, convertir esas chucherías en brujas y fantasmas, en gnomos y duendes que llenaran el vacío de los juguetes que no podía comprarme.

Recuerdo, sí, una armónica italiana que debía de ser el objeto más valioso de la casa. Mi padre tenía veleidades de melómano y habrá pensado que aquel regalo me acercaba un poco al arte barroco. De muy joven él solía ir al Colón y siempre escuchaba música clásica por la radio. Yo, en cambio, al segundo día de tener la armónica la metí en el agua de la bañadera y soplé para ver cómo las burbujas salían por el otro lado. Me da risa cuando pienso en mi padre y su música barroca porque en realidad se aleja para siempre de ella. Va a quemar sus ilusiones en el desierto de San Luis. Corre a hundirse en calles de tierra, a perseguir vinchucas con un farol a querosene. A mí me dice que escapamos del lobo feroz, pero ¿qué se dice a sí mismo? Vuelvo a preguntarle a mi madre por qué el hombre que diseñó las cañerías de Mar del Plata se larga, de pronto, a tierras de olvido. Ella tiene la memoria confusa pero está claro que aborreció aquel momento y a aquel hombre. Fue a sacar los pasajes de ida solamente y en la ventanilla un tipo del ferrocarril le preguntó qué diablos íbamos a buscar a la montaña cuando el futuro estaba allí en Mar del Plata. Mi madre no supo qué contestar, pero registró para siempre el instante en que se terminó su juventud.

En los cajones de una cómoda tiene, sin saberlo, algunas claves. Encuentro una foto en la que un montón de gente posa de pie, como en las despedidas de los inmigrantes. Entre esas figuras desenfocadas por el tiempo y la borrachera del fotógrafo, están las nuestras. Mi padre tiene una sonrisa beata, mi madre está perdida entre otras mujeres y abajo, el único sentado soy yo con casi cuatro años y pantalón largo. Al dorso del retrato dice el año: 1946. Nos vamos. Ésa tiene que ser la fiesta de mi primer adiós.

¿De qué lobo escapamos? ¿Del casino? ¿De las deudas? ¿De los recuerdos? Una de mis tías atribuye el insólito movimiento de mi padre al triunfo de Perón, que en esos días asume la presidencia por primera vez. Dice que pocas veces ha conocido una persona con tanto encono por el líder. Tal vez haya hecho proselitismo por la Unión Democrática y temiera quedar marcado por el nuevo gobierno. No sé. No me convence la hipótesis pero no tengo otra mejor. En esos días mi lobo feroz se escondía entre los muebles desarmados y los cajones de la mudanza. Creo que sus ojos brillaban en la oscuridad mientras mis padres discutían en el comedor. Me habían contado tantos cuentos diferentes sobre el lobo que me costaba saber quién era. Se tomaba todos los helados que quería, salía a pasear en monopatín, tenía tres o cuatro bicicletas y se comía a la gente más detestable. Entonces, ¿por qué decían que era malo? Muchas veces íbamos a buscarlo al bosque de Peralta Ramos. Atravesábamos la ciudad y nos internábamos entre la arboleda armados hasta los dientes. A mi padre, que era grande y fuerte, le bastaba esgrimir el inflador de la bicicleta. En cambio yo llevaba el revólver de Tom Mix y un cuchillo de bucanero. En viejas postales de Mar del Plata se intuye el clima de aquellos días: la gente parece mayor, los hombres y las mujeres llevan sombreros y casi todos fuman sin miedo. Entre las hojas secas era fácil encontrar preservativos anudados y montones de piñas que mi madre juntaba para encender el hogar.

Era una dulzura Mar del Plata con aquellos acantilados, las calles arboladas, el tren a horario y mi padre mirando por el teodolito. Tantos lobos feroces corrían por las calles y los fondos que a un paraje de la costa le habían puesto el nombre de Barranca de los Lobos. En ese lugar trabajaba mi padre con sus obreros españoles, polacos y franceses. En el fondo, yo sabía que ese nombre se debía a otros lobos, unos gordinflones sin gracia que flotaban en el mar y dormían en la escollera. Cerca del faro, donde ahora están las playas elegantes, vivían el gorila, el tigre, el elefante y todas las brujas del averno. Ahí sí que no nos animábamos a acercarnos. Contaba mi padre que el propio King Kong, abatido en el Empire State, había tomado el gigantesco faro. Desde esas ventanas iluminadas nos observaba día y noche para saber si nos portábamos bien, si le hacíamos caso a mamá y aceptábamos sin chistar la sopa y la siesta. En esas costas de casas bajas y desde mi bombachón amarillo, la torre parecía tocar el cielo. Allí estaban encerrados los verdaderos misterios, esos que nunca descifraremos aunque pasen los años y creamos haber desafiado los sotaventos de todos los mares.

Y de pronto mi padre desarma los muebles, baja los cua-

dros y me pregunta si quiero que el lobo venga con nosotros. Me hace algunas muecas sin gracia, el tonto de capi-
rote. Promete barriletes y me cuenta de trenes nocturnos,
payasos ambulantes y un Ford a bigotes que nunca será
nuestro. No quiere que llore. Trae un mapa de la República
y pone el dedo allá arriba, lejos del mar. Ni siquiera sé que
cosa es un mapa y menos una república. Vamos a hacerla,
dice, y va a estar llena de lobos feroces, gatos parranderos y
caperucitas distraídas. Imagino que la promesa me tranquiliza. Un día antes de la partida, el coronel Perón habla por
radio y San Lorenzo ya se perfila campeón. Mi madre aco-
moda la ropa en vastos cajones y mi padre anuncia que el
lobo en persona manejará el tren hasta San Luis.

## RELOJ

A los quince años me compré mi primer reloj. Durante el verano trabajaba en un galpón de fruta de Cipolletti, le pasaba la mitad del sueldo a mi madre y con las horas extras guardaba plata para darme algún gusto grande. Después vinieron otros, pero ninguno tuvo el valor del primero. Era un White Star de diecisiete rubíes, enchapado en oro y con correa negra. En ese entonces pensaba que lo último que uno se sacaba antes de acostarse con una chica era el reloj. No sé por qué, pero me imaginaba enceguecido por unos pechos blancos y unos ojos ardientes. Me inclinaba a desprenderle la cadenita que llevaba al cuello y yo me quitaba el reloj de la muñeca.

Los Rolex de hoy no existían para nosotros. Mi padre no había querido regalarme el White Star porque sostenía que un varón debía comprarse sin ayuda el reloj y los calzoncillos. La verdad era que no tenía plata y lo disimulaba con una filosofía de apuro. Muchos años después me obsequió un Rado con calendario que le encajaron por automático. Pero no pudo pagarlo y el estafador se llevó un chasco. Iba a verlo a la oficina de Obras Sanitarias para reclamarle las cuotas atrasadas y mi viejo se lucía mostrándole su Omega perfecto. "¡A usted no lo conozco! ¡Para qué quiero baratija automática si tengo esta joya!", le decía, y levantaba el brazo para que todos lo envidiaran. Por más que el otro lo amenazara con ejecutarle los pagarés mi padre se reía a carcajadas y le aconsejaba que mejor los tirara a la basura.

Todavía no se había inventado el cuarzo y los japoneses no fabricaban su mercadería descartable. Eran tiempos con

ecos de *El tercer hombre,* la obra maestra de Carol Reed
con guión de Graham Greene. El gran Orson Welles miraba
el reloj con esa sonrisa suya y le lanzaba a Joseph Cotten el
famoso: "Ustedes hablan tanto de paz... Mira a los suizos:
llevan quinientos años de paz y ¿qué dejan? Nada más que
el cucú..." Cito de memoria para evocar el cinismo hiriente
de Harry, el personaje que había enamorado a la bella y melancólica Alida Valli. Los suizos eran ingenieros de la pun-
tualidad. Al menos eso decía mi padre que nunca llegaba
tarde a una cita. Me acuerdo que se sacaba el Omega para
lavarse las manos de miedo a que la humedad se le escurrie-
ra dentro de la caja de acero inoxidable. Lo había comprado
en 1941, antes de casarse, y lo conservó toda la vida. Se le
hacía agua la boca cuando me hablaba del cronómetro
Girard Perregaux, pero no hubiera cambiado el Omega por
ningún otro. Como todos los relojes a cuerda, aquel tenía
una historia particular que no puede ser contada. Cuando
mi padre se enfermó, noté que le había hecho limpiar la es-
fera como si quisiera ver más claras sus últimas horas. Nunca se lo sacó de la muñeca y era lo único que llevaba puesto
cuando murió en una clínica del barrio de Flores, aquel otoño del setenta y cuatro.

Pierre Assouline cuenta, en su monumental biografía de
Georges Simenon, que una de las mayores culpas que pesaron sobre la conciencia del creador de Maigret fue la de
haber entregado el reloj que le había dejado su padre a
cambio de una noche de prostíbulo. Simenon nunca pudo
recuperarlo y desde entonces vivió rodeado de péndulos,
despertadores y minuteros. A todo el mundo le regalaba relojes pero, perdido el de su padre, nunca pudo tener uno
que fuese realmente suyo.

"La fecha más importante en la vida de un hombre es la

de la muerte de su padre. Es cuando no tienen mas necesidad de él que los hijos comprenden que era el mejor amigo." Con esa cita de Simenon abre Assouline el meticuloso recorrido de una vida tantas veces maquillada por el escritor en sus *Memorias íntimas* y otros libros de recuerdos. El reloj perdido en las bragas de una prostituta negra recorre una colosal obra de trescientos cincuenta títulos. Entrevistado por *Los Angeles Times,* Dashiell Hammett afirmó: "Simenon es el mejor en su género porque es inteligente. Por muchos lados me hace pensar en Edgar Poe."

Como Cervantes en castellano y Dickens en inglés, Alexandre Dumas y Simenon adaptaron a su tiempo y a la lengua francesa el complejo arte de la novela popular. No tienen equivalentes en la Argentina porque Roberto Arlt era muy vulnerable y estaba demasiado amargado para seguir escribiendo novelas de las que se burlaba mucha gente dedicada a la literatura. De uno de los Dumas, mi padre decía haber leído *Los tres mosqueteros,* del otro *La dama de las camelias.* Los Dumas, padre e hijo, eran tan compadres entre ellos como si no fueran de la familia. Compartían la escritura de ciertos libros, el calor de las prostitutas y la admiración de las cortesanas.

Es verdad que a diferencia de Simenon, los Dumas no eran completamente autores de todo lo que publicaban. A pocos metros de donde están enterrados, en el cementerio del Père Lachaîse, hay otra tumba menos conocida que guarda los restos del pobre tipo que les proveía ideas y manuscritos cuando ellos se quedaban bloqueados o sin tiempo para alimentar al editor que les corría detrás. Ese *nègre,* escritor fantasma sin gloria ni posteridad, fue vengado por sus hijos que escribieron sobre la lápida: "Aquí yace el hombre que escribía las novelas que se adjudica el señor Dumas, que yace un poco más allá."

También James Hadley Chase, el más popular entre los autores de novela negra, está bajo sospecha. Un investigador francés sostiene la dudosa hipótesis de que Chase no era más que un doble de Graham Greene, quien –aventura–, sería el verdadero autor de *No hay orquídeas para la señorita Blandish* y *Eva*, entre tantos. Poco importa: cualquiera sea el creador del insoportable suspenso de *Un agujero en la cabeza*, merece la gratitud de los millones de lectores que Chase y Greene conservan aun muertos y sepultados.

Las máscaras sirven para cubrir otras máscaras. Cuando investiga a Simenon y salta de un reloj a otro, Assouline descubre que las históricas *Memorias* de Chaplin, publicadas en 1964, fueron escritas en el más absoluto secreto por la imaginativa pluma de su amigo Graham Greene. El autor de *El poder y la gloria* no le cobró un centavo y se divirtió como loco inventando peripecias y reescribiendo las insulsas páginas que le había alcanzado Chaplin.

En cambio Simenon siempre es él mismo. Una y otra vez enmascarado, ya sea en el personaje ominoso que de joven firma diecisiete artículos sobre "el peligro judío", o en el colosal escritor de *Los cómplices, La nieve estaba sucia* y *El relojero de Everton*. En el improbable *Quién es quién* de estos tiempos, El compadre de Dumas, el amigo de Simenon o el verdugo de Arlt nos empujan los pasos. Los evocamos con amor o con odio, pero siempre con furia. Hay veces que nos aplastan y otras en que los hacemos polvo. Pero siguen ahí, en el tic tac del viejo reloj. Hasta que se le termine la cuerda.

SOLEDADES

Una tarde, mientras íbamos río abajo en un bote de pescadores, mi padre cerró con furia los puños alrededor de la
caña y de golpe se echó a llorar. Llevábamos un largo rato
en silencio. Yo tenía los remos y trataba de que la corriente
no nos alejara demasiado de la orilla. Hasta entonces su
pena me había pasado desapercibida porque para mí él era
fuerte y sin fallas. Me demoré un largo rato antes de preguntarle qué le pasaba. Confusamente me dijo que había
perdido a alguien a quien quería mucho y aunque era muy
católico empezó a cagarse soberanamente en Dios. En ese
momento no me importaron nada Dios ni los seres queri-
dos. Me irritaba verlo así, aferrado a la caña, con la cabeza
hundida en el pecho y el pelo blanco sacudido por el viento.
    Hasta entonces su vida había sido ordenada, mediocre,
patriotera. Fluía mansa y previsible como el agua que nos
llevaba entre islotes y troncos flotadores. Dios era una inteligencia inasible e inapelable que aparecía cada vez que nos
faltaba una explicación. Yo creía en Él: todavía me veo rezando a oscuras, pequeño y pecador, pidiendo que fueran
eternas las cosas que me hacían dichoso. Era tan joven que
sólo pensaba en la muerte como algo lejano que quizás tuviera solución. Lo que pesaba era la soledad. No la soledad
de estar solo sino esa otra por la que se han escrito los mejores libros y cantares del universo. Ese paréntesis que atrapa
una palabra para darle entonación subterránea. El agujero
negro, infinitamente vacío, en el que aquella tarde había
caído mi padre.
    En *Tierra de sombras* un estudiante de letras dice que

[31]

leemos para saber que no estamos solos. El profesor corrige: Amamos para saber que no estamos solos. En *Bleu*, la protagonista intenta ocultar lo evidente bajo una máscara de fortaleza e indiferencia, hasta que algo se rompe. Por fin, en *La edad de la inocencia,* el hombre que acepta una vida prejuiciosa y previsible se hunde en las contradicciones de una clase incapaz de dar a la soledad otra respuesta que el orden cerrado y la complacencia hedonista. Miré esas películas el fin de semana y al ver llorar a Anthony Hopkins abrazado al hijo de su esposa muerta, me puse a llorar yo también y me vino a la cabeza esa imagen de hace tantos años en el río Limay. Sin duda, también contaba la culpa, pero eso lo comprendí más tarde. Culpa de estar ahí y ser más joven que él. De no tener todavía nada que amortizar o de estar pagando por anticipado.

Durante un paseo por el campo, el profesor enamorado de una mujer agonizante confiesa su dicha efímera y ella le responde: "La felicidad de hoy anticipa el dolor de mañana." *Tierra de sombras* habla de Dios y del alivio que ofrece la fe para insinuar que no hay tal. Que Dios es el sufrimiento mismo y no su consuelo. Durante siglos el Creador jugó a ser imprevisible, fuente de amor y verdad, juez supremo incomprobable. Desde que lo inventaron, los hombres han tratado de explicarse para qué les sirve. Y como lo suyo es, a los ojos de la mayoría temerosa, sólo castigo, tampoco él sobrevivió a la oferta y la demanda. Mi padre no podía saber que Dios iba a morir tan pronto y yo mismo nunca lo imaginé. En esos días lo habían intimado a dejar el cigarrillo. Rechazó las pamplinas de los médicos y apostó a algo superior. Al Ser Supremo que estaba por encima del bien y del mal.

Naturalmente, perdió. Pero eso iba a ocurrir años después. Entre tanto está llorando mientras un bagre tira de su línea y yo no me animo a acercarme para consolarlo. Me digo que en una de ésas el bote se da vuelta y tenemos que volver nadando.

¿Qué tiene que ver el cigarrillo con el Reino de los Cielos? Mucho, me parece: al placer corresponde un castigo de espantosa agonía. Así pasa con todo lo bueno en la tradición de judíos y cristianos. Más allá, el goce y la dicha no prefiguran el paraíso sino el infierno. Eso parece decir Richard Attenborough. El amor, si podemos darlo, nos devolverá lágrimas y castigo.

Palabras más, palabras menos, Scorsese sugiere lo mismo. Sólo que no hay amor en *La edad de la inocencia*. No lo hubo en la vida de Edith Wharton, no podía haberlo en su novela y no es intención de Scorsese mostrar otra cosa. La película, situada en 1857, habla de hoy y de una aristocracia con códigos propios: ocio, manjares, hipocresías, hasta que el amor aparece como una amenaza. Evitarlo preserva el orden social. Eso sugiere, me parece, el impenetrable mayordomo de *Lo que queda del día*. La autoridad de mister Stevens es proporcional a la negación de sus sentimientos. El dolor, la alegría, la humillación, resbalan en su alma como gotas de rocío. Todo pasa pero queda la soledad. Para Baruch Spinoza, en su *Ética*, el control de los sentimientos es la mayor virtud del alma: "A la impotencia humana para gobernar y reprimir los afectos la llamo servidumbre; porque el hombre sometido a los afectos no depende de él, sino de la fortuna." Con Spinoza se pone en claro, desde 1677, que el poder, para ser tal, excluye el amor en cualquiera de sus expresiones. Y que la gente vulgar al mostrar sus afectos los expone a la manipulación y la demagogia.

En sus *Diarios*, el narrador John Cheever apunta en 1979: "Puedo saborear la soledad. La silla que ocupo, el cuarto, la casa, a todo le falta sustancia (...) Creo que la soledad no es un absoluto, pero su sabor es el más fuerte." El libro comienza con una reflexión bella y perturbadora para mí porque sospecho que así sentía la vida mi padre aquella tarde que salimos de pesca: "En la madurez hay misterio, hay confusión. Lo que más hallo en este momento es una suerte de soledad. La belleza misma del mundo visible parece derrumbarse, sí, incluso el amor. Creo que ha habido un paso en falso, un viraje equivocado, pero no sé cuándo sucedió ni tengo esperanza de encontrarlo."

Y bien, mi padre era más que eso, o ni siquiera eso: "Nada más obsceno y vano que intentar contener la vida y la obra de un hombre en un puñado de líneas invocadas en el tiempo y la distancia", escribe Rodrigo Fresán en *Trabajos manuales*. Y agrega: "Cuando un hombre se transforma en el único paisaje posible de sí mismo es cuando alcanza la forma de la soledad. La soledad como territorio. La soledad como forma alternativa de la geografía y de lo biográfico."

Estoy tratando de decir, con imágenes y palabras de otros, que lo esencial de una vida brota en el momento en que nos enfrentamos a las formas más puras de la verdad. Amor, dolor, soledad. Ahí estamos solos, sin Dios, sin patria ni sustento. Un paso atrás, un movimiento en falso y todo está perdido. En la serenidad del bote que bajaba por el Limay, mi padre percibió de golpe su tierra de sombras. Nada de este mundo le resultaba ajeno, pero él no era más que una brizna de polen arrastrada por el viento. Cuando tuvo fuerzas para admitirlo dejó de llorar, recogió la línea y devolvió el bagre a la correntada.

Acaso en los días calurosos recordamos desiertos recorridos a camello, soles de otras galaxias, volcanes, fiebres, sexos ardientes y un inmenso hongo sobre Hiroshima. Un calor bíblico: el golem, la noche de San Valentín, el gol de Maradona a Inglaterra en un mediodía de México; Robespierre rumbo a la guillotina sudando una ardiente utopía de sangre. Las novelas de Faulkner; *El extranjero* de Camus con la cara de Mastroianni. *Verano del 42*, de Robert Mulligan. Carlitos Gardel en traje de baño cerca de Niza. Una mirada que se nos cruza entre la multitud. Repaso de memoria esos y otros calores que no se olvidan nunca. Son muchos y cada uno tiene los suyos. Para mí hay siempre un viento chorrillero y mi madre con la linterna matando vinchucas allá en San Luis. Y después el aguacero, el arca sin Noé, los ríos que desbordan, la Boca con tres goles y aquel canto de River: la Boca, la Boca... la Boca se inundó...

Una historia de viejos calores me sucedió en Mar del Plata. Con treinta y cinco a la sombra se me acerca un tipo bastante estropeado. Necesita cuatro pesos. Había salido de La Banda, Santiago del Estero, con un corderito bien asado que la madre le mandaba a un hermano de Balcarce. No interesa si el relato es verdadero o falso: el hombre necesita cuatro pesos y sabe contar su historia. Tiene sangre en el pantalón, cara de no saber a dónde va ni para qué y me llama hermano con tono de feligrés en desgracia. No puede caer más bajo. Me dice, con el tono y los tiempos de verbo de allá, que lo han tirado del tren. Venía con su paquete de corderito asado y cerca de Mar del Plata una patota le arrebató todo. A él y a dos señoras atacaron. Con el calor de infierno que hacía en el tren. En otras ocasiones a esa altura ya he sacado un billete, pero estamos solos en medio de la calle, cerca del Faro, oímos el ruido del mar y hay chicas que se doran en la playa. El hombre que está frente a mí no necesita más sol. Debe andar por los veinticinco, pero arruinados, sin modernidad. Para ubicarse, si hace falta: un personaje de Erskine Caldwell perdido en el centro. Steinbeck tal vez. Viñas de ira con la resignación de los noventa. Usted imagina al abuelo, le pone cuatro trapos azules y es un soldado de Belgrano. Después, algo le pasó en el camino. Lo tiraron del tren.

Se guarda el billete, me encomienda a la Virgen, pero se queda porque quiere terminar su relato. ¿Conozco La Banda? Sí, claro que conozco y si no vivo allí es porque mi padre se pasó de largo entre un traslado y otro. Lo que más me impacta es la pausa larga que hace cuando ya tiene el billete: dos días que no como, hermano. ¡Ah, no! ¡Eso es demasiado! Le agrega sensiblería a una anécdota que ya parece un golpe bajo. Pero no, es él quién anda bajo y no hay manera de levantarlo.

Sin documentos, durmiendo en las obras. Nunca va a tener trabajo, pero no se lo digo. Le hablo un poco del calor y me mira como diciendo ¿cuál calor? Intuyo que reza por las noches; peor le va y más agradece a Dios. De golpe me recuerda a otro como él que conocí de chico. Aquel levantaba a cada rato la cabeza porque esperaba el avión negro que traería de vuelta al General. Este no lleva ni esa ilusión. Le sangra la rodilla pero lo que más le duele es haber perdido el corderito que llevaba para su hermano. La policía le dijo que tiene que fijar domicilio en Mar del Plata si quiere que le tomen la denuncia por pérdida de documentos. Me mira y mueve la cabeza como diciendo: ¿Usted me ve domiciliado aquí?

Por la radio del coche escucho el último parte de temperatura. Sensación térmica en Buenos Aires cuarenta y ocho grados. El tipo ni se mosquea. Tampoco está al tanto de los tres goles de River a Boca. A las viejitas no las tiraron, hermano; a mí solo, y ahí se va, caminando. Un cuadro de antigua propaganda socialista. Un afiche del peronismo en lucha allá a comienzos de los setenta. Otros, los que quedamos de este lado del ventilador, los que teníamos un bote para remontar la inundación, habíamos recibido el Lobo de Mar que dan en Mar del Plata. Televisión y oropeles: el gran Adolfo Pedernera, Landriscina, Maximiliano Guerra, Mariano Mores, Juan Carlos Morales, el profesor Sadosky, yo y otros más. Una estatuilla hermosa, buena mesa, chicas apetitosas con medias de licra y ahora cae este tipo, con su historia de espanto. Pensaba escribir sobre el calor y como estoy lejos, sin biblioteca, recurro a la enciclopedia que trae el Macintosh. Números y más números. Palabrotas en inglés: calor solar, calor atómico, calor humano. Desisto, no hay cuerpo que resista. Las ventanas abiertas de par en par y al salir a la vereda para mirar la playa me encuentro con el santiagueño que necesita cuatro pesos. No sé por qué, le creo que lleva dos días sin comer. Ahora recuerdo aquel pasaje de Caldwell en *El camino del tabaco* (Dios, ¡que antigüedad!): ¿A dónde vas con esa bolsa de nabos, Bill? Y el pobre Bill, que había hecho no sé cuántos kilómetros para comprar por centavos la bolsa de nabos, sabe que todo está perdido. Otros, tan hambrientos como él, se la van a arrebatar como si fuera un tesoro. La novela es de 1933, en plena depresión. En cambio al santiagueño le quitaron el corderito y lo tiraron del tren justo a la entrada del Primer Mundo.

Una estación antes. Y eso cambia las cosas, le quita drama a su relato. Si acaso mirara la tele se enteraría que lo suyo es apenas un accidente sin épica literaria.

¿De qué escritor nuestro es el personaje que me encomienda a la Virgen y se aleja por la loma? De Bernardo Verbitsky tal vez. Acaso de Walsh. Más atrás de Larra, de Castelnuovo. Podría cruzarse con los de Arlt pero sin saludarse. Demasiado porteño, Arlt. Éste es un soldado de Belgrano después de Ayohuma. El nieto del soldado. Uno de aquellos que el general Vilas mandó tirar a la frontera para tener menos pobres. A no avergonzarse que el personaje es universal. ¿De Camus, entonces? Sí, uno de los argelinos de *El primer hombre* o de *El extranjero*. Pero para mí, su condición de caminante solitario lo hace irremisiblemente de Caldwell o de Steinbeck. De Knut Hamsun, me sopla alguien. ¡No! El miserable aquel que recorría Cristianía a fines del siglo pasado era, creo, un joven ilustrado. Tengo que releer *Hambre* porque de joven yo temía que me pasara lo mismo que a él.

Ojalá nadie tome por demagógico o complaciente mi relato sobre el hombre que necesitaba cuatro pesos. Costumbrista sí, es inevitable; realista también, pero de tanto en tanto no viene mal. Un detalle me hizo sospechar de la honestidad de su historia: llevaba los zapatos cuidados. Si acepto que por descuido no se los hayan quitado junto al corderito que traía para su hermano, tengo que admitir que en general, al caer de un tren, uno pierde el calzado. Con el golpazo saltan, se desparraman los tarros. Al menos eso he leído. Pero la vida, aun en sus momentos más vulgares, es más compleja y sutil. Pongamos que el hombre los recogió y, como buen soldado del perdidoso general Manuel Belgrano, cuidó antes el calzado que las heridas. Pensar que

Mariano Moreno quería hacer una revolución con hombres como éste. Iban, con cuatro trapos colgados, a fundar una nación. Y de pronto los agarró el calor. Treinta y ocho a la sombra y después la inundación. Desde entonces andan desbandados por ahí. Algunos llevan un paquete con un corderito asado bajo el brazo. Otros se lo quitan y los empujan fuera del carro. Así es la vida. Cada vez más.

Es una vieja promesa: tenemos el desierto por delante y dos motos que responden bien. La mía es una ruidosa Tehuelche de industria nacional. Mi padre, desde su Vespa, se vuelve y me grita que ahí el general Roca chocó con los indios. No sé si es verdad porque mi padre es un mistificador de la historia nacional, un mentiroso de aquellos. Va con el pucho en los labios y las antiparras blanqueadas por el polvo, estira el cuello como si se asomara por encima de la historia. En el maletín lleva pastelitos de dulce de membrillo y tortas fritas que compramos en Acha antes de internarnos en el puro desierto. Para mí es como estar en un cuento de Kipling, pero sin árboles ni africanos.

Mi padre había prometido volver a su mocedad de motores y distancias y esa aventura calzaba bien al esplendor de mi juventud. Ahí donde él dice que fusilaron a los indios hay como un paredón de piedras que han llegado de otro sitio pero cómo, para qué. Vamos por el huellón que años después será una ruta y al entrarle a la curva, cerca de los abrojos, mi padre hunde las ruedas en el polvo y sale lanzado por encima de los matorrales. Es un polvillo liviano y traicionero que cualquier buen piloto habría tomado en diagonal, como se encaran los rieles o las grandes verdades. Pero mi padre no es el avezado rutero que dice ser. A tantos nos pasa. Sus consejos son siempre buenos pero no hay manera de que los ponga en práctica a la hora de necesitarlos. Y ahí va, volando como una gigantesca águila blanca, planeando sobre el campo y los lejanos tiempos en que estuvo enamorado por primera vez. La caída es estrepitosa y ridícula; una

rodada de anchos pantalones de sarga a los que van a pegar-
se los abrojos y los malos recuerdos. Lo jodido de ser joven,
supongo que piensa mi padre mientras me mira avergonzado, es que lo peor todavía está por venir. Creo que habrá
pensado así mientras se sacaba los abrojos como si fueran
pulgas.

La cantimplora se ha volcado, la moto no deja de bramar
ahí tirada; el matorral de espinillos petisos se inclina con el
viento. Dejo la Tehuelche en la hondonada y voy a buscarlo.
Tiene una sonrisa boba, metida para adentro, como si lo hubieran sorprendido robando naranjas. Se levanta las antiparras y me dice que un golpe de aire le torció el manubrio
justo cuando buscaba la diagonal. Si fuera a creer todo lo
que dice no estaría detrás suyo, en esas fronteras que ahora
vuelven a mí para cruzarse con otras que intuyo adelante.
Le paso las manos por debajo de los brazos y lo levanto hasta que al fin hace pie. Le da una patada furiosa a la Vespa y
de pronto me señala un resplandor: una mancha roja que se
abre paso por debajo de las nubes, allá donde nuestro camino se pierde en el horizonte. Ya había visto otros incendios
me dice, pero en el río, cerca de Campana, nunca en el desierto.

Levanta la moto, comprueba que está bien y me indica
unos arbustos que pueden darnos un rato de sombra. Saca
los pastelitos y prepara el mate en silencio. Al rato me doy
cuenta de que se está devanando los sesos para encontrar
una manera de atravesar el incendio sin quemarse el bigote.
Le digo como al pasar que tal vez sería mejor volver a Acha
con el fresco de la noche. Enseguida se le tuerce la boca en
un gesto sobrador. Otra vez me quiere mostrar su omnipotencia. Sólo que ya soy grande y no me creo lo suyo. De chico me impresionaba porque sabía hacer cálculos complejos

y se conocía de memoria las capitales de todo el mundo, pero después empezamos a alejarnos, a mirarnos con respeto, pero sin ternura. Ahora me daba cuenta de que ya venía jugado. Andaba buscando incendios no para apagarlos, sino para desafiarse a sí mismo; cruzaba ríos por el gusto de ganarle a la correntada y si le inventaba historias a los próceres era porque anhelaba haberlas vivido en carne propia. Como si fuera Roca peleando contra los indios. Así le iba: desde que salió a las provincias llevaba rotos un brazo, la cabeza y varias costillas. Piloteaba cualquier cacharro a toda velocidad sin enterarse de que era pésimo al volante. A veces iba preso o lo trasladaban por irrespetuoso. Casi siempre terminaba mal. Por eso, quizá, rumiaba la idea de irle de frente al incendio y al caer la noche trazó la hipótesis, escuchada en alguna parte, de que la mejor manera de combatir el fuego es ponerle más fuego.

Insisto en volver a Acha y él se pone furioso. Un tipo joven y que lleva su apellido no puede ser tan cagón, me grita y enumera imposibles blasones familiares. Sabe que no vamos a cruzar entre las llamas, pero un día podrá contar que fui yo quien se lo impidió. Al rato abre el bidón de nafta que llevamos de emergencia y se sienta a dibujar en la tierra el círculo de seguridad que se propone crear quemando un kilómetro de arbustos. Lo dejo hacer, lo escucho y me digo que nunca ha dejado de ser un chico. Todo lo hace sin pensar en las consecuencias. Esa clase de tipos que salen a comprar cigarrillos y tardan cinco años en volver.

A la hora de la cena el fuego aparece allá enfrente y una humareda negra cubre la luna. También, por fortuna, se ven relámpagos y pronto empiezan los truenos y las primeras gotas. Supongo que ha estado rezando para que Dios lo saque del apuro, pero lo primero que le oigo murmurar es que así debe ser el Apocalipsis. Fuego y agua, vientos cruzados; víboras que huyen y pájaros incendiados. Mi padre levanta los puños como un poseído, recita salmos de desastre y corre en círculo vaciando el bidón. Me dice que lleve las motos bien lejos y cuando vuelvo prende el encendedor. Un par de veces se lo apaga la lluvia hasta que por fin una mata toma fuego. En ese momento no pienso en el peligro, sino en el ridículo. Para que no entren las víboras, dice, por eso hizo un redondel de llamas. Furioso, lo agarro de las solapas y le grito que basta, que se deje de joder. Ya está lloviendo a cántaros y no tenemos con qué cubrirnos. Al fin me pega un empujón, tose y se sienta a contemplar el desierto que ha elegido para medirse con sus fantasmas. Ya es tarde para salir de ahí porque el agua ha embarrado el camino. Igual, nunca me había pasado de sentirme tan dispuesto a romper con él y sus manías. Fui corriendo a buscar la Tehuelche y empecé a desandar el camino, entre los relámpagos. No me importaba abandonarlo a su suerte. Sin público que impresionar iba a volverse más razonable, supuse en ese momento y todavía pensaba lo mismo cuando escampó y me senté a esperarlo en una estación de servicio.

Pero no vino. Pasaron helicópteros, bomberos, tropas de auxilio y mi padre no llegó. Pregunté si habían encontrado gente atrapada allá y me dijeron que a dos alemanes y un viajante de comercio. Dormí un rato en el galpón de la gomería, cargué nafta y me largué de nuevo por el desierto. El campo tenía una extraña tersura de esmeralda que fulguraba con el sol. Los arbustos habían ardido hasta que el buen Dios que acompañaba a mi padre les mandó un chaparrón. Sobre los huellones había grandes pájaros quemados y eso sí que no pude olvidarlo nunca.

Volví muchas veces a la llanura y siempre pensé en mi

padre y en mí, en aquel que era entonces. Ahora el niño soy yo y mi juguete es la palabra: puedo hacer que ardan de nuevo aquellos pájaros y trazar un arco iris al amanecer. Ahí está mi padre, en un boliche a la entrada del pueblo. Lleva un piloto largo y parece Clint Eastwood al final de *Los imperdonables*. Está un poco borracho y al verme llegar se le dibuja en los labios una mueca de desdén. Me siento frente a él y pasamos una hora en silencio. De tanto en tanto, tose hasta ahogarse. Por fin, cuando se le terminan los cigarrillos, me mira a los ojos y me pregunta a dónde voy.

Al mismo lugar que él, le contesto. A comprarle juguetes para que crezca y de una vez por todas aprenda a andar solo por el mundo.

## MUDANZAS

Mi padre siempre estaba yéndose a otra parte, a algún lugar imposible donde no pudiera alcanzarlo su sombra. Desplegaba sobre la mesa el mapa de la República y apoyaba el dedo en algún rincón que no hubiera sido fundado todavía. Así era él: tenía hormigas en los pies y una mirada cortante que me helaba la respiración cada vez que se enojaba. "Acá", decía de pronto, y apretaba el mapa hasta hacerle un agujero allí donde íbamos a pasar las mil y una hasta que se le ocurriera dar otro salto.

Fueron tantas las veces que nos mudamos que ya confundo trenes y épocas. Ahora, al cambiar de barrio, me parece que voy de un continente a otro aunque las voces sean iguales y las mismas lluvias mojen los mismos árboles. Veo una casa desierta que es ésta y es otra, una de mi infancia. Por las ventanas entra una luz de invierno que colorea el polvillo suspendido en el aire. Ya no hay olores y los fantasmas flotan por ahí, me asustan como antes, me avisan que el tiempo pasa y en alguna parte, adentro mío, van mi padre con la vieja corbata azul y mi madre con aquel pañuelo al cuello. Atrás voy yo con el pantalón corto y el echarpe con los colores de San Lorenzo.

En cada mudanza una pérdida. En la última, entre la Boca y Palermo Viejo se me extravió el Omega a cuerda que me había dejado mi padre. Quizá me lo robaron y vaya a saber en la muñeca de qué brazo andará. Me lo había entregado una enfermera en una clínica de Flores la tarde en que él murió. También me entregó el anillo de matrimonio y unos anteojos. Yo usaba a veces el Omega, aunque adelantaba cinco minutos y se me resbalaba bajo el puño de la camisa. Después lo dejaba en un cajón de la cómoda y me ponía otro cualquiera de los tantos que la vida nos deja. El de los quince años, el de la novia aquella, el primero que compramos a crédito en los tiempos en que eran caros y estaban cargados de sentido.

Tendría nueve o diez años aquel invierno en que nunca llegó a Río Cuarto la pelota de tiento que me había mandado Perón. No sé cuál tristeza es más folletinesca, si aquella de la pelota o esta del reloj. Mi padre debe haber metido la pelota en un cajón mal cerrado o tal vez la tiró a la basura porque en ella veía la monstruosa cara del General gesticulando ante las masas. No quiero ser mal pensado: tanto detestaba al Conductor que una huella suya en nuestra casa era como otra mano en la cintura de mi madre.

Pero por encima de todo lo que yo más lloraba eran los gatos perdidos. Hubo uno que no apareció a la hora de la partida y todavía lo estoy esperando. Ni bien huelen mudanza los gatos se ponen mustios y dejan de comer. Me acuerdo de otro, negro y blanco, encerrado en un cajón para recorrer mil kilómetros en un Ford de los años cuarenta. Nosotros llegábamos siempre antes que los muebles y esperábamos con ansiedad las cacerolas y los juguetes. "Por ahí mañana aparece el camión", susurraba mi madre en la oscuridad del hotel. "Para qué querés muebles", le contestaba mi padre y enseguida la brasa de su cigarrillo marcaba de rojo el recuerdo que tengo de aquellos otros fantasmas. A la llegada, nadie nos daba la bienvenida y tampoco iban a despedirnos. De entre los papeles de la última mudanza se desliza al suelo una carta que mi madre me escribió cuando yo vivía en una pensión de la calle Uriburu. "En Cipolletti no nos acompañaron ni nos hicieron despedida, así es la gente de agradecida. Dormimos en la oficina de Obras Sanitarias que tenía una pieza con dos camas para los inspectores que venían de Buenos Aires, que la hizo hacer tu padre pero hasta allí nos llevó Desiderio en una camioneta que tenía."

No fue nadie a decirle adiós a mi padre, nadie le dio las gracias por las noches en blanco y los domingos perdidos. No sé si esperaba otra cosa. Nunca fue un tipo muy popular y lo que más recogía eran puteadas y sarcasmos. Conocía a la gente y pensaba que Perón se aprovechaba de su ingenuidad. Siempre fue así de gorila. Pero no creo que haya sido por eso que nadie fue a despedirnos. Más bien habrá sido porque el tren pasaba muy de madrugada y era un sacrificio salir a esa hora de la cama. Vagamente recuerdo aquella última noche en el cuarto de Obras Sanitarias que menciona mi madre. Era la sexta o séptima vez que cambiábamos de pueblo pero esta vez era distinto porque yo era grande y me obligaba a separarme de mi primera novia. Me vienen a la memoria el frío y la bronca que tenía con mi padre. Nos pasa que alguna vez queremos matarlo y para no hacerlo huimos hacia lo desconocido. Lo veo todavía recostado en la cama, con un pulóver descosido, hojeando un libro en inglés. En la muñeca llevaba el Omega que a mí me iban a robar treinta años después. ¿En qué pensaba? Me parece que empezaba a sentirse viejo porque había pedido el traslado a Tandil donde vivía la familia de mi madre. Allí había empezado su aventura y volvía tan pobre como al principio. No le importaban los pocos muebles que se iban en el camión y si tuvo alguna amante no le dolió dejarla. Era, definitivamente, un hombre solo, sentado en una silla incómoda. Indiferente a otra cosa que no fueran el agua con cloro, los cacharros que inventaba y su imaginario combate con Perón.

El día que dejamos Mar del Plata para ir a San Luis perdió el sombrero que más quería y desde entonces no volvió a ponerse otro. A veces, bajo el sol más hiriente, se calzaba un rancho de paja de Italia que había encontrado en un andén vacío. No era un intelectual pero a veces decía cosas que atribuía a Plutarco o a Dante: "Qué duro es el camino, Osvaldito", y se quedaba mirándome a los ojos a ver qué decía yo. ¿Qué iba a contestarle? Un día me lo encontré a la salida del hospital en el que lo habían dejado cuando volcó con el coche y me dijo algo así como *Eccovi l'uom ch'e stato all'inferno*. Ahora intuyo a qué infierno se refería. Igual, nunca me pareció un hombre angustiado. Era débil, sin duda. Inseguro. Tan inestable que cada vez que terminaba de construir una casa la abandonaba corriendo. Una vez apareció en Chilecito y otra en El Bolsón. Hasta ahí no lo seguimos, pero fuimos a visitarlo a una pensión de viajantes. Mi madre se condolía: sólo tenía una cama chica, unos libros en el suelo, la regla de cálculos, una Parker y el compás sobre la mesa. Apenas le llegaba luz de un ventanuco y la dueña lo sermoneaba porque había cambiado la bombita de veinticinco por una de sesenta. El Omega aún estaba en su brazo y ahora que no lo tengo más siento que mi padre empieza a alejarse de mí. Al verlo más distante, me parece que acerca el dedo al mapa y me señala un lugar en el que tarde o temprano vamos a encontrarnos para charlar largo de sus mudanzas y las mías.

Nunca volví a tener tanto miedo como aquella lejana mañana en que mi padre me llevó al bautismo de vuelo. Era tal el susto de estar en el aire que se me pasó la tos convulsa y la fiebre desapareció tan rápido como había llegado. El piloto del avión parecía el de los dibujos animados, con su bigote francés y el casco de cuero negro que le cubría la engominada melena justicialista. Bajaba y subía a los tirones y se dejaba caer en tirabuzón mientras el motor balbuceaba y yo temía que la hélice se detuviera de golpe.

Era la Semana Santa del año cuarenta y nueve, tal vez la del cincuenta, cuando la fiebre me tuvo un mes sin ir al colegio. Tosía día y noche sin parar y mi madre aceptaba comprarme historietas de precio inalcanzable como *El Tony* y *Misterix*. Recuerdo que las leía de la primera a la última letra. Empezaba por la fecha impresa en la tapa y terminaba por el aviso de la Escuela Panamericana de Arte que venía en la contratapa. En ese tiempo mi padre me estaba enseñando a leer con los titulares de *La Prensa*, que eran de una parquedad sospechosamente antiperonista. Todavía lo veo: acariciaba las frases del editorial con las yemas de los dedos al tiempo que abría enormes los ojos y murmuraba odiosos improperios contra la esposa del General. El peronismo ya se había hecho una constitución a medida y los contreras como mi padre se refugiaban en la palabra de los Gainza como si de entre ellas pudiera surgir, fulgurante y vengativa, la gloriosa espada del Manco Paz.

Pero el Manco escondía la mano, acariciaba la vaina y yo me retorcía en la cama, ahogado por la tos. Mi madre me había dado todos los remedios recetados por el doctor Díaz Grey y al ver que no me hacían ningún efecto me envolvió en una cobija y me llevó a ver a una bruja que atendía en un rancho de adobe. Mi padre simulaba un racionalismo burgués y si lo toleraba era porque ya no tenía nada que perder. ¿Por qué si la bruja es tan viva, y habla con los espíritus, no ha podido salir de pobre?, preguntaba. Pese a las protestas una noche mi madre me metió en un taxi, que en aquel tiempo llamaban coche de alquiler y costaban una fortuna, y fuimos al rancho, en las afueras de San Luis.

No recuerdo los detalles, pero sí a la bruja: era enjuta como una niña y caminaba mirando siempre el suelo. En alguna parte había un fuego de leña seca azuzado por el viento. La vieja me acarició la cabeza, me aflojó la ropa y le pidió a mi madre que me acostara sobre una mesa entre cinco gatos y el aroma de algarrobos. Todavía tengo en la nariz ese olor chúcaro y sentimental y en el oído la voz ronca de la mujer que alzaba los brazos para invocar la ayuda del diablo. No me acuerdo si la ceremonia duró mucho, pero tuve que tragarme una cucharada de ceniza y el almíbar rosado que salía de entre unas cortezas calientes. Igual, la tos no se calmaba. Me reventaba el pecho, me retorcía las tripas, me quemaba la garganta. La bruja hizo arder inciensos y recitó oraciones que llamaban a todas las tormentas del averno, pero no hubo caso, yo me revolcaba y me iba de escena, esfumado en el brillo vacilante que se agolpaba en los ojos de mi madre.

Al volver a casa mi padre nos esperaba dormido en el living. Una patilla de los anteojos se le había desprendido de la oreja y a cada ronquido los vidrios se bamboleaban bajo el bigote manchado de tabaco. Mi madre me ayudó a quitarme la ropa y me acostó. Después los oí discutir y creo que ella se echó a llorar. En una larga ensoñación oí de nuevo los salmos de la bruja y los furiosos chorrilleros que golpeaban las persianas. En algún momento mi padre mencionó el cambio de aire, el avión, las alturas y las recomendaciones del médico.

El doctor Díaz Grey era socialista, pero cobraba caro. Algunas visitas las pasaba por alto pero las otras devastaban la flaca billetera de mi padre. Aún la recuerdo: era una herencia del abuelo, de cuero oscuro, forrada en seda de Persia. Muchos años después se la robaron en el tren que lo llevaba a Morón, pero en la época en que trata esta historia todavía le brillaban las guardas doradas y mi padre la rellenaba con pedazos de papel para que no pareciera tan vacía. El médico aceptó la deuda pero al tiempo el combinado de música desapareció de mi casa y sospecho que mi padre se lo entregó como parte de pago.

El avión, en cambio, salió gratis. En la cabina llevaba los acartonados retratos de Perón y Evita que daban en el correo y venían de la Fundación Eva Perón. Mi padre conocía a un tipo en el dispensario y vaya a saber con qué ardid consiguió una orden para que yo cambiara el aire con un bautismo aéreo. Tampoco él había subido nunca a un avión y creo que en ese tiempo todos guardábamos en un rincón del inconsciente la trágica voltereta del trimotor gardeliano. Por mejor que sonaran las voces de Ángel Vargas y Carlitos Dante, el avión del Zorzal seguía ahí, chamuscado y patético como un guiñol argentino.

Mi padre me tenía abrazado contra su hombro y también él tosía su parte de rubios sin filtro. El avión empezó a elevarse sobre los hangares y fue tal el miedo que sentí que había de tardar veinte años en volver a volar. No sé de qué se reía el piloto del bigote francés, si del escudo justicialista que mi padre se había abrochado a la solapa o de mi llanto convulsionado. Yo sentía que el aparato flotaba sin avanzar y que algo lo llamaba inexorablemente hacia la tierra. Mi padre parecía emocionado, quizá perturbado por su disfraz peronista, y se inclinaba hacia el piloto para preguntarle sobre vientos y coordenadas de equilibrio. En el tablero bailaba una bolilla plateada y el retrato del General se sacudía tanto como yo. Los tirabuzones se definían con un nombre inglés que el piloto gritaba con la misma furia con que la bruja había invocado al Satán de los bronquios. Lo cierto es que allá arriba, aterrado y sin consuelo, empecé a olvidarme de la tos y a respirar a todo pulmón. Sentí de nuevo el olor del tabaco que mi padre llevaba impregnado en el traje, el sudor de varios días que corría bajo el uniforme del piloto y mi corazón que palpitaba de trote a galope.

Fue entonces que, obnubilado por botones, luces intermitentes y palancas de nácar, mi padre sucumbió al influjo de la navegación aérea. Olvidado de mi tos y del vergonzante prendedor peronista, le preguntó al otro si el avión era manejable cuesta abajo y sin motor. Para qué lo habrá dicho: ahí nomás, tocado en su orgullo, el piloto se inclinó y apagó el contacto como quien cierra una hornilla de gas o la llave de luz. A mí se me encogió el cuerpo. No se me olvida la imagen de la hélice detenida. No hay en el mundo nada más inútil que una hélice detenida. Aquella que mi padre miraba con aire embelesado estaba clavada en una vertical tan recta como una plomada. Años más tarde en Cuba, en Nicaragua y en otras tierras de pasada ilusión, estuve a punto de renegar de mi fe en el luminoso destino de los pueblos, para no tener que subir a uno de esos cascarones a hélice que volaban rozando las montañas y las copas de los árboles. Dicen que el Che les tenía tanto miedo como yo, con su asma y su mirada de futuro inconcluso. Y Perón, que prefería la placidez del tren.

Pero mi historia era de tos convulsa, no de aviones. De noches con la luz encendida y el *Rayo Rojo* escondido entre las sábanas. Relatos principescos que me contaba mi madre en enagua, con un chal sobre los hombros. Querría terminar este cuento con su risa nerviosa y feliz, cuando me vio regresar a casa sin nada de tos, pálido de terror, con un avioncito de lata que me había comprado mi padre. Se sentó a hablarme al oído mientras él se quitaba el escudo justicialista y lo tiraba con desdén sobre la mesa. Esa noche nos costó dormir. Mi madre por miedo a que me volviera la tos y mi padre en el escritorio, en calzoncillos, frente a una figura del Cristo mirando la cuenta del doctor Díaz Grey y el prendedor del General. Sin saber a quién agradecerle primero.

❦

Mi padre era pésimo como cocinero. Al morir mi abuela, mi madre viajó a Buenos Aires y tuve que quedarme un mes a solas con él. Yo tendría seis o siete años, me encantaban las milanesas con puré, los guisos con choclo, los fideos y los panqueques con dulce de leche que hacía mi madre.

Mi pobre padre era una pesadilla como cocinero: se le quemaban los bifes, se le volcaba la leche y se le cortaba la mayonesa. No sabía pelar las cebollas ni medir la cantidad de aceite para freír las papas. En ese tiempo, en San Luis no había comidas congeladas ni sopa instantánea. De todas maneras no hubiéramos podido comprarlas porque no había plata para eso ni para ninguna otra cosa.

Un día se olvidó de pasar a buscar la barra de hielo para la heladera y las cosas que mi madre nos había dejado preparadas se arruinaron por completo. Entonces mi padre intentó preparar algo así como espinacas con salsa blanca. Mezclaba harina, leche, clara de huevo y cuanta cosa encontraba en la alacena, pero al final hubo que darles todo a las gallinas porque hasta el gato se negó a alimentarse de ese modo. Igual, mi padre, lejos de acobardarse, al día siguiente me anunció que iba a preparar un puchero a la valenciana, idéntico a los que hacía su abuela. Esa noche me pidió que le ayudara a pelar zanahorias y batatas y a lavar las verduras. De pronto le pareció recordar que su abuela le ponía manzanas al puchero y en cuanto el agua empezó a hervir, echó todo junto: osobuco, verduras cortadas, frutas de estación y hasta un pedazo de panceta ahumada que se había salvado en el fondo de la heladera.

Era una Westinghouse de los años cuarenta, bajita, que mi madre había cambiado por un cristalero que no le servía. Estaba destrozada pero él la llevó al galpón del fondo, donde tenía las herramientas, y la dejó como nueva. En ese tiempo, estaba estudiando la manera de construir con sus propias manos un equipo eléctrico igual a los que había en Estados Unidos, pero le faltaba capital para desarrollar su prototipo. Tenía un motor, que había sacado de un viejo martillo neumático, un compresor y hasta unas serpentinas de cobre, pero no lograba que el maldito pistón, en vez de despedir calor, fabricara frío. Según me explicaba había que producir un efecto de vacío en vaya a saber qué cámara para obtener el gas congelado. Sí, ¿pero qué gas? Porque el que usó la primera vez le provocó un desmayo tan profundo que tuvimos que llamar a unos vecinos y arrastrarlo fuera del taller. Más tarde probó con otro que le trajeron de Córdoba pero al ponerlo en marcha causó un estallido que arrancó el techo del galpón.

En esa época usábamos querosene en las estufas y la cocina. Para que la llama se avivara, mi padre se agachaba a darle bomba y después observaba con curiosidad el extraño universo que se estaba gestando en la olla de hierro. Era incapaz de hacer un huevo frito pero jamás lo hubiera admitido. Más aun: presumía de haber sido ayudante de cocina en el casino de oficiales del ejército en la época de Justo. Tiempo después supe que ni siquiera había hecho la conscripción, pero en aquellos días que pasamos a solas aprendí que son pocas las cosas que no pueden comerse con una pizca de sal y un hervor prolongado. No había manera de que las batatas le salieran a punto. Se deshacían en la cacerola o, si controlaba el tiempo de cocción, quedaban duras como piñas. A veces, al verme tragar en silencio, intentaba desdramatizar la situación y me hacía reír contándome las desventuras de Carlitos Chaplin en *La quimera del oro*. En la película, Carlitos hervía su zapatón de minero, empezaba a saborearlo por los cordones y terminaba chupando los clavos como si fueran huesos de pollo. En cambio, yo tenía ante mí algo que se parecía a un puchero y no conseguía entrarle por ninguna parte. Para ser ecuánime debo reconocer que los puerros mantenían su sabor y el osobuco se dejaba masticar sin dificultad. Lo demás era una sopa espesa y grumosa en la que las ínfulas gastronómicas de mi padre se diluían sin remedio.

Antes de ir a la cama yo escuchaba el radioteatro de suspenso que siempre ponía mi madre y él se sentaba frente al tablero a dibujar el prototipo de heladera que iba a cambiar la historia de la refrigeración nacional. De tanto en tanto me despertaba a hacer pis a la una o las dos de la mañana y por las hendijas de la persiana lo veía fumar sentado a la entrada del galpón. Creo que de joven se había equivocado de camino y buscaba la manera de sobrellevar el espanto de los años mayores. Cualquiera que haya sido la causa de la estampida, él tomó por la escalera de servicio y un buen día se encontró en el sótano, sin luces ni señales. Y ahí estaba todavía, llevándonos a cuestas por el desierto mientras Alberto Castillo cantaba *Siga, siga el baile* y Perón decía que la Argentina había entrado en la era nuclear.

Cuando se fue al interior, mi padre dejó sus primeros treinta años enterrados en algún punto de la línea ferroviaria que va de Retiro a Tigre. Mejor dicho: entre Campana y el colegio Otto Krause. Nunca nadie me pudo dar noticia cierta de sus años mozos. Lo que él contaba en sobremesa era banal y sonaba a cierto, aunque estaba lleno de agujeros negros. Esa parte es la que más me interesa: los agujeros en su estratosfera previsible. Más que la caminata con el ataúd de Gardel, en el treinta y seis, lo que encontró en la caminata. ¿O ya estaba en la escalera de servicio, en el revés de las cosas? Entonces, ¿qué descubrió en ese revés? ¿Por qué nunca logró que el puchero le saliera a punto?

Puede que el azar le haya sido adverso y que tuviera necesidad de perderse, de alejarse de los lugares que solía frecuentar. No es que yo espere descubrir algo sorprendente: estas líneas que ahora escribo son fotos imaginarias, carnavales sin música, velorios sin muerto. Antonio Dal Masetto termina uno de sus magníficos relatos con una inquietante afirmación sobre la memoria: "Debemos aceptar, debemos conformarnos con la distancia y el misterio." Sí, pero queda el resplandor. El que Dal Masetto niño trata de atrapar en el pueblo de Salto y el de mi padre, que revuelve la olla con el pucho en los labios. Al fin y al cabo todo pasa y se repite en alguna parte: luces y sombras, mi padre que se mete en la escalera equivocada y yo que llego demasiado tarde para abrirle la puerta.

Bueno, ahí estoy todavía una noche del año cincuenta, masticando milanesas gruesas y achicharradas y una ensalada quemada por el vinagre. Por las mañanas, al escuchar el sonido del despertador, iba a su dormitorio a preguntarle si me dejaba pelear con él. Nos tirábamos en la cama y él fingía que yo le daba una paliza de aquéllas. ¡Qué placer! Ya habíamos olvidado el desastre culinario de la noche anterior, venía mi Toddy con pan y manteca, su café bien negro y la bicicleta que esperaba en el galpón. Siempre al salir nos cruzábamos con el vecino que sacaba su Buick del garaje. No sé si lo envidiábamos. Mi padre decía que era un militar ganado por los peronistas y que al primer cañonazo iba a traicionar al General. Más tarde supe que así ocurrió, pero entre tanto, cada vez que podía, me escapaba a su casa para tomar chocolate con masitas y jugar con los autitos de carrera y los trencitos de sus tres hijos que iban al mismo colegio que yo.

Después, mi padre le puso una multa por derrochar agua en tiempos de sequía y no pude ir más a su casa. No sé si esto pasó en los largos días en que mi madre estuvo ausente o si el orden de los sucesos fue otro. Recuerdo, sí, que la maestra me preguntó por qué de pronto había dejado de llevar el sandwich que todos los chicos comían en el recreo. No me animé a decirle la verdad. Buscaba en el bolsillo del guardapolvo, entre lápices y figuritas, y sacaba la moneda que mi padre me había dado con un beso, antes de irse a la oficina. Alcanzaba para unas masitas sueltas o para jugársela a cara o cruz. Muchas veces la perdía y me quedaba lleno de remordimiento. A la noche mi padre me miraba serio y me preguntaba por qué no me servía un poco más del guiso que me había preparado. "Comí demasiado en el colegio", le contestaba yo, y ahí nomás apartaba el plato y lo desafiaba a pelear otra vez.

En los años cuarenta, cuando Neuquén era Territorio Nacional, había un tipo que ganaba los comicios sin salir del prostíbulo. Yo no alcancé a conocer al hombre, pero sí la calle polvorienta y sin veredas que asomaba a la ruta 22. Mi padre había ido a echar un vistazo a esas desoladas tierras para ver si podía instalarse ahí y trabajar en los pozos de petróleo. Era la época previa al cuartelazo de 1943, mientras en el país gobernaba el catamarqueño Castillo. Lo que no era de los ingleses, era de los estancieros. Alguno que otro árabe se había aventurado por el desierto y trabajaba o traficaba con calabreses y gallegos. En Europa seguía la guerra y mi padre tenía pegado en la pared un inmenso mapa en el que clavaba alfileres rojos para los aliados y negros para los alemanes.

Puede decirse cualquier cosa de mi padre menos que tuviera simpatía por los nazis. Tal vez de ese rechazo iba a nacer después su tirria al peronismo. Pero esa es historia conocida mientras que su primera incursión por el Neuquén permanece aún en las sombras. Según me contó mucho después, se largó en tren y a caballo detrás de una chica a la que llamaba La Rusita sin aclararme por qué le daba ese apodo, si por rusa o por judía. Al parecer había tenido amores con ella en los lejanos tiempos del dictador Uriburu, una noche en que los muchachos de la Liga Patriótica cayeron por el Once y molieron a palos a rabinos, tenderos y anarquistas. Después, la chica se fue con otro y mi padre transformó su corta aventura en una vasta leyenda. Lo cierto es que en el otoño del año cuarenta se subió a un tren en

Constitución y viajó hasta Bahía Blanca. Los conservadores estaban pavimentando algunas rutas pero sólo los ricos y los afortunados tenían coches capaces de ir a ochenta por hora. Así que mi padre, que hasta entonces apenas había manejado camiones y lanchas, decidió probar con el tren.

No recuerdo que me haya contado detalles de la aventura, pero se los refirió a un hermano de mi madre. Llevaba unos pocos pesos, una valija de cuero ordinario y los planos de un generador de electricidad que había inventado o copiado de alguna revista norteamericana y quería venderle a una petrolera holandesa. Ni siquiera tenía una foto de la chica que buscaba. Para mi padre ella se iba haciendo más linda y virtuosa a medida que el tiempo pasaba. Tal vez no tenía suerte con las mujeres y La Rusita había tolerado su obsesión por la electrónica y su gusto por la ópera lírica que daban en el Colón. De cine sabía poco, pero esos días de Bahía Blanca los debe haber pasado viendo películas de tiros o algún romance con Robert Taylor y Vivian Leigh.

Lo veo comiendo solo, hojeando el diario en algún bodegón del centro o en el comedor de una pensión. En vísperas de Navidad, después de tomar otro tren y cabalgar dos jornadas enteras, un porteño intenta embaucarlo en Neuquén. También mi padre se propone engañarlo mostrándole el plano del generador de electricidad. Al rato están apagando puchos en pocillos de café y el porteño cree saber de una rusita que trabaja en el prostíbulo de Cutral Co. Su recuerdo responde a la descripción que le da mi padre. En verdad, deseaba que se equivocara y que su novia del Once fuese otra en otra parte. En ese momento decidió, según me contó después, que iría por curiosidad, para verla deshojada y con los tobillos hinchados de tanto esperar.

En Neuquén, a dos pasos del cuartel, había un prostíbulo

con casas separadas y chicas que esperaban en la puerta. Arreglaban el precio en voz baja y conducían a los clientes a una habitación endulzada con aroma a incienso. Nunca tenían nada de valor al alcance de la mano por miedo a que los clientes se llevaran algo más que el servicio de veinte minutos. Por las dudas, un zángano con pinta de matasiete dormía como un tronco en alguna parte de la casa y si oía discusiones fuertes o alguien se ponía nervioso, iba a poner orden con una cachiporra y un revólver. Si tenía que dispararlo abría la ventana y tiraba al aire para no arruinar el techo.

En aquellos años, el caudillo local era un conservador que dominaba la provincia. Mi padre pasó las fiestas en la capital y en los primeros días de enero llegó a caballo a Cutral Co. Nunca quiso contarme si estuvo con alguna chica, pero supongo que para un tipo de treinta años eso es tan natural como detenerse a tomar un vaso de vino. Supongamos entonces que mi padre ha pagado para bañarse tranquilo y está poniéndose unos calzoncillos arrugados. Se siente liviano y alegre como si hubiera marcado un gol sobre la hora. La chica sueña con llevar una de esas permanentes que se usaban en la época, pero la profesión se lo impide. Fuman. Ella le dice que La Rusita ha pasado por ahí y siguió camino a Chile. Mi padre se acongoja y con los últimos pesos sale a emborracharse. Con el sacudón de los treinta que ha cumplido en diciembre se le van las primeras ilusiones. Sin plata y sin fe, mi padre le muestra el plano del generador de electricidad al cafiolo de Cutral Co y le cuenta que es técnico electrónico, o algo así. Hay que desconfiar de su relato; dice que recorre los pozos de petróleo que se mueven a péndulo y trata de conectarlos al motor que ha inventado. El matón del prostíbulo lo apoya a condición de que nunca le pida ver la luz del sol. Le firma tarjetas de visita, cartas de recomendación y por las noches, al volver mi padre de sus largas caminatas, llenan dos palanganas de agua para remojarse los pies. El tipo apenas abandona la cama, habla poco y recita versos de Ascasubi. Las chicas le cocinan con esmero y mi padre come con ellos. Empiezan a llamarlo "ingeniero" y una de las pupilas le predice un destino venturoso.

Por las tardes, el cafiolo escribe cartas con órdenes y consejos a subordinados que no conoce. Poco a poco mi padre se da cuenta de que desde ese cuarto oscuro y mugriento, el hombre tiene la comarca en un puño. Manda publicar fotos que no son las suyas y gana las elecciones sin molestarse. No le importan los pobres ni los ricos. No tiene religión ni moral. Le afloran, sí, la incomprensible compasión por los viajeros y el sentimiento de que los caballos y los perros son mejores que los hombres.

Hacia el otoño, mi padre convence a un coronel radical y construye el generador en los talleres del ejército. Le dan un sueldo o una prebenda y ya puede pagarse su comida y alguna ropa. El 25 de Mayo, en la guarnición, cantan el himno, sirven chocolate y hay desfile militar. Mi padre piensa que ese día entrará en la historia, pero su generador no arranca. Los soldados avanzaban de dos en dos para darle manija y nada. Ni una explosión, ni un cortocircuito, nada. Años después, a cada nueva elección, me contaba sobre el hombre del prostíbulo. Lo vio por última vez la noche en que fue a contarle su papelón en el cuartel y a disculparse por su desmedida soberbia. El otro lo miró, sentado bajo una luz amarillenta, con los pies en una palangana. "Un día se va a encontrar con la chica esa", le dijo. "Pídale la bendición y cásese con ella, que los hombres solos no servimos para nada." Mi padre no volvió a tropezarse con la chica ni

con el caudillo, pero de tanto en tanto, a medida que yo crecía, volvía a narrarme la historia. Al terminar se quedaba un
largo rato en silencio, como si esperara que yo lo ayudara a
encontrarle una moraleja.

Lejos, entre cardales blancos y cielos azules, la sombra de mi padre cabalga sobre una flamante Puma de dos cambios. Acelera a fondo, entra en la curva pedregosa que se inclina hacia la laguna, y lo pierdo de vista hasta que reaparece airoso entre unos arbustos. Va con un pasamontañas marrón, la corbata bien anudada y las antiparras pegoteadas de bichos reventados. Parece un piloto de tormenta y de verdad lo es: al cumplir los cincuenta trata de aferrarse a su juventud perdida: para él la moda se detuvo en los tiempos de Magaldi y no hay nada que pueda cambiarlo.

A veces me da calor acompañarlo porque lleva zoquetes azules, sombrero gardelito y un traje gris y taciturno como su ánimo. Lo ha comprado en cuotas de vencimiento laborioso y promete comprarse otro mejor el día que encuentre pepitas de oro en los arroyos de la provincia. En esos días de verano en 1953, me ha desafiado a cruzar hasta los campos de Navarro para conocer la desolada llanura donde el afrancesado Lavalle fusiló al chúcaro Dorrego.

Algunos dicen que ahí empezó nuestra desgracia. Es aventurado afirmarlo porque para el año veintinueve ya había corrido tanta sangre que Rosas llegaba a conjurar un susto con otro susto. Terrible madrugada aquella: de dos pasiones argentinas hay una de sobra. Y Gregorio Aráoz de Lamadrid, el hombre que murió mil veces, el barón rampante, el vizconde despedazado, asiste a la vigilia. Pero, ¿quién es ese Lamadrid, del que apenas queda una calle siempre inundada en el barrio porteño de la Boca? Lo describe Sarmiento: "Es uno de esos tipos naturales del suelo argentino. A la edad de catorce años comenzó a hacer la guerra a los españoles y los prodigios de su valor romanesco pasan los límites de lo posible: se ha hallado en ciento cuarenta encuentros, en todos los cuales la espada de Lamadrid ha salido mellada y destilando sangre: el humo de la pólvora y los relinchos de los caballos lo enajenan materialmente, y con tal que acuchille todo lo que se le pone por delante, caballeros, cañones, infantes, poco le importa que la batalla se pierda. Decía que es un tipo natural de aquel país, no por esta valentía fabulosa, sino porque es oficial de caballería y poeta además. Es un Tirteo que anima al soldado con canciones guerreras, es el espíritu gaucho, civilizado y consagrado a la libertad."

En claro: Lamadrid no ha ganado nunca una batalla, pero se tiene tanta confianza que al enfrentar a Facundo Quiroga manda a hacer un gigantesco asado a la vera del campo para que los prohombres unitarios y las damas de la sociedad puedan ver de cerca su celo y su coraje. Pero el Tigre de los Llanos derrota a los unitarios y se come el asado sobre cientos de cadáveres. Lamadrid se pone furioso al leer lo que Sarmiento dice de él, aunque es la pura verdad. Una vez deja en el campo un brazo, otra una pierna, un ojo, las orejas, y si hubiera retratos suyos se lo veía como a un ángel exterminador, perfecto y diáfano en su inexistencia. Su historia personal va cruzándose con la de todos los grandes de la época, de San Martín a Belgrano, de Lavalle a Paz. A lo largo de su vida participa del nacimiento argentino, o al menos de lo que cuenta la versión de Bartolomé Mitre. Lástima que no sea escritor brillante como Mansilla o como Paz para anotar las enigmáticas digresiones de la última noche de Dorrego.

Por esa ruta que me señala mi padre, llega Dorrego. Prisionero de Rauch, un general que ha destituido poco tiempo atrás. Pide hablar con Lavalle, pero éste se niega a recibirlo, tal vez temeroso de mirarlo a los ojos. Lamadrid intercede: General, ¿por qué no lo oye un momento aunque lo fusile después? No hay caso, Lavalle le hace saber que tiene dos horas para prepararse. Desolado, Lamadrid, que todavía es coronel, va al encuentro del reo. ¿Por qué no le forman tribunal? ¿Por qué no lo juzgan antes de matarlo?, pregunta el reo aunque conoce la respuesta. No hay cargos contra él, nada más que odio y temor a la plebe que arrastra. Claro que Dorrego no es un tipo con el que se puedan tomar clases de modales: quince años antes Belgrano ha tenido que castigarlo por desacatado y protestón, también San Martín lo ha sufrido, aunque los dos admiran su forma de entenderse con el gauchaje.

En una carpa, Dorrego escribe las cartas de despedida mientras el cura de Navarro reza encomendando su alma a Dios. Entra Lamadrid, avergonzado, indignado por no haberle conseguido una cita con Lavalle, verde de indignación. Iluso, el gobernador depuesto piensa que se trata de un error, de una bravuconada que desde Buenos Aires alguien va a desbaratar. ¿Acaso no está allí su amigo Díaz Vélez? ¿Va a permitir el ministro que un joven insolente lo haga matar? Sin embargo, poco pueden Díaz Vélez, Martín Rodríguez y los otros: después iba a saberse que Lavalle tiene en el bolsillo una carta firmada por Agüero, Del Carril, Varela, Gallardo y otros ilustres unitarios que piden el sacrificio por razones de Estado. Claro que ese día Dorrego ignora el epílogo del complot. Ahora, de golpe, le vuelven las palabras de su compadre Juan Manuel Rosas, que va a lavar esa sangre con más sangre: "Mandé a decir a Vuestra Excelencia con varios chasques que el enemigo se aproximaba y que no perdiese tiempo: que se retirase pues yo empezaba a hacer lo mismo." Piensa, sin duda, en la negra suerte de la patria que se ha devorado a sus fundadores. Sólo quedan burócratas y cagatintas como los que han firmado la carta que obliga al crimen a Lavalle. ¿Lo obliga de verdad? ¿No es él quien tiene las armas, quien ha tomado Plaza de Mayo y desfilado por la calle Florida?

Llega la hora: los soldados han improvisado un patíbulo junto al corral de vacas. Es posible imaginar el olor a bosta en el calor de diciembre. Mi padre simpatizaba con Lavalle; decía, como algunos historiadores liberales, que la fatalidad y los malos consejos arrastraron la mano del general, que no fue su culpa, que era un soldado de la libertad. ¿Entonces, era Dorrego un tirano? Nada permite asegurarlo. Tan implacable como su verdugo, ha cometido el error de ubicarse en el bando perdedor.

Al amanecer se quita la chaqueta y le encarga a Lamadrid que se la entregue, con la carta y el anillo, a su mujer. Que cuide de las hijas. Acompáñeme, compadre, quiero abrazarlo antes de morir, le pide. Lamadrid, que en batalla es la furia del Diablo, arruga y se disculpa. Me falta el valor, dice y le da su chaqueta escocesa para que no lo maten en mangas de camisa. Qué, ¿tiene a menos que lo vean conmigo?, le dice Dorrego medio en broma, medio en serio. Es que no quiero verlo en ese trance, replica Lamadrid y años después escribe: La descarga me estremeció y maldije la hora en que me había prestado a salir de Buenos Aires.

Ya está muerto Dorrego. Mi padre me lleva por el azar de la historia, desconcertado él mismo. En aquellos viajes por las provincias buscaba, creo, hacer pie en un país que no terminaba de comprender. Recuerdo que ya subido a la moto se volvió y miró el lugar del patíbulo. Parecía tan antiguo como el traje que vestía. Quería decirme, antes de seguir camino, que el mismo día que Lavalle fusilaba a Dorrego, el general San Martín llegaba de regreso al puerto de Buenos Aires. Al enterarse del drama se negó a pisar tierra argentina. Había contribuido a liberarla. No quería correr el albur de encadenarla.

Hay toda clase de fantasmas: el del Espacio, el de Hamlet, el de la Ópera, el del comunismo recorriendo Europa y también los que nos inventamos para disimular nuestra debilidad. En los arrabales de Buenos Aires, hacia 1969, mi padre conoció a una mujer que me presentó como socia de su estudio. Como nunca tuvo un estudio ni nada parecido, no me fue difícil deducir que se trataba de una amante fugaz y solemne que de vez en cuando lo invitaba a comer. No digo específicamente cenar o almorzar, porque a mi padre le daba lo mismo. Estaba en el fondo del pozo, se gastaba la plata en cigarrillos e inventos inútiles y cualquier bocado le venía bien.

Sin embargo, no parecía un pobretón. Se paraba en la vida como si hubiera pasado cien años en los camarines del Colón y si se las veía mal improvisaba poemas en francés o hablaba el inglés del Otto Krause. En general, recitaba a Verlaine, pero también se sabía cosas de Rimbaud y Baudelaire. Así fue que conquistó a mi madre y el truco le sirvió con otras mujeres hasta el fin de sus días. La tarde que me presentó a su socia yo volvía del Viborazo, un estallido que siguió al Cordobazo contra la dictadura de Onganía. Estudiantes en rebelión, barricadas, fuego, disparos desde los techos, tipos que se sacaban los anteojos y miraban con prismáticos. Lo cierto es que mi padre apenas se había enterado y lo único que le interesaba era irse al teatro con su socia. Era una morocha que había conocido tiempos mejores, tal vez algún esplendor, pero que ya iba ladeándose por el cordón de la vereda. Poco importa: con todas era un caballero, según me fui enterando después. ¿Hago mal en escribir esto? ¿Estoy manchando su memoria? Imposible, porque la única que le queda es la mía. Está a mi merced, tan muerto e indefenso como todos estaremos un día.

Muchos padres esperan que sus hijos les cuiden la posteridad. Eso es presuntuoso y vano. Sin ir más lejos, los fundadores de la Argentina dejaron instrucciones para que hijos y nietos justificaran ante la historia traiciones y guerras. Pero no les sirvió de nada: a la larga la herencia es un Menem. Cuando me pongan el sobretodo de madera vos lavate las manos, me decía mi padre y hacía el gesto de Poncio Pilatos. Igual, no dejaba nada, ni un alfiler doblado. Miento: de él me quedó el Omega, una Parker de los años cincuenta, un libro y algunas chucherías de escritorio que todavía conservo. Claro que si fuese sólo eso lo que me dejó, no estaría viéndolo de nuevo con la morocha de edad madura y entrada en carnes. En realidad tenía ojos grandes y ariscos, labios que dejaban ver los dientes de conejo y algo más de cuarenta años. Daba conferencias por los pueblos del interior y decía que había sido profesora en Tucumán, en Lima y en Madrid.

Creo que la conoció en un hotel de Bragado o de Pergamino donde él había ido a inspeccionar unas instalaciones de Obras Sanitarias. Mi padre tenía la noche libre, como cualquier tipo que viaja por la provincia. Seguramente paraba en un hotel de poca monta y se disponía a cenar solo. Fue a escuchar la conferencia como podría haberse metido en un cine si hubiera tenido plata para la entrada. Después me dijo que la charla versaba sobre la tormentosa relación entre Goethe y Beethoven. Eso, en Bragado o Pergamino reunía veinte o treinta curiosos, incluidos los organizadores que pagaban los honorarios de la conferencista. Años más tarde, esa soledad de fantasmas me facilitó los apuntes para una novela. Pero antes de convertirse en novela, hice que les ocurriera a ellos: a medianoche, después de cenar cada uno por su lado, se encontraron en el café del hotel. Mi padre con su aire de discreto funcionario y ella con el mismo vestido para todo el otoño. Por coquetería él la felicitó en francés y se sorprendió de que no le hubieran dado una fiesta ni obsequiado un ramo de flores. Ella sonrió. De todas las soledades que mi padre había conocido, la del conferencista viajero le pareció la más cruel. La mujer tenía dos o tres libros aburridos sobre la mesa del bar y una libreta abierta con el itinerario completo: Venado Tuerto, González Catán, Rauch y vuelta por Brandsen hasta La Plata. Al oír la lista de pueblos grises y dormidos, mi padre se acobardó. Casi que tomó distancia, como si después de aquel encuentro tuviera la obligación de acompañarla a todas partes. Nunca me dijo si pasaron la noche juntos, pero es fácil imaginar que sí. ¿Y si no qué? ¿Hasta siempre y buen viaje? Aunque las cosas suelen ser así, es preferible que hayan ido a la cama, que la noche avanzara tormentosa y sin lamentos.

El día en que me la presentó ella aparentaba veinte años menos que él. A decir verdad parecían socios, pero no de un estudio. Socios o sosías, eran de una especie en extinción: creían que la vida y el mundo se modifican con el saber más que con la plata. En esa época mi padre había diseñado un abridor automático para las latas de sardinas. Jamás comía sardinas, ni nada en lata, pero le daba por inventar artefactos inútiles. Se quedaba hasta la madrugada en una pieza del barrio de Versalles con el pucho en los labios, rodeado de compases, reglas de cálculo y tiralíneas hasta que lo agotaban los accesos de tos. Imaginaba el país gobernado por un parlamento de sabios y suicidas y si se sintió atraído por la morocha debe haber sido porque suponía que Beethoven y Goethe eran grandes sabios. Además de escribir una obra de las más inteligentes y sensibles de todos los tiempos, Goethe era egoísta, vanidoso y se procuraba los favores de hombres poderosos y cortesanas influyentes. Si eso importa ahora es porque la socia de mi padre hacía vibrar a su auditorio con el viejo romanticismo del joven Werther, la poesía filosófica del *Doktor* Faustus, y los chismes de alcoba de los dos grandes de Alemania. No sé si será cierto, pero la enigmática frase con que el desdichado Beethoven definió su *Novena sinfonía* fue escrita para fastidiar a su viejo adversario. En todo caso, es bella y terrenal: Dios llama a la puerta.

¿Puede Dios llamar al mismo tiempo a dos puertas diferentes? Quizás, decía la morocha en la conferencia. Posible, pero no probable, hay que reconocerlo. Goethe tuvo mil amantes y monumentos en vida. A Beethoven le pasó de todo y eso ya nos pone de su lado. No por compasión, sino porque en la *Quinta sinfonía* dejó amores, risas y la sospecha de que por ahí rondaba un Dios alegre y bonachón; en la *Novena* el Altísimo se aparece de pronto, golpea a la puerta y presentimos que viene a revelar una amarga verdad: Estamos solos, librados al azar o a una lógica que no conocemos. Somos un accidente del universo, fantasmas que hacen música para otros fantasmas, pura egolatría y egoísmo.

Así hablaba aquella mujer que mi padre conoció en una tranquila noche provincial. Me la presentó y no volví a verla. Un día le pregunté si todavía eran socios en el estudio y me contestó que no, que de un día para otro ella había pasado a la clandestinidad. En una carta le decía que Beethoven, sordo como estaba, no oyó el llamado y dejó que Dios pasara de largo. La mujer creía haberlo oído al escuchar la sinfonía de su época miserable.

Pero si Beethoven no oyó el llamado a su puerta, ¿cómo supo que era Él?, pregunté. Mi padre lo pensó un rato y se miró las manos: Si podía hacer esa música, lo sabía todo. Sabía del llamado y sabía que quien llamaba nunca existió. Goethe descubrió eso con el *Fausto* y tuvo que aceptar que su adversario lo había comprendido primero. El diálogo no es textual, pero lo recuerdo como si fuese ayer. "¿Tu socia te contó todo eso?", le pregunté. "No, claro que no. Nunca hablábamos de trabajo fuera del estudio", respondió.

La primera vez que estuve en Venecia quedé tan deslumbrado que entendí lo que Napoleón, sentado en Piazza San Marco, había querido decir con aquello de "el salón más bello de Europa". Tan bello le pareció que decidió llevarse todo lo que podía ser desmontado sin daño. Había llegado como emperador y estoy seguro de que esa debe ser una manera muy agradable de entrar a Venecia. Yo fui como periodista, con Osiris Troiani, mucho después de que los franceses hubieran restituido las obras maestras y la afrenta parecía lavada. Ya he contado antes aquel largo viaje por Italia. A decir verdad, el único que hizo su trabajo fue Pablo Kandel, que se ocupaba de economía y nos abandonó en Torino para entrevistar a la gente de la Fiat; Osiris y yo tomamos un tren, nos fuimos a pasear, gastamos la plata que el diario nos había confiado y después inventamos todo lo que escribimos. Igual no salió mal y hasta recibimos felicitaciones del primer ministro italiano.

De ese viaje me quedó una impresión tan ambigua, que a cada nuevo paso por Venecia me parece estar soñando algo que ya pasó. Recuerdo que hacía un invierno dulce a fines del año setenta y tres y nos sentamos en la Piazza San Marco a hacer cuentas y a escuchar a los músicos que tocaban serenatas melancólicas. Nos quedaba poca plata pero Osiris quiso que fuéramos al mejor hotel y viviéramos esos días como si fuésemos ricos. Al pasar por Florencia nos deslumbraron tanto con la ciudad y sus rubias que imitan las pinturas de Botticelli, que no nos fijamos en gastos y en el Ponte Vecchio y en los lugares de copas se nos fue el generoso viático de *La Opinión*. Ahora que el diario es un mito, hay que agregar a eso que Jacobo Timerman era un director generoso. Troiani llamó en cobro revertido, pidió más plata con no sé qué pretexto y enseguida nos pusieron un giro telegráfico.

No es cualquier cosa recibir plata en Venecia. Es como si los pilotes de madera que sostienen la ciudad desde hace mil años se sacudieran de golpe y por un instante dejaran de hundirse. Como si las columnas que a Napoleón se le cayeron al mar salieran a la superficie. Igual que si el campanil se cayera otra vez sobre la plaza. Años más tarde le conté la anécdota a Antonio Dal Masetto y no pareció prestarme atención. Me dijo que lo iba a pensar. Todavía no había escrito su saga italiana ni regresado a su pueblo natal. Pocos meses después de que apareciera *Oscuramente fuerte es la vida* desapareció de los lugares que solía frecuentar y aunque vagamente intuí que estaría caminando sobre sus pasos de la infancia, me sorprendió su llamada a las seis de la mañana. "Te hablo desde el campanil", me dijo enseguida. Estaba en Venecia, subido a la torre gloriosa y en ese lugar había encontrado un teléfono público. Cómo no compartirlo con los amigos, se dijo, y empezó a despertar gente en Buenos Aires. No se quién, tal vez su editor francés, le había anunciado un giro. Entonces comprendió mi emoción de los últimos días de 1973 y decidió llamarme. Me dijo que el día anterior en el vaporetto había escuchado a un porteño que gritaba, azorado: "El Riachuelo es un poroto al lado de esto." Nos reímos como reíamos Troiani y yo mientras paseábamos por el Rialto, veinte años atrás, pensando que en ese mismo momento la inmensa mayoría de la humanidad no estaba paseando por Venecia. Había algo de perverso en aquellos placeres hedonistas. Troiani me hablaba de las crónicas italianas de Stendhal para burlarse de mis pobres escritos, pero en el fondo sabía, al menos eso creo, que yo sería tan capaz como él de inventar una larga narración sobre Venecia. Me acuerdo que empecé a imaginarla una tarde en la Sala Billardi, un lugar sin turistas donde servían el café más corto de Italia. Fue cuando entró un hombrecito bajo, pelado, de pies planos. Parecía nervioso y discó varias veces el teléfono mientras se frotaba el cuello con un pañuelo. De pronto, el patrón del bar le gritó, "¡Eh, detective, te necesitan en la oficina!". El hombre me gustó. Ese sería, entonces, mi detective Giorgio Bufalini, el que tenía los bolsillos arrugados. En persona iba a contarme la transformación de Venecia en un paraíso para turistas melancólicos.

Hicimos todas las trampas que suelen hacer algunos periodistas. Recortamos artículos de revistas, compramos libros de historia y Troiani citó de memoria a Thomas Mann. En ese entonces la película de Luchino Visconti le había dado a la playa del Lido un carisma mortuorio y estrábico. Ahora he vuelto a Venecia y no puedo dejar de lado la sensación de que en aquel detective estaban la languidez y el cansancio de Visconti. Quizá la artificiosa frivolidad posmoderna haya despojado a la ciudad de ese clima gris y tortuoso. Aun así es un shock para cualquier corazón sensible. La leyenda dice que pasar entre las dos columnas que abren la plaza ponen al viajero en grave peligro. Los lugareños evitan hacerlo, pero los extranjeros, como los invasores de antaño, son imprudentes por ignorancia.

Una tarde, bien abrigados y recostados en una góndola, descubrimos cuán minúsculas eran las pasiones argentinas pensadas desde ese lugar bello y distante. No porque lo nuestro fuera más absurdo visto desde lejos y sobre una góndola veneciana, sino porque esa gente que nos miraba pasar con indiferencia era de una estirpe de fugitivos que había emprendido en el quinto siglo de la era cristiana la utopía de construir su refugio sobre una laguna. Lo hicieron con cimientos de madera clavados en el fondo pantanoso y allí montaron una civilización que parecía destinada a brillar y perecer. Se la tragarán las ciénagas, eso está escrito y es seguro, pero cuántas otras habrá visto morir antes. Así filosofábamos, con los cigarros prendidos y una botella meciéndose en el piso de la barca. No imaginábamos que los hombres pudieran salvar a Venecia como lo han hecho. Entre tanto, en la Argentina esperábamos a Perón y muchos iban a morir por él. Teníamos lo peor por delante, pero yo era joven y fuerte y creía que podía afrontarlo.

Volví tres o cuatro veces a Venecia antes de que Dal Masetto me llamara por teléfono desde el campanil. Los militares estaban en las Malvinas y un viejo barquero que me dejó en San Marco, al oírme declinar mi nacionalidad, levantó los brazos y me gritó *"bravo gli argentini"*. Tal vez, en el fondo, me haya sentido orgulloso del sin sentido nuestro. Recién había escrito un libro sobre esa paradoja, pero sabía que volvería una y otra vez a tratarla. Dice Savater que el narrador de historias siempre acaba de llegar de un largo viaje en el que ha conocido las maravillas y el terror. En el mío me veo caminando por el más bello salón de Europa mientras me pregunto, como le pregunté antes a Troiani, si lo más importante es la adversidad o la civilización que construimos sobre ella.

*Fui a instalarme en Buenos Aires en abril de 1969. Iba a correr la aventura de pedir trabajo en la que era entonces catedral del periodismo: la revista* Primera Plana. *Un par de semanas antes, Osiris Troiani y los hermanos Julio y Juan Carlos Algañaraz me habían mandado un telegrama a Tandil para que escribiera una extensa nota sobre la procesión de Semana Santa. Hacía tiempo que yo esperaba esa oportunidad y no estaba dispuesto a dejarla pasar. Averigüé los chanchullos de la Iglesia y tomé nota del negocio turístico montado en esa manifestación caricatural de la fe. Pasé dos o tres días escribiendo y reescribiendo la nota en el amanerado estilo de la revista y entonces me di cuenta de que no podría quedarme en Tandil. Corría el riesgo de que me lincharan. Mandé la nota por el ómnibus, me despedí de mi novia y de mis amigos y salí corriendo. Llegué a Plaza Constitución la madrugada en que los canillitas voceaban la revista. La abrí temblando: mi nota estaba ahí, mi firma junto a las de Héctor Tizón, Daniel Moyano y Francisco Juárez. Creo que estuve a punto de ponerme a llorar. Caminé hasta un viejo hotel de la avenida de Mayo y al día siguiente me presenté en la redacción. Sabía que iba a ser difícil entrar, pero no imaginaba cuán difícil. Tuve que simular que un jefe me había aceptado para quedarme a comer en la redacción y a veces ligar las notas de menos categoría, hasta que una noche entró la policía de Onganía y clausuró la revista. Pero ésa es otra historia. Ahora la nota no vale nada, pero significó tanto para mí en aquel entonces que decidí incluirla en estas páginas. Las dos últimas líneas de moralina no son mías: las escribió algún*

*cauto editor de entonces para cerrar
el artículo con un tono solemne. Lo cierto es que el
monseñor de Tandil mandó una carta a* Primera Plana *en
la que me acusaba de mentiroso y comunista y me
deseaba el más quemante de los infiernos. De verdad no
pude volver al pueblo por largo tiempo y quizás eso me
haya dado fuerzas para llegar más tarde a* La Opinión, *la
otra catedral. Las novelas vinieron después.*

El monte Calvario se erige como centro de atención de la
grey católica argentina. Cada año convergen sobre Tandil
rebaños de peregrinos para celebrar el Viernes Santo. Sólo
en 1955, cuando las relaciones Iglesia-Perón tambaleaban,
la procesión pareció frustrarse. Ante la prohibición del intendente Carlos Marzoratti, los fieles optaron por una in-
dignada "marcha de silencio"; no hubo disturbios, pero la
tensión amenazaba con quebrar la caminata a cada paso: "Si
en ese momento se me acercaba alguien, le rompía la cruz
en la cabeza", memora monseñor Luis J. Actis, 65, con cuarenta años de sacerdocio. Para el clérigo –el mayor entusiasta de los actos de la Semana Santa–, el tiempo parece no
transcurrir, cada año monta la procesión y el espectáculo
sobre guiones propios, conjurado con veintitrés miembros
de una comisión –precedida por el intendente Victorio Ma-
zzarol–, que se reúne tres meses antes para pulir los detalles. Su mayor pecado: no atender a la feligresía joven, que
exige renovación.

Una semana antes del acontecimiento, el padre Eduardo
Pérez Guridi, 34, deploró desde el altar de la capilla del Sa-
grado Corazón el engendro de Actis y sus acólitos. No faltó
quien lo tildara de comunista. Poco después, el Domingo de
Pascua, los padres Eloy Villaverde, 28, y Vicente Lahoz, 33,

convulsionaban el ambiente con una misa a go-go ambientada en su templo de Santa Ana.

No están solos: un pelotón de fastidiados curas jóvenes se revela contra la obsoleta puesta en escena. "¿Es una manifestación de conciencia cristiana –cuestionan en un documento–, o un esfuerzo por manifestar las bondades turísticas de Tandil?" Los laicos –que colaboran anualmente en las estampas de la Pasión– comparten la duda. Oscar Galasso, 31, que interpreta a Jesucristo desde hace ocho años, ya no se entusiasma. Encabeza el grupo "renovador" que brega por dotar al espectáculo de un nuevo rigor expresivo y un claro mensaje social, ajeno a la promoción del turismo. "Ya no siento la interpretación de Jesús –lamenta–, lo pintamos demasiado bueno, casi un bobo, no como realmente fue, un verdadero conductor de masas."

Toda la ciudad refuerza sus bolsillos. Héctor Gardey, 38, director de Turismo, estima una ganancia de doscientos millones por temporada, aunque Demetrio Berutti, presidente de la Cámara Comercial e Industrial, reduce la cifra a la mitad.

Para Pascua, unos setenta mil turistas sacuden la eterna siesta provinciana de Tandil: un noventa y siete por ciento acude desde Buenos Aires y alrededores; fatigan los paseos, atosigan los night clubs y devoran salamines, quesos y alfajores locales por carradas.

"A la gente –se defiende el monseñor– le gustan las estampas, tal como están; es como una buena película, que puede verse hasta diez veces seguidas." Como en el cine, las pequeñas ventas conviven con el espectáculo: Actis recibe la colaboración de los padres carmelitas, que con su quiosco de santería del Calvario cosechan suculentas ganancias.

En la Semana, la empresa Magnasco vende por valor de

350 mil pesos; veinte mil alfajores se esfuman a 250 pesos la docena; los banderines recordatorios desaparecen a 150 nacionales. Los hoteles, las casas particulares –habilitadas para albergar el turbión de visitantes– nunca desaprovechan la oportunidad. Los diarios locales (*El Eco, Nueva Era* y *Actividades*) advierten contra los proverbiales abusos, "por el prestigio de Tandil como ciudad turística".

De todos modos, algunos pocos sacaron mayor provecho con los aumentos. Es que esta vez los turistas escaseaban: Claudio Simón, 77, que regentea desde 1952 el comercio de santería de los carmelitas, calculó: "No ha venido ni la cuarta parte de gente que el año anterior." El Jueves Santo, unas doscientas personas recorrían los senderos del Vía Crucis con dudosa unción: una familia se arrobaba frente a las esculturas, mientras el marido se aturdía con la voz de José María Muñoz, que vociferaba el partido Chacarita-Boca. En medio del enjambre de curiosos, Elvira Guerra de Miranda, 72, posaba su mano sobre la figura de Cristo y se entusiasmaba: "Esto es maravilloso. Le pedí a Dios que me dé fuerzas para venir siempre; hace diecisiete años que subo estas escaleras a pesar de la prohibición médica."

Un remedio, en cambio, necesitan las esculturas: muchas ostentan mutilaciones de piernas y brazos, o les falta la cabeza, cercenada por implacables verdugos. "Pedimos a la municipalidad que las repare", espeta el padre Lorenzo, un carmelita que sermonea en la iglesia del Carmen. Ese templo es el más favorecido por el jubileo: la limosna pública colma las alcancías que alargan insistentes matronas al pie del Calvario. Porque, además, la mendicidad es otra industria floreciente en la Pascua tandilense: una docena de lisiados, que arriban de todo el país, excita, porfiadamente, la caridad de los forasteros.

Mucho de ellos –"peregrinos y no turistas", según monseñor Actis– saben que la Semana no es del todo piadosa y sí una buena ocasión para distraerse: "Teníamos ganas de venir a Tandil, y aprovechamos estos días, porque dicen que se pone tan lindo...", suspiró Elena Santos de Peralta, 31, que venía desde Avellaneda con su marido y su hijo. Los lugareños, en tanto, asisten a la celebración como a un monótono espectáculo: un centenar de creyentes –exagerando la cifra– emprende la caminata con verdadero fervor.

El viernes todo sucede como estaba previsto: a las tres y media de la tarde los fieles arrancaron tras la adusta figura del padre Lorenzo, que dirigía las canciones por un altavoz. Algunos turistas gastaban los mil rollos que vendieron los comerciantes locales. Al finalizar el recorrido, la santería agotó sus cruces de madera y las velas. No se vieron pagadores de promesas, ni hubo caídas en los peldaños; alguna vez los resbaladizos escalones cobraron varios contusos y hasta se recuerda un muerto.

A las seis y cuarto, la columna comenzó a transitar las diez cuadras previstas para la procesión. Al frente de sus seguidores –religiosas, huérfanos del asilo de la ciudad, espectables civiles y militares–, Actis invitaba a unirse a la fila. Ninguna manifestación –ni la multitud de curiosos que rondaba– alteró la serenidad del oficio. Por fin, la caravana enfiló por la calle Yrigoyen, cruzó la plaza Independencia y desembocó en el veredón municipal. Un parlante instaba a devolver las velas que Actis ordenó distribuir; competía con la banda militar que asesinó la *Marcha fúnebre* de Chopin. Hasta las once de la noche, las imágenes se colmaron con las flores plásticas, las caricias y los besos que emanaban de la adoración de algunos fieles. Cuando todo tuvo fin un viejo vecino masculló: "Algo es evidente: pasan los años y la procesión pierde color. Los congregados son cada vez menos, y los espectadores en las veredas cada vez más. Una verdadera lástima."

Y dijo la verdad. ¿Es esto catolicismo, fe religiosa auténtica? Por supuesto que no: es la caricatura del catolicismo, la simulación de la fe. La Difunta Correa, superstición; el Señor de la Peña y el Calvario de Tandil, especulación turística. La Iglesia ha sido demasiado complaciente en esto como en otras cosas.

El Concilio ordenó un regreso a la verdad evangélica. No será fácil: se oponen la costumbre, los intereses creados. Tampoco es posible ofender a los creyentes sencillos, arrancándoles violentamente esas burdas creencias, esa predilección por espectáculos más o menos carnavalescos. Pero nada es más injurioso que la demagógica "comprensión" de algunos, para quienes "el pueblo es así" y "hay que dejarlo".

∝⋧⊳

De vuelta a casa. Una novela terminada, copiada en cinco disquetes separados por precaución: uno en el bolsillo, otro en el bolso, el tercero en la valija, uno más por correo y el quinto allá en París, en manos de Eduardo Febbro. ¿Qué trae?, me pregunta el de la aduana y mira feo el Powerbook de Macintosh. Nada, está registrado, figura en el pasaporte. Mira el pasaporte, mira el Powerbook, me lo hace prender. Busca entre medias sucias y camisas arrugadas. Me digo que tanto celo se justifica por el combate contra las mafias que ha denunciado Cavallo.

Afuera los de Tienda León esperan con cara de hambre: el pasajero que viene del exterior paga más caro que el del interior. Resabio del compre nacional. Cuarenta y nueve pesos o doscientos cincuenta francos franceses. En París ir hasta el aeropuerto Charles De Gaulle me salió ciento cincuenta francos en un Mercedes climatizado. La diferencia a favor del Falcon de acá está en el chofer. El criollo es simpático, sabe de fútbol, me cuenta las primeras fechas del campeonato, las transferencias de jugadores. Le pregunto si estuvo haciendo frío y me hace un gesto como diciendo de morirse. Y hoy, ¿cómo pinta? Más o menos: a la noche seis grados pero sensación térmica de cuatro.

Me había olvidado de ese milagro. Una de las cosas por las que vale la pena volver a la Argentina, además de la familia y los amigos, es la sensación térmica. En Europa no se consigue. Allá seis grados son siempre seis grados. No hay creatividad, carecen de magia. Le pregunto al chofer si sabe dónde andan las mafias a las que se refiere el ministro y hace un gesto con el dedo apuntando para arriba. Después me mira por el espejito a ver si tengo pinta de ser uno de ellos, pero enseguida lo descarta. No llevo anillos de oro ni corbata de seda. No sabe la recesión que hay, me avisa y se le cae la baba pensado que los coches están a mitad de precio mientras él maneja ese Falcon que le deja los riñones deshechos.

Me lleva hasta el garaje, agradece la propina y me jura que aunque es de Racing quería que el campeón de 1995 fuera San Lorenzo y no Gimnasia. No le creo una palabra pero igual le doy la mano, le agradezco la información sobre el fútbol y la sensación térmica. Naturalmente, el empleado del garaje se olvidó de arrancarme el auto y de la batería no queda ni el recuerdo. Me voy a dormir unas horas y después llamo al Automóvil Club. Viene un tipo petiso, de bigote, con pinta de no tenerle miedo a la desocupación. Se queda parado ahí, esperando a que le abra el capó. Conecta unos cables y me indica que le dé arranque.

El efecto es parecido al de la bomba atómica: la maravilla armada por Renault Argentina se despierta de golpe y los limpiaparabrisas se ponen a andar solos; la alarma del agente secreto X28 se queda pegada, no hay manera de parar ese súbito estallido de vida. Tengo que apagar el motor, desconectar la batería flamante y como queda feo andar con la alarma puesta y las escobillas a todo trapo en un día de sol, me encamino al taller de la otra cuadra. Un consejo, me dice el mecánico: Nunca lo lleve a hacer un service, se lo hacen pelota. En un rato cambia la batería, va a comprar una llave de control nueva, saca unos fusibles y al fin me dice: ¿Qué le puedo cobrar? Textual. Eso, en Europa, tampoco se consigue. No le haga el service, insiste y se guarda los billetes sin hacer la factura.

En casa me pongo a revisar los diarios de los últimos días. Las noticias de antes las doy por perdidas. Mafias por todas partes, un tipo que mató a su familia en San Andrés de Giles, un hospital en el que habían entregado los bebés cambiados. Hay más debate en la prensa sobre la tenencia del chico que por los muertos en las comisarías. Sigo mirando: en *Clarín* un mortífero chiste de Quino dirigido a un editor que por fortuna no es el mío; un tipo que hace tiempo en *La Maga* me había dado una filípica resaltando sus cualidades. Sonrío: siempre admiré a los humoristas que tocan lo esencial. Doy vuelta otra página y ahí admito definitivamente que estoy en la Argentina: Gerardo Sofovich y Luis Beldi dan un reportaje abierto al público en la Biblioteca Nacional. Limpio los anteojos y vuelvo a leer: Auditorio Jorge Luis Borges, entrada libre y gratuita. Lástima que fue ayer, que si no me hubiera acercado a preguntarles si saben algo de las famosas mafias.

En el fondo, todo es una cuestión de sensación térmica. Pongo a Mariano Grondona. La primera hora es con los economistas del elenco estable. Un morocho con un plastrón de brillantina, no me acuerdo cómo se llama, analiza cinco puntos de un discurso de Cavallo. La perorata del ministro había sido un plomazo, pero los invitados de Grondona podían hacer dormir a un caballo sin tener que tocarlo. Son esa clase de tipos que estudiaron números para no enterarse de lo que le pasa a la gente. Claro, la audiencia se aburre y apaga. Cuando le toca a Sergio Schocklender unos pocos energúmenos que siguen despiertos llaman al programa para pedir su cabeza. Le reprochan que salga a trabajar y, sobre todo, que esté con las Madres de Plaza de Mayo. Grondona, ya convertido en una suerte de Cristo doliente, le da un beso en la mejilla a Hebe de Bonafini.

Vuelvo a los diarios: Massera, Haddad, Yabrán, de nuevo Sofovich. Y Menem. El impagable, el imperecedero, el hombre que no conoce a ningún pistolero, el Jefe que eligió la mitad la ciudadanía aunque hoy sea imposible encontrar a uno que lo haya votado. Hubo fraude, me dice un taxista. Mire lo que pasa en Santa Fe. Miro, azorado como el que más. Se cayó el sistema, dicen los del Correo. Si a mi computadora le hubiera pasado lo mismo ahora estaría sin novela, sin modem, sin fax. ¿Qué sistema usaban? ¿IBM, Novell, Unix? "Pirulo fatto in casa", dice el del taxi; este país se vuela, se va, se pierde. Puede ser. En *Esperanto*, la novela de Rodrigo Fresán, la Argentina es algo pasado y enterrado, un enigma, un dudoso objeto de cuidadosa memoria. Fresán lo ve así y elabora un presente difuso que transcurre en un futuro ya pasado.

Pero entonces, ¿dónde fue a parar aquella Nueva y Gloriosa Nación? Se la comieron los ladrones, los economistas, los yanquis, me dice el tipo que viene a instalar el acondicionador de aire. De paso me roba el enchufe Toshiba y en su lugar pone una perla nacional que se quema a las dos horas. Pienso en el fabricante. ¿Será de los que defienden la convertibilidad o de los que quieren volver a la inflación?

No es necesario estar ausente mucho tiempo para darse cuenta de que no hay otro país como este. Falta poco para que vuelva a jugar Maradona. Otra vez el mundo entero tendrá noticias nuestras. Y en pocos días llega la primavera. A propósito: en el Primer Mundo adelantan la hora para que la gente ahorre electricidad y aproveche mejor las vacaciones. Acá no. Las mafias se mueven mejor en las sombras.

# DINOSAURIOS

*Olvidados o inolvidables, estos hombres pesaron
en la vida de varias generaciones de argentinos.
Rosas, Gardel, Cámpora, Monzón, Fangio, fueron
amados y odiados, pero son insoslayables. En
algún momento sentí la necesidad de escribir
sobre ellos y seguramente volveré a hacerlo.
Quisiera compartirlos y dar cuenta también de
ciertos amores literarios que marcaron
mi vida y, naturalmente, mis libros.*

# ERNEST MANDEL
## TEÓRICO DE LA REVOLUCIÓN

Cuando me enteré de la muerte de Ernest Mandel, el último gran teórico del marxismo contestatario, no me sentí con suficiente autoridad para escribir un artículo sobre él y su obra. Después, al ver que los diarios lo recordaban como un dinosaurio enterrado hace millones de años, me dije que al menos debía dar cuenta de la noche en que lo conocí en Ixelles, cerca de Bruselas, allá por 1977.

Mandel llegó a ser el trotskista más notorio del mundo, heredó la dirección de la IV Internacional y fue reconocido o negado por los suyos con la terrible virulencia con que suelen hacerlo los seguidores del creador del Ejército Rojo. A los dieciséis años se incorporó a la Resistencia contra los nazis, entró en el socialismo para crearle un ala izquierda y en 1940, el mismo año en que Trotsky fue asesinado en México por orden de Stalin, se incorporó a las filas del internacionalismo. En los años sesenta, publicó un libro de referencia para la discusión de la economía: *Tratado de economía marxista*. Al poco tiempo lo pusieron preso por agitador y al salir de la cárcel era uno de los intelectuales rojos más temidos de la tierra. Pasó clandestinamente por decenas de países tratando de unir los desgajamientos trotskistas. Quería hacerles entender a sus camaradas que la revolución no estaba a la vuelta de la esquina, que Marx había incluso previsto la eventualidad de una tremenda derrota (pasarán cincuenta, cien, doscientos años antes de que la clase obrera tome conciencia de su explotación), y que el stalinismo era el principal enemigo del célebre "¡Trabajadores del mundo: únanse!".

Su libro más traducido, *La tercera edad del capitalismo*, conocido a principios de los años setenta, anticipa la euforia mercantilista del reaganismo, la tristeza del menemismo y unas cuantas cosas más. En 1983, Mandel publicó en Inglaterra, donde sus seguidores eran más numerosos que en otros países, *Power and Money*, que muchos consideran su obra mayor. En 1987, ya profesor de economía en la Universidad Libre de Bruselas, se dio el gusto de escribir *Meurtres exquis* (Asesinatos exquisitos), un curioso ensayo sobre la novela negra.

Sus giras clandestinas solían terminar en escándalo: expulsado de Australia, Francia, Alemania, Suiza y naturalmente de Estados Unidos, es posible que haya estado de incógnito en la Argentina en tiempos de Frondizi, aunque él se negó a confirmarlo aquella noche en que lo conocí. Eran los días de gloria del general Bussi, del almirante Massera, del antisemita Ramón Camps, en los que mataban o desaparecían gente en montes, ciudades y mares.

Y bien: alguien le pidió a Mandel que explicara cómo podía ser que el Partido Comunista Argentino diera a Videla un "apoyo crítico". Fijamos una fecha en Ixelles y allí acudimos los acusados de montar una campaña antiargentina a escuchar lo que decía Ernest Mandel, sucesor de Trostky, enemigo de los capitalistas y censor de todos los soviets.

Llegó solo a la reunión, sin custodia ni chicas que le hicieran la corte; dejó unos libros sobre la mesa, limpió los anteojos con un pañuelo de papel, se quitó el sobretodo lustroso, raído, y el echarpe marrón. Enseguida me hizo acordar al profesor socialista que Marcello Mastroianni interpreta en *Los compañeros*, la película de Monicelli; el expulsado perpetuo, el predicador pesimista. Empezó a hablar y al rato ya se estaba peleando con todos. No decía una sola palabra de las que uno tenía ganas de escuchar, explicaba el mecanismo económico y social que había llevado a la Argentina al desastre desde Uriburu hasta Videla. Nos preguntó qué era de la vida de don Arturo Illia, al que consideraba un gran hombre; preguntó con ansiedad si se había plegado a la aprobación como Balbín y Frondizi o al silencio como tantos otros. Quiso saber de Agustín Tosco y también de los sindicalistas amarillos, que conocía uno por uno. Desmenuzó la lógica del comunismo criollo que se plegaba a las sugerencias de Moscú y por primera vez en mi vida oí a un marxista hablar de la revolución informática y de la manera en que cambiaría el mundo. Dejó que lo insultaran y le dijeran que podía meterse sus libros en el culo. Sonreía con ironía y a veces respondía golpeando la mesa con un puño. Tenía la elegancia del despojamiento, las maneras corteses y virulentas de los revolucionarios del siglo XIX. Aunque pocos como él conocían la marcha del capitalismo posindustrial. La charla, convertida en asamblea, terminó pasada la medianoche.

¿Por qué recordar ahora a un tipo al que Menem le hubiera ganado diez elecciones seguidas? ¿Un profesor al que nadie escuchaba? Porque siempre decía algo que no esperábamos que dijera. Esa noche, militantes uruguayos, alemanes, chilenos y argentinos estaban furiosos contra él. La discusión siguió en los pasillos con un frío inolvidable. Tanto que ni siquiera nevaba. El local, que debía pertenecer a un sindicato, se fue vaciando. No había bares ni cervecerías cerca. Igual, nadie tenía con qué pagarse una comida. Nos quedamos en la vereda, ateridos, Mandel y unos pocos amigos. Recién al rato nos dimos cuenta de que estaba a pie y había perdido el último tren. El autor de *Power and Money* no tenía coche, custodia ni chofer. Lo que más le preocupaba era encontrar un lugar donde seguir la discusión.

Habíamos llegado en un viejo Citroën con una imposible patente holandesa y nos ofrecimos a llevarlo. Aceptó y ahí nomás salimos a treinta por hora en la helada noche belga, con el profesor más perseguido del mundo sentado en las rodillas. Hablaba castellano con los latinoamericanos, alemán con el que manejaba y portugués con la chica que iba al lado. Ya en Bruselas nos invitó a subir a su departamento. Estaba lleno de libros. En las bibliotecas, en el suelo, sobre la mesa, en el baño, arriba de la heladera, abajo de la pileta y al lado de la cama.

No nos hicimos trotskistas por eso, pero el alemán, que ya lo era, le comió las salchichas que tenía en la heladera y nosotros le tomamos la cerveza y acabamos con el queso. Compré su libro sobre la novela negra en París y me pareció que se le iba la mano con la ideología. Eso es todo. No volví a verlo. Murió en Bruselas de un ataque al corazón a los 73 años. Antes había refutado a los liberales, demostrado las contradicciones de patrones y obreros, pronosticado la caída del imperio soviético y adivinado el fin de la era del trabajo asalariado. "Lo que cuenta –decía– es el conocimiento." Tal vez por eso los medios hablan de él como de un dinosaurio.

Raro privilegio el de encontrarse en París con Don Juan
Manuel, el Restaurador, el tirano, el hombre más temido y
detestado de toda nuestra historia. Son sólo sus huesos deshechos, es cierto, una sombra inútil cubierta con los colores
de la patria, sin restos de punzó; los ojos celestes y temibles
deben ser ahora polvo y es mejor así, porque nada glorioso
podrían mirar. Cadáver en tránsito por el Salón de Honor
del aeropuerto de Orly, el Brigadier General inicia su regreso definitivo a la tierra que gobernó sin piedad, al país que
–dicen muchos–, protegió de males aun peores en los tiempos de la unidad nacional. A las seis de la tarde, en París ya
cae la noche. Sólo un puñado de funcionarios de la embajada y de la comisión de repatriación, presidida por Mera
Figueroa, estaban allí. Un aviso pagado en el diario *Libé-
ration* invitaba a los argentinos de Francia a rendir un ho-
menaje íntimo a los restos del dictador en la embajada.
Unos treinta interesados hicieron el viaje por nada: el único
Rosas que encontraron allí fue el propio embajador, Carlos
Ortiz, tataranieto del Restaurador, que aun no ha perdido la
zeta del venerable apellido.
    El aviso era una broma pesada, o un error de estirpe ar-
gentina. En realidad, Don Juan Manuel esperaba desde
hacía una semana en una discreta funeraria de Orly –donde
lo cambiaron de ataúd–, para darle tiempo al presidente
Menem de regresar de los Estados Unidos. Mera Figueroa
y sus amigos aguardaban en el hotel Georges v, el más lujoso de París. Los catorce delegados y el general muerto

habían viajado desde Southampton a París en un avión privado.

De modo que hubo que precipitarse a Orly y encontrar la Sala de Honor, que está cerca del depósito de cargas. Allí esperaba un Boeing 707 de la Fuerza Aérea, que iba a llevarlo a Rosario. Enseguida llegaron los jefes de la diplomacia argentina y el flamante embajador en la Unesco, Jorge Cayetano Zain Asís. Había gente contenta y otra que por lo bajo recordaba el fusilamiento de Camila O'Gorman, embarazada, y del pecador cura Gutiérrez. Pero había un aire de historia grande que pasaba por allí. La gendarmería francesa nos seguía cada vez que íbamos a los mingitorios para estar segura de que no dejáramos allí algún objeto imprevisto. Todos esperábamos ver el féretro de aquel hombre que tanto temieron y odiaron los liberales. A las seis y cuarto, alguien encendió cuatro velas gigantes y el servicio de seguridad estrechó un cerco discreto. Las banderas de la Argentina y de Francia estaban en su lugar y todos contuvimos la respiración un instante. A las seis y veinticinco, el muerto más repudiado de todos los tiempos apareció cubierto por la bandera celeste y blanca y todos corrimos a apagar los cigarrillos. Al fin, el enemigo de Sarmiento, el instigador de la muerte de Lavalle, el que honró la Vuelta de Obligado, entró allí, indefenso, dispuesto a servir de caución a perdones y olvidos que él nunca supo conceder.

Los soldados franceses, formados a la izquierda del Restaurador, y los oficiales argentinos, a su derecha, hicieron el saludo de rigor. Algunos argentinos parecían emocionados, otros pensaban que ese cadáver empezaba a levantar una buena cortina de humo.

El discurso, breve, americanista, lo hizo Enrique Oliva, un peronista corresponsal en París bajo el seudónimo de

François Lepot. "¡Gloria para siempre, Brigadier General!", exclamó Oliva, que llevaba anteojos negros, aunque el sol ya se había marchado. Un militar francés hizo una llamada de clarín y el cura español Carlos Mielgo, que vestía alba y estola morada de funerales, avanzó para pedir a Dios que guarde esa alma en su cielo de misericordia. El jesuita andaluz rezó un Padre Nuestro y luego un Ave María, que los militares y embajadores criollos siguieron con una voz apagada. Después hubo un poco de incienso, algunos abrazos de Mera Figueroa y Jorge Asís, y Rosas empezó a dejar Europa un siglo después de su muerte en exilio.

De la Argentina, los aviadores habían traído una cruz hecha de estrellas federales, la flor que el Restaurador amaba y obligaba a llevar a todas las mujeres. De algunos bolsillos asomaban pañuelos punzó y en tres o cuatro solapas se veían prendedores del Opus Dei. Había caras de circunstancia, alguna lágrima, ciertos regocijos y el respeto circunspecto por la historia truncada.

Cuando Mera Figueroa, el embajador Ortiz de Rozas y los otros levantaron el ataúd, una flor solitaria cayó al suelo. Antes de que alguien se la guardara de recuerdo, un edecán se agachó a recoger esa estrella federal y la puso con las otras, sobre el cajón de Don Juan Manuel.

El adiós fue religioso, sin himno nacional. "No lo cantamos porque estando presente la bandera de Francia tendríamos que haber cantado también la Marsellesa y bueno... está el recuerdo de la Vuelta de Obligado, usted sabe", me confió un ministro de la embajada argentina. Había otra razón, sin duda: el Restaurador, como algunos jóvenes ultracatólicos que estaban allí, había condenado el levantamiento de la comuna parisina y fue el primer argentino que advirtió al mundo sobre los peligros que anunciaba el Manifiesto Comunista de 1848.

Rosas vivía en Inglaterra –como Marx–, y en sus cartas se manifestaba obsesionado por el fantasma expropiatorio que anunciaban los rojos. Vivía en la pobreza, pero nunca dejó de ser un estanciero, el más rico de todos, emparentado a los Anchorena. Justamente, en Orly, cerca del ataúd, había un Anchorena de ahora, de traje y cubierto con un poncho. Los conscriptos franceses que mostraban la guardia lo miraban de reojo, pero están acostumbrados a cosas más pintorescas.

Ahí va, pues, a casa el jefe federal. Impotente, cubierto por la bandera del jacobino Belgrano, librado a la curiosidad pública, dispuesto a la última ceremonia de la necrofilia argentina. ¿A quién sirve, ahora que nadie le teme? ¿Se puede llamar al olvido de la historia en nombre del más memorioso y vengativo de los nuestros? Ya llega Rosas a su pobre patria. Aquí quedan, en el Palacio de los Inválidos, tres banderas argentinas capturadas por la escuadrilla francesa en la Vuelta de Obligado. Son botín de guerra y eso no se recupera así nomás. Salvo que algún presidente argentino lo pida a algún presidente francés. Y para conseguir eso, el presidente argentino tendría que explicar para qué le sirven los viejos muertos, los símbolos de una historia tan revisitada, tan mentida, tan sangrienta e inolvidable.

# EL TÍO CÁMPORA

Remuevo diarios viejos, fotos borrosas que encuentro en una caja de bizcochos olvidada en un rincón de la biblioteca. Quiero ver qué cara tenía el Tío Cámpora cuando estaba vivo y los chicos morían por docenas. Encuentro la sonrisa del incondicional de Perón y la mueca de Lanusse que no digiere el jaque mate. En un diario ajado, doblado en cuatro, está el mensaje a la Asamblea Legislativa, el 25 de Mayo de un 1973 que fue –parece– hace un siglo.

Releo. Conclusión inmediata, apresurada tal vez: Héctor Cámpora es todavía inabordable. Mario Wainfeld acierta al proponerlo como un hombre que "decidió ser mejor que su pasado, mejor que él mismo" y eso lo pone a contraluz de la farándula política de hoy. Casi toda su vida, Cámpora fue un esperpento político y en apenas cuarenta y nueve días entró en la historia como intérprete de una trágica ilusión que pronto sería saboteada por su conductor, minada por sus aliados y decapitada por la dictadura militar.

Cámpora era conservador, adulón, circunspecto, inseguro. Sus enemigos, dentro y fuera del peronismo, lo denigraban contando que cuando Evita le preguntaba "¿Qué hora es, Camporita?", él respondía, presuroso: "La que usted guste, señora." Lo cierto es que fue presidente de la Cámara de Diputados en la primera época peronista y nunca se supo que presentara un proyecto de ley recordable. Una vez, mientras el general hablaba en el Congreso, se puso de pie sesenta y cuatro veces para aplaudir. Y los otros tenían que seguirlo. A la caída de su líder fue a parar a la cárcel y después, hasta 1972, se perdió en el olvido.

Se han evocado su servilismo y su lealtad. Perón lo llamó desde Madrid para reemplazar a Paladino, que había sido su delegado en la Argentina. Cámpora, siempre fiel, temeroso tal vez de la agitación juvenil, dejó su consultorio de dentista en San Andrés de Giles y acudió a Madrid.

—¿Qué hora es, Camporita?

—La que usted quiera, mi general.

Nadie está más muerto que los muertos rebeldes. Rosas ya no aterroriza a los elegantes de la ciudad ni manda disparar contra los franceses. Cámpora ha perdido para siempre a sus guerrilleros y por eso junto a su ataúd estaban Firmenich, Erman González y Alfonsín. Todos parecían dispuestos a pasar por alto aquellos cuarenta y nueve días que conmovieron a la Argentina.

No hubo en este siglo un presidente de alma más compleja que Héctor Cámpora. Burócrata obsecuente, mensajero silencioso, Cámpora aplaude sesenta y cuatro veces y llora cuando lo mandan a una cárcel del sur, pero aguanta con dignidad los años de encierro en la embajada mexicana. No se hace la víctima. No perdona por él ni por nadie. Llega pobre al exilio, vuelve a ser dentista, no reniega ni se vanagloria de nada. Cámpora asume, el 25 de Mayo de 1973, el último, efímero gobierno rebelde de este país. Sabe que es un advenedizo; que la intrincada política de Perón y el azar de la vida lo han llevado a un sitio que no le pertenece, pero ese día, ante la Asamblea, ante Salvador Allende, de Chile, y Osvaldo Dorticós, de Cuba, se dirige a la Historia, que todavía está despierta. ¿Se daba cuenta de que proponía una guerra que no podía ganar? ¿A qué apostaban Firmenich, Galimberti y los otros? ¿Acaso el líder no había impuesto a López Rega y a Lastiri? ¿No estaba quebrado en cien pedazos el país de Perón, de los militares, de Firmenich, del

ERP, de Rucci, del miguelismo, de la Triple A, de los gorilas
y de los indiferentes? ¿Eran los montoneros lo que ellos
creían que eran?

Anoto, al azar, algunos fragmentos de aquella mañana del
25 de Mayo: "Queremos una juventud que comprenda que
es vanguardia de un gran ejército en lucha. Que no se sienta
sola, sino integrada en la misma. Que sepa que en la lucha
total del pueblo por su liberación, hay una conducción in-
sustituible y una unidad de acción que exige declinar todo
individualismo. A esa juventud maravillosa de nuestra patria
quiero decirle, enfáticamente, que a partir de hoy la especulación, el lucro de la usura sobre el salario del pueblo, la
intermediación inútil, el enriquecimiento ilícito de los funcionarios, la prédica sutil de los monopolios desplazados de
la venta de nuestra producción, las maniobras arteras de
quienes se habían comprometido con las expoliaciones de
nuestra riqueza y de nuestro trabajo, serán los únicos enemigos, determinarán las líneas de batalla e intentarán el
combate aunque sepan sobradamente que la liberación no
se negocia por nada ni por nadie, y serán derrotados tantas
veces cuantas lo intenten porque a la juventud ya nadie la
engaña, nadie podrá confundirla: es consciente del lugar de
la barricada que debe ocupar porque tiene sed y hambre de
justicia."

La Plaza de Mayo estaba cubierta con carteles de los
montoneros y las FAR. Había gremios combativos, estudiantes y villeros. Los que sobrevivieron de aquellos muchachos
y "compañeras" (la palabra "novia" era un papelón) son los
padres de esos chicos hartos de política que inventaron la
palabra "sicobolche" para compadecerse de ese eterno mili-
tante sacerdotal que alguna vez fue "juventud maravillosa".

El hombre argentino sabe en carne propia de la explotación a que es sometido por el régimen. En la cúspide del sistema los argentinos estamos financiando a las grandes corporaciones multinacionales, el poder de las cuales es a veces superior al del propio Estado.

Fuera de la Plaza la vida continuaba. Canal 13 emitía *Papá corazón*, un teleteatro con Andrea del Boca. Canal 9 competía con *Qué vida de locos*, con Osvaldo Miranda y Olga Zubarry. Olmedo y Porcel hacían *Fresco y Batata*. Después pasaban *Pobre diabla*, con Soledad Silveyra, Arnaldo André y China Zorrilla. *Para ti* regalaba un póster de Claudio García Satur, e Iberia ofrecía el pasaje ida y vuelta a Madrid por 742 dólares. Alfredo Alcón hacía *Las brujas de Salem*, de Arthur Miller; Sergio Renán dirigía a Héctor Alterio, Cipe Lincovsky y Walter Vidarte en *Casa de muñecas*, de Ibsen; en El Viejo Almacén tocaba Troilo y cantaba Edmundo Rivero. En Canal 7 había cine de trasnoche sin cortes. Por *Teleonce informa* repetían el sereno júbilo de Cámpora, aplaudido también por los radicales:

> La historia de la resistencia peronista no ha sido escrita porque no hubo dónde o porque no hubo quién. Su crónica tiene pocos nombres y pocas fechas. Pero explotados y explotadores la conocen. Está hecha de paros y huelgas, de sabotajes y atentados, de coraje y de sacrificio.

Cuarenta cines de la capital y los suburbios se venían abajo aplaudiendo la rebeldía del gaucho Juan Moreira, de Leonardo Favio. "Su voz es un grito que reclama justicia", decía la publicidad. Tendrá dos millones de espectadores. Se preparaba la filmación de otra película que iba a sacudir al país: *La Patagonia rebelde*, de Héctor Olivera, basada en el libro de Osvaldo Bayer. La verán un millón y medio de personas. Los humillados, los ofendidos y los fusilados volvían desde el fondo de la historia a buscar explicaciones.

La quinta y la sexta ediciones traían las fotos de las multitudes, los incidentes, los militares en retirada. Perón guardaba silencio en Madrid. Ni siquiera estaba en Puerta de Hierro, decía *La Razón*. En la primera página del diario, Cámpora jura con una mano sobre la Biblia, flanqueado por el vicepresidente Solano Lima.

> El Poder Ejecutivo asume a partir de hoy la responsabilidad de promover un orden jurídico para la Liberación Nacional (...) La patria entera se pone de pie y pelea sin temor. El régimen agoniza, sus cimientos tiemblan, sus paredes se resquebrajan (...) [El régimen] no abdica de sus privilegios, pero imagina medios más sutiles para preservarlos. No reniega de su concepción totalitaria, pero concibe servirse de formas democráticas para mantenerla. (...) La subordinación económica del país y la pérdida de su capacidad de decisión en lo económico y financiero tienen su correlato en la política exterior (...) La Argentina propugnará una asociación estrecha con los países del Tercer Mundo y, particularmente, con los de América Latina.

En la foto el escribano Garrido lee. Cámpora parece borrosamente emocionado y Lanusse se quiere morir. A su izquierda está Lastiri y justo detrás, retacón, levantando la cabeza, José López Rega. "Lopecito", para el General. Salvador Allende está a cuatro meses de la caída y la muerte.

> Esa aberrante política liberal es la que originó el incontenible ascenso de los precios, la creciente caída del poder adquisitivo del salario, la injusta distribución de la carga fiscal.

El Tío reparte tareas, llama al combate con un mesianismo que no es sólo peronista y la izquierda lo sabe. Una multitud rugiente rodea la cárcel de Devoto y en plena noche Cámpora firma una amnistía. Todos los presos políticos salen en libertad.

> La colonización comienza siempre por la cultura. La descolonización, nuestra reconquista, ha de iniciarse también a partir de la cultura. (...) El intelectual, el científico, el escritor, el artista, conscientes de la función social que les cabe, deberán aplicar su genio al acrecentamiento de la cultura del Pueblo y a la liberación de la Patria.

Cámpora propone lo que Perón llamó "socialismo nacional" y Juan José Sebreli "fascismo de izquierda". No sé si valdrá la pena discutirlo ahora que el tiempo ha barrido aquello en lo que muchos creyeron desde el peronismo y otros desde el socialismo. Pensábamos que eran ideas y utopías posibles. No sé; sólo queda hojarasca. Para unos la vergüenza de haber sido y para otros el inconfesable dolor de ya no ser.

⫷⫸

# MONZÓN

A Monzón lo comparan con Gatica, con Bonavena, con otros boxeadores que murieron antes de tiempo, entre la miseria y el hampa. Pero él, en el ring, fue más que todos ellos. Parecía el Golem de la leyenda medieval: un muñeco a medio terminar que perseguía a su víctima hasta el agotamiento y la demolición. Se plantaba en el centro del ring, miraba como una fiera y el otro, pobre, ya no podía salir corriendo.

Fue Monzón y no el Firpo de los años veinte el verdadero Toro Salvaje de las Pampas. Firpo era humano y al final dejó una gran desilusión en los tiempos de la radio a galena. El Mono Gatica ganaba y perdía en época de Perón, intuía de qué lado estaba el poder y, tarde o temprano, lo desafiaba. Pero Gatica y Bonavena tenían humor: eran tipos extraviados en la niebla del cabaret que perdían plata todos los días y se burlaban de la fama y de la gloria. Monzón nació en una villa miseria, se abrió paso en silencio y nunca se le ocurrió pensar en los demás. Enseguida se compró una estancia, empezó a romperles la cara a las mujeres, una más linda que otra, y al fin mató a Alicia Muñiz. Los periódicos hicieron del asesinato un dato menor, una anécdota más en la vida del campeón.

No era buen tipo, no era simpático y ni siquiera sabía reírse de sí mismo. Fue uno de los más grandes boxeadores de todos los tiempos, quizás unos pasos más atrás del gran Nicolino Locche. Era otro estilo. Locche reía y bailaba, era un gato doméstico que sólo se despierta para comer y jugar con ovillos de lana. Monzón era otra cosa, mezcla de dóberman y primatus: tenía una inteligencia de cuatro por cuatro, suficiente para calcular todo lo que podía pasar en un ring. Era como una cortadora de fiambre, una picadora de carne, un rallador de queso, una licuadora, algo así.

Me acuerdo que una tarde del 72 fui a entrevistarlo al Luna Park, con Jorge di Paola, el autor de *La virginidad es un tigre de papel*: apenas le podíamos arrancar una palabra. Al contrario de Locche, que pedía caramelos y aconsejaba no cansarse tirando golpes al azar, Monzón siempre estaba tenso, esperando que apareciera alguien a quien derribar, hombre o mujer. Di Paola, que mide un metro sesenta, cometió el error de discutirle no sé qué tontería y ahí nomás Monzón le dio un empujón, como si estuvieran en el recreo de la escuela. Era patética su imposibilidad de aceptar al otro: Di Paola se sacó el saco y se puso en guardia para pelearlo, gesto que lo convirtió durante años en el escritor más temible del país, y Monzón se le echó encima. Por fortuna estaban sus asistentes y había otros boxeadores que se interpusieron. Lo que nunca olvidamos Di Paola y yo eran sus ojos. Rayos y centellas. Fuego de volcanes. Bronca de chico con hambre.

Una sola vez pareció conmovedor: en la película de Leonardo Favio, con Gian Franco Pagliaro, *Soñar, soñar*. Ahí Favio lo hizo hacer de provinciano cobarde, sensible y soñador que, por estúpido, iba a parar a la cárcel. Antes había protagonizado *La Mary*, de Tinayre, y en ese rodaje se enamoró de Susana Giménez, el mayor *sex symbol* de los años setenta, cuando había en las calles y los medios más balazos que culos. A Monzón le interesaban unos y otros. Buen cazador en los campos de Santa Fe, gran cazador en los Campos de Marte, fue en París donde se hizo fama de machote incansable, de Casanova y saltimbanqui. Julio Cortázar, que adoraba el boxeo, lo metió en la literatura con *La noche de Mantequilla*, un cuento inspirado en aquella jornada de febrero de 1974 en la que venció a José Nápoles en una carpa de París.

Llegó a ser, con Fangio, el argentino más famoso en el mundo. Igual que con Maradona, los diarios del extranjero pedían notas con escándalos, mujeres golpeadas y doncellas rendidas a sus pies. Nadie dejó de admirar su talento, esa suerte de seducción perversa que practicaba con el adversario antes y después de demolerlo. Nino Benvenutti, como algunas mujeres que lo sobrevivieron, sólo tenía elogios para él. Tyson siguió su estilo de boxeo y su camino en la vida. Sólo que el norteamericano se coloca el cinturón de seguridad y allá las banquinas de los caminos no parecen cortadas a cuchillo.

Carlos Monzón está muerto. Un poco más muerto que antes. Y por más ídolo que haya sido, por mejor despedida que le hayan dado los santafesinos, aunque lo lloren el boxeo y las revistas del corazón, no lo acompañan en el largo viaje la simpatía de los dioses ni el calor de las estrellas.

A más de sesenta años de su muerte pienso que Carlitos Gardel tiene que haberse cruzado con Hemingway, Scott Fitzgerald y Picasso. Tal vez en La Coupole de Montparnasse o en los bares de la Place de Clichy. O bien en el Ritz, donde iba a pedirle plata a madame Wakerfield, la gorda que financiaba sus películas. La televisión francesa se ocupó alguna vez de Louis Gasnier, el director de las películas que Carlitos hizo en los estudios de Joinville. No era un improvisado, como lo puede hacer pensar el resultado de su trabajo con el cantor. Gasnier dirigió al colosal Louis Jouvet en *Topaze* y fue uno de los más considerables realizadores franceses de los años treinta.

¿Entonces por qué le salían tan mal las películas de Gardel? Al parecer porque eran producciones de muy bajo costo hechas a la apurada con libretos vacilantes y actores de poca monta que Gasnier no debe haber tomado en serio. En esos días el sonoro empezaba su carrera y para el cine, el castellano era un idioma de salvajes. El propio Gardel, sorprendido por el éxito internacional a la edad en la que el colesterol sube y la vista empieza a esfumarse, no se tenía mucha confianza. Según los pocos testimonios dignos de fe, el cantor remó contra la corriente también en París. A su llegada, el tango estaba pasando de moda. Arolas había muerto o lo habían matado; decenas de oportunistas y atorrantes corrían detrás de los estancieros que llegaban a Francia con la vaca en el barco.

Tocaba Canaro en las noches de Pigalle. También llegó Julio De Caro y ya se había ido la Negra Bozán. Al parecer

Hemingway fue a escucharlos una vez en la creencia de que también los argentinos gustaban de las corridas y Colin, el barman del Ritz, sueña con amurar en la pared de ese lugar venerable una cabeza de toro con cuernos y todo. En los años veinte algunos compadritos que habían abandonado las orillas de Buenos Aires para poner distancia con la policía fracasaron estruendosamente en París. Reinaba Maurice Chevalier, los franceses adoraban a Josephine Baker y había un tipo, Le Petoman, que montaba un triunfal espectáculo de fuegos artificiales con los gases que echaba por el trasero. Los fracasados que no podían regresar a Buenos Aires emigraban a países casi vírgenes para el tango, como Inglaterra y más tarde la Alemania nazi que volvía a tener moneda fuerte. El dueño del tango era un tal Manuel Pizarro, que vivió hasta muy viejo en Niza y dio confuso testimonio sobre algo que nunca soñó que entraría en la historia de los argentinos: el debut de Gardel en París.

El primer viaje del cantor a tierra francesa fue en 1923. Se presentaba en Barcelona y Madrid y pensó que no estaría de más echarle un vistazo a la capital del mundo de la cultura. Su paso fue fugaz y, depresivo como era, Gardel se volvió enseguida a casa. Esa fecha es importante para las conjeturas que argentinos y uruguayos tejen en torno del lugar de nacimiento del Zorzal. Si Gardel era la misma persona que nació en Toulouse el 11 de diciembre de 1890, hijo de Berthe Gardès y padre desconocido, tiene que haberse detenido a visitar el lugar, pero no hay pruebas de que lo haya hecho. Recién conoció Toulouse años después, en los tiempos en que Berthe pasaba largas temporadas con su familia. Pero en 1923, Carlitos tenía un pasaporte argentino en que decía que había nacido en Tacuarembó en 1887. La tesis oficial sostiene que.se hacía pasar por uruguayo para escapar de una eventual acusación de desertor en Francia. Pero no explica por qué, en lugar de quitarse años, como haría cualquier artista ya maduro, Gardel se agregó tres. La hipótesis uruguaya, mal enunciada por el periodista Erasmo Silva Cabrera, ha sido retomada por otros estudiosos, sobre todo Nelson Bayardo, quien ha leído varias ponencias en congresos internacionales y se ganó el repudio y el desdén de argentinos y franceses.

Eso solo ya debería hacerlo simpático a los ojos del mundo. Bayardo ha trabajado siempre con documentos y declaraciones de sus adversarios para que no puedan acusarlo de parcialidad. Sabe que toda pista uruguaya sería vetada en las otras capitales gardelianas. El resultado de su trabajo es, al menos, inquietante: varias fotografías de Gardel que no provienen de las películas han sido trucadas a lo largo de los años. Hasta la aparición del famoso testamento manuscrito, hecho a pedido de su tardío amigo Armando Defino, Gardel jamás se había dicho francés y sí uruguayo. Las veces que menciona su edad hace remontar el nacimiento a 1883 o 1884. Isabel del Valle, su novia de siempre, ha contado que él le llevaba veinte años, lo que sitúa su muerte a los 52 y no a los 44. Uno de los testigos, un francés de apellido Capot que lo conocía de la infancia, defendió la nacionalidad francesa del ídolo al mismo tiempo que admitía que era por lo menos tres años mayor que los proclamados en el testamento. Capot ratificaba el nacimiento en Toulouse, pero lo situaba en 1887. Pocos prestaron atención a ese detalle crucial: si Gardel era de 1887 no podía ser el mismo que figura en el acta de nacimiento de 1890.

De allí a la hipótesis de dos personas para una misma personalidad hay un paso y Bayardo no vacila en darlo. Esa es la parte más débil de la versión uruguaya: si hubo otro, ¿qué se hizo de él? ¿Por qué nadie recuerda haberlo visto? Pero las versiones sobre el origen de Tacuarembó son tan peregrinas como las que quieren un Gardel nacido en Toulouse. Entre ellos, el inglés Colliers, biógrafo con autoridad en Buenos Aires. En 1920 el Morocho no hubiera sido considerado desertor, según consta en un informe del consulado de Francia en México. Desde muy joven Carlitos decía ser nacido en la Banda Oriental, pero quizá fabulaba. Por qué no: en una ocasión se presentó como siendo de Punta Arenas, Chile y otra de Tucumán, Argentina.

Lo cierto es que en 1928 llegó a París, esperó su oportunidad en un hotel sórdido y anónimo y al fin Pizarro, perdido por perdido, le dio una oportunidad. Vestido de gaucho, maquillado, Gardel subió al escenario y mató. Fue el primero que logró que los franceses escucharan un tango en lugar de bailarlo. En una semana todo París hablaba de él. Su apellido cantarín se pronunciaba a la perfección en francés: las revistas de moda lo ponían en sus tapas, un gentío se agolpaba para escucharlo cantar esas tonadas incomprensibles pero tristes. Sus honorarios se multiplicaron por cinco, por diez, por cien; se mudó a un departamento señorial del 16 *arrondissement*, el más exclusivo de la ciudad, gastó fortunas en telegramas con instrucciones a José Razzano para que jugara a éste o aquel caballo, para que le comprara enteros de lotería y para que convenciera a Isabel del Valle de que no valía la pena esperarlo, que se olvidara de él, que nunca sería un buen marido.

Ese es otro motivo de malestar en el mundillo gardeliano: ¿Era el Zorzal un macho argentino, francés, uruguayo? ¿O era homosexual como sugieren algunos detractores? No hay ninguna constancia de que sus relaciones con los hombres hayan ido más allá de la amistad. Tampoco se ha podido probar que fuese un entusiasta de las mujeres. No hay un solo testimonio cierto de que el sexo tuviera importancia para él. Lo más plausible es que haya puesto la libido en otra cosa. En cultivar la voz con un asombroso celo profesional o en aprender inglés para alcanzar el sueño de competir con Ramón Novarro en la carrera de *latin lover* hollywoodense. Otro costado lindo de Gardel es su modestia con los amigos menos afortunados y sus versallescas exigencias a los empresarios. En Nueva York le ofrecieron cantar en el mismo teatro que Al Jolson, pero a mitad de precio. Pidió diez veces más, cincuenta mil dólares de entonces y como no se los dieron los mandó a cagar. "Se creen que allá somos indios", le dijo a su representante.

¿Agrandado, Carlitos? Tal vez se haya sentido predestinado en algún momento de 1931, después de haber vendido ciento diez mil discos en la temporada de Francia. El público de Buenos Aires recibió la noticia con recelo y en el debut lo dejó solo, con apenas ocho filas completas. Le dio tanta bronca que no volvió al centro, ni siquiera para el estreno de sus películas que se dieron a sala colmada. Se atrincheró en Jean Jaurès al setecientos, en el Abasto. Saltó a Montevideo donde lo llevaron en andas. Compró un terreno en el balneario de Colonia del Sacramento para hacerse una casa. Es de suponer que planeaba una pausa o el retiro, aunque los caballos le habían birlado casi todo lo ganado.

Tal vez como Borges, como Onetti, cometió el pecado de no ser feliz. Escapaba de sí mismo, de los misterios que iba a dejar. Al parecer era un tipo del montón con una voz maravillosa. El mejor de todos. Al contrario de lo que se usaba entonces en estas pampas, apostó y ganó. La soledad de los argentinos hizo el resto. Una leyenda compañera. Un mito perfecto.

Juan Manuel Fangio era el ídolo tranquilo, el hombre sin
televisión, alguien que sabía lo grande que era sin necesidad
de andar gritándolo a los cuatro vientos. Parecía un solitario
de esos que cuando salen de su cueva no paran de hablar
para resarcirse del silencio. Prudente como pocos en esa
profesión, abandonó las pistas cubierto de gloria, no formó
familia, no se metió en política y si por casualidad le tocó
hacerlo se cuidó de estar siempre al lado del poder. Gentle-
man austero y lejano, nadie lo conocía de verdad. Dormía
diez horas por día, era tímido con las mujeres, no fumaba,
no tomaba, no leía, no era particularmente desprendido,
pero gustaba dar consejos útiles sobre cómo tener un coche
en la ruta. Ni siquiera tenía el encanto de Óscar Gálvez ni la
presencia de los personajes destinados a la mitología. Simplemente había sido el mejor y cuarenta años después todavía lo era. Fingía modestia, como corresponde a un hombre
de tacto: "Soy famoso en el exterior porque mi nombre es
fácil de pronunciar en todos los idiomas", decía.

En Francia los noticieros de todos los canales transmitie-
ron montajes de las 24 carreras ganadas y declaraciones de
Fangio que reivindicaba la amistad por encima de los resultados deportivos. Sterling Moss, que fue su eterno segundo,
lo pintaba bien: "Era extraordinario, su fuerza residía en su
poder de concentración y en esa rara facultad de formar con
el auto una sola pieza. No era un técnico sino un artista del
volante."

A mí, a decir verdad, me sobresaltaban más Óscar y Juan
Gálvez porque los chicos de los años cincuenta vivíamos

pendientes de las carreras que pasaban por la puerta de casa. Autos rugientes preparados por tipos que vivían en la otra cuadra. Pero hay que reconocerlo: los Gálvez eran de cabotaje y Fangio salió al mundo a ganarles a todos. En los años del primer peronismo, el General lo ayudó para darle lustre al régimen. No había podido consagrar campeón mundial de boxeo al Mono Gatica, la selección argentina no se presentaba en los mundiales de fútbol y las espectaculares victorias de Fangio eran lo más conocido del país en el exterior.

Empezó en 1938 con un Chevrolet y rompió la hegemonía de los Ford, que parecían imbatibles. Después, en Europa, ganó con casi todas las marcas. Maserati, Alfa Romeo, Ferrari, Mercedes. Nadie podría decir que era la máquina la que volaba y no el piloto. Las veces que no fue campeón fue segundo por algún traspié, porque el azar se había impuesto a su genio. El dicho "tan rápido como Fangio" pasó al lenguaje popular. No tenía carisma social pero sí una inmensa fuerza interior; entre amigos solía contar anécdotas divertidas como aquella en la que un taxista de Buenos Aires, que no lo había reconocido, le gritó: "¡Aprendé a manejar, chambón!"

Lo conocí hace más de veinte años. Nunca pise el freno, me aconsejó. ¿Nunca? Jamás; un reventón se controla aferrándose con fuerza al volante y un trompo, en cambio, largándolo para retomarlo cuando el auto se endereza solo, me advirtió. Bueno, le dije, Óscar Gálvez me recomendó frenar si el reventón es en la rueda trasera. De eso Óscar sabe más que yo, replicó, convencido de que manejar en las ciudades de Argentina y de Italia eran aventuras que superaban a cualquier piloto profesional.

Como corredor lo recuerdo a la antigua, con unas antiparras sin marca y un casco tan resistente como la cáscara de una nuez. Salía en las figuritas Starosta que coleccionábamos a principios de los años cincuenta, estaba en la tapa de *El Gráfico* y en las revistas italianas. Ausente de medios por edad y timidez, había abandonado el podio para refugiarse en una oficina de Mercedes Benz Argentina. Era un personaje de buen trato, presentable, muy distinto a Carlos Monzón que murió por no saber manejar un auto a ciento cuarenta. Imposible compararlo al Maradona ruidoso y exaltado. En el fondo era un tipo de campo, un mecánico de Balcarce que quería ser jugador de fútbol y llegó a campeón de todas las pistas. Uno de esos hombres que miran al cielo para saber si tienen que salir con paraguas. Confesaba el miedo y esa conciencia del peligro le permitió llegar a viejo. Si hubo alguien que en la vida corrió más rápido que Fangio, era él. Por eso llegó a la edad que llegó, sin una raya en la carrocería y con el paragolpes intacto.

Perón le había comprado dos Ferraris para que se iniciara en Europa. Lo apoyó y tuvo la grandeza de no pedirle que se uniera al coro de alcahuetes y adulones de la Argentina justicialista. Igual, a la caída del régimen, en 1955, la Revolución Libertadora lo acusó de complicidad indecente con el tirano prófugo. Ahora que esos odios se han apagado, o casi, y que el caballero ha partido para siempre, quedan la hazaña y los ecos de un tiempo en el que no todo eran marcas de cigarrillos pintadas en los autos. Fangio decía que los campeones, los actores y los dictadores tenían que saber retirarse a tiempo. Tal vez hacía alusión a Perón que pagaba su ambición con el exilio, o al Batista de Cuba que había contribuido a derrocar al salir con buen humor del secuestro castrista de 1956.

Fangio vivió a una velocidad en la que la suerte es tan

importante como la pericia. Se codeaba con la muerte y la miraba con horror. Al fin, cuando ya no le quedaba más nada que ganar, cuando había deslumbrado al mundo, se retiró sin alboroto como esos personajes shakesperianos que sólo mueren en el último acto. Era, de algún modo, un asceta que nada tenía que ver con este tiempo. Hacía mucho que estaba de más, que nadie lo escuchaba. Era poco lo que podía decir, es verdad, pero los que alguna vez han manejado un auto a doscientos por hora saben que ahí, entre el vértigo y la soledad, habitan curiosos dioses y demonios. Para hablar con ellos, para apostar siempre al número correcto, Fangio se había inventado una filosofía de las pistas, algo intransferible y extraño para los que vivimos a paso de mula.

Creo que en el fondo esa filosofía no era más que un recetario personal y secreto para digerir el éxito, el champagne y las mujeres bonitas que se descorchan en el podio del vencedor.

CORTÁZAR

*Pocos días después de la muerte de Julio*
*Cortázar escribí un artículo y unas líneas a mis*
*amigos José María y Sonia Pasquini. Con su*
*consentimiento transcribo parte de esa carta,*
*que me parece una crónica más o menos exacta*
*de aquel rigor mortis. Los puntos suspensivos*
*indican la supresión de párrafos inútiles o*
*menciones a personas a las que no he podido*
*consultar esta publicación.*

*París, 20 de febrero de 1984*

Negro, Sonia: (...) Estoy abatido por la muerte de Cortázar, por la tremenda soledad que lo rodeaba pese a los amigos; debe ser una ilusión mía, un punto de vista personal y persecutorio, pero era la muerte de un exiliado. El cadáver en su pieza, tapado hasta la mitad con una frazada, un ramo de flores (de las Madres de Plaza de Mayo) sobre la cama, un tomo con las poesías completas de Rubén Darío sobre la mesa de luz. Del otro lado, en la gran pieza, algunos tenían caras dolidas y otros la acomodaban; nadie era el dueño de casa –Aurora Bernárdez asomaba como la responsable, el más deudo de los deudos, la pobre– y yo sentí que cualquier violación era posible: apoderarse de los papeles, usar su máquina de escribir, afeitarse con sus hojitas o robarle un libro. Supongo que no habrá ocurrido, pero la tristeza me produjo luego un patatús al hígado (...) y tuve que dormir un día entero con pesadillas diversas. En el entierro no éramos muchos; los nicas y los cubanos llegaron con un par de horas de retraso y tuvieron que conformarse con inclinarse ante la tumba que comparte con Carol (...). Escribí para *Humor* una nota que, creo, no es mala, tratando de ser distante y evitando los chimentos, esa violación a la que él escapó siempre. Yo no sabía, pero en el último libro me había dedicado un cuento y apenas pude dejarle un gracias en el respondedor telefónico un día antes de su muerte. Se pensaba que podría salir del hospital el lunes, pero el domingo se terminó todo. El gran hombre estaba ahí y me acordé de la descripción macabra y poética de Victor Hugo sobre el cadáver de Chateubriand (...). Me imagino que una vez que uno pasó al otro lado da lo mismo, pero el telegrama de Alfonsín, que tardó veinticuatro horas, era de una mezquindad apabullante. Hubo que sacar a empujones a la televisión española que quería filmar el velorio (que no era tal) e impedir que M. (...) sacara una foto del cadáver (y no estoy seguro de que no lo haya hecho).

La gata de Aurora estaba perdida en la casa entre tanta visita (aunque no exageremos, nunca fue una multitud y casi no había franceses) y a la noche se abrieron las alacenas y la heladera y como pasa en la casa de los muertos solitarios, no había nada de comer y no sé si nadie hizo café o no había; lo que no había era quién lo hiciera en nombre suyo, creo.

(...) De pronto alguien tomaba la iniciativa; uno atendía el teléfono, otro abría la puerta, otro facilitaba el acceso a la pieza donde él estaba a oscuras por eso de la conservación. Dos días así. De pronto yo me encontré ordenando los telegramas y anotando mensajes en su escritorio y se me vino el mundo encima. La violación. No me atreví ni a encender la lámpara. Recibí al embajador (provisional) que le dijo cosas de circunstancia a Aurora, un poco temeroso de que no se dieran cuenta de que representaba al gobierno constitucional y repitió varias veces que el canciller Caputo le había encargado.

(...)

Dijo que estaba enfermo y que volvería en febrero. Quería eludir a la prensa y escaparle a la admiración beata. Temía que no lo dejaran andar en paz por esas veredas y aquellas plazas que recordaba con la memoria de un elefante herido.

Pero creo que como todos nosotros le temía, sobre todo, al olvido.

No fue a la Argentina a recibir homenajes, pero se conmovió hasta las lágrimas la noche en que una multitud reunida en Teatro Abierto lo aplaudió de pie, interminablemente.

Le dolió, en cambio, la indiferencia del electo gobierno democrático, tan lleno de intelectuales, de escritores, de artistas, de humanistas.

Le hubiera gustado saludar al presidente Alfonsín. Frente al hotel, la medianoche antes de su partida, le dijo a Hipólito Solari Yrigoyen: "Mandale un abrazo; ojalá que todo le salga bien."

Hacía veinticinco años que había adherido al socialismo y con ello irritaba –cada uno lo manifestaba a su manera– a militares, peronistas y radicales argentinos. No a todos, claro, pero a los suficientes como para vedarse el camino a los elogios públicos. A su muerte, el gobierno se tomá casi veinticuatro horas para enviar a París un telegrama seco, casi egoísta: "Exprésole hondo pesar ante pérdida exponente genuino de la cultura y las letras argentinas."

No había en el texto juicio de valor que dejara entrever acuerdos o celebraciones compartidas. Apenas un reconocimiento de argentinidad ("genuino") sin mengua. Habrá que reconocer que es un paso adelante respecto de quienes lo habían considerado francés creyendo que con eso lo insultaban.

Sería una necedad desconocer que Cortázar amaba a Francia, sobre todo a París, y que tenía motivos profundos para vivir allí.

Llegó a los 37 años y escribió toda su obra en medio de "una gran sacudida existencial". Y lo explicó muchas veces: "Con ese clima particularmente intenso que tenía la vida en París –la soledad al principio; la búsqueda de la intensidad después (en Buenos Aires me había dejado vivir mucho más)–, de golpe, en poco tiempo, se produce una condensación de presente y pasado; el pasado, en suma, se enchufa, diría, al presente y el resultado es una sensación de hostigamiento que me exigía la escritura."

Así, en tres décadas escribe doce libros de cuentos y cuatro novelas además de una multitud de textos breves que reunirá en diferentes volúmenes. Su obra mayor, la que iba a conmocionar las letras castellanas, estaba allí: *Bestiario* (1951), *Final de juego* (1956), *Las armas secretas* (1959), *Los premios* (1960), *Historias de cronopios y de famas* (1962), *Rayuela* (1963), *Todos los fuegos el fuego* (1966), *La vuelta al día en ochenta mundos* (1967), *62 modelo para armar* (1968), *Último round* (1969), *Libro de Manuel* (1973), *Octaedro* (1974), *Alguien que anda por ahí* (1977), *Un tal Lucas* (1979), *Queremos tanto a Glenda* (1980), *Deshoras* (1982).

Era inevitable: el chauvinismo, la mezquindad de los argentinos –sobre todo de sus intelectuales– se manifestó desde que Cortázar se convirtió en un autor de éxito en el mundo entero. Como no era fácil discutirle su literatura, se cuestionó al hombre indócil y lejano en una suerte de juego de masacre que el propio Cortázar llamaba "parricidio".

"Lo que siempre me molestó un poco fue que los que me reprochaban la ausencia de la Argentina fueran incapaces de ver hasta qué punto la experiencia europea había sido positiva y no negativa para mí y, al serlo, lo era indirectamente, por repercusión, en la literatura de mi país dado que yo estaba haciendo una literatura argentina: escribiendo en castellano y mirando muy directamente hacia América Latina."

Desde que conoció la Revolución Cubana, Julio Cortázar hizo política a su manera; generoso, pero nunca ingenuo, adhirió al socialismo y apoyó a la izquierda, de Fidel Castro a Salvador Allende, de François Mitterrand a los sandinistas de Nicaragua, de los insurgentes de El Salvador a los patriotas de Puerto Rico.

No fue, sin embargo, un incondicional. Si nunca lo explicitó públicamente, sus desacuerdos con los revolucionarios aparecían cada vez que predominaba el dogmatismo ideológico y las libertades eran conculcadas. Pero Cortázar, al evitar la ambigüedad, supo impedir que sus críticas fueran recuperadas por el imperialismo, al que tanto había combatido.

Desde 1979 dedicó lo mejor de su asombrosa fuerza física y moral para apoyar y servir a la revolución sandinista.

Cometió errores, por supuesto, pero fue el primero en criticarse y aceptar sus equivocaciones. Fue leal con sus ideas y con sus amistades. No quiso regalarle su literatura a nadie y por eso la preservó renovadora y libre hasta el final.

Su combate contra la dictadura argentina le ganó otros adversarios, además de los militares que lo habían amenazado de muerte. No era antiperonista, como se dijo, sino que detestaba los métodos fascistas de cierto "justicialismo" autoritario.

De joven –y lo explicó mil veces–, no entendió el fenómeno de masas que se aglutinó en torno de Perón como tampoco había comprendido, de estudiante, el populismo democrático de Yrigoyen. Ya maduro se pronunció por una ideología, una manera de interpretar el mundo que, cuando no está encaminada o dirigida desde un partido, suele ser vista como pura utopía o snobismo.

En 1973, cuando viajó a la Argentina, compartió las mejores horas con Rodolfo Walsh, Paco Urondo y otros intelectuales que desde el peronismo combativo creían posible la edificación de una sociedad más justa.

Cortázar compartió ese entusiasmo pero desconfiaba de las intenciones de Juan Perón y su entorno de ultraderecha: la masacre de Ezeiza y la ofensiva lopezreguista lo hicieron desistir de su idea de volver al país por un tiempo prolongado para ponerse a disposición de la juventud.

De aquellos sueños pronto convertidos en pesadilla habló brevemente en Buenos Aires en noviembre de 1983. La llegada del gobierno de Raúl Alfonsín le parecía un paso adelante, una barrera contra el autoritarismo. Veía en el pensamiento del nuevo presidente la esperanza de una vida democrática por la que él había luchado desde el extranjero.

No podía ser radical, como muchos intelectuales de turno lo hubieran querido, porque conocía las flaquezas de las clases medias (de las que él había surgido), sobre todo cuando tienen el poder. Pero quería, como todos sus amigos, que Alfonsín y los suyos tuvieran éxito.

Como todos los grandes, Cortázar se ganó la admiración de los jóvenes, de los que no han negociado sus principios ni declinado su fe en un mundo mejor, menos acartonado y solemne. Este hombre, su obra colosal, los representará más allá de la coyuntura política: mientras otros vacilaban ante la dictadura, él dio el ejemplo de un compromiso que le acarreó prohibición, desdén, olvido, injusticia.

Casi nunca hablaba de sí mismo sino en función de los otros. Era tímido y parecía distante. Quería y se dejaba querer sin andar diciéndolo, con ese pudor tan orgulloso que lo hacía escapar a la veneración y sorprenderse de su propia fama.

Tenía nostalgia de una nueva novela que nunca escribiría porque Latinoamérica le quitaba dulcemente el tiempo. Solía trabajar entre dos aviones, en París, en Managua, en Londres, en Nairobi o en la autopista del sur. "Me consideraré hasta mi muerte un aficionado, un tipo que escribe porque le da la gana, porque le gusta escribir, pero no tengo esa noción de profesionalismo literario, tan marcada en Francia, por ejemplo."

Sus novelas, poemas, ensayos, tangos y hasta una historieta-folletín de denuncia (*Fantomas contra los vampiros multinacionales*) muestran hasta qué punto su arte consistió en tratar las obsesiones del alma, el impiadoso destino de los hombres, como un juego permanente, como una profanación saludable y revitalizadora.

Si Arlt y Borges habían dado vida a la literatura argentina, Cortázar le agregó alegría, desenfado, desparpajo para sondear el profundo misterio del destino humano.

"La violación del hombre por la palabra, la soberbia venganza del verbo contra su padre, llenaban de amarga desconfianza toda meditación de Oliveira, forzado a valerse de su propio enemigo para abrirse paso hasta un punto en que pudiera licenciarlo y seguir —¿cómo y con qué medios, en qué noche blanca o en qué tenebroso día?— hasta una reconciliación total consigo mismo y con la realidad que habitaba." (*Rayuela*, cap. 19)

No le disgustaba que calificaran su literatura de "fantástica", aun cuando es tanto más que eso. Deploraba la solemnidad y el realismo y polemizaba con los cultores de la literatura "útil". Me dijo un día: "Te cambio *Rayuela*, *Cien años de soledad* y todas las otras por *Paradiso*."

Escribió, sin embargo, varios textos "comprometidos" de notable eficacia, porque eran perfectas metáforas: "Grafitti", "Recortes de prensa", "Segunda vez" y también una novela, *Libro de Manuel*, que en 1973 fue como una bofetada para muchos guerrilleristas solemnes que, de inmediato, renegaron del padre literario. Cortázar no lograba ser ceremonioso ni siquiera con los revolucionarios, quizá el futuro de las revoluciones se lo agradecerá.

Los derechos de autor de *Libro de Manuel* fueron destinados a la ayuda de los presos políticos de la Argentina; los de su reciente (con Carol Dunlop) *Los autonautas de la cosmopista* son para el sandinismo nicaragüense. Sus amigos saben que muchos otros dineros, que pudo haber guardado, fueron a alimentar causas populares, periódicos, necesidades comunes.

Para vivir se conformaba con lo necesario: "Mis discos, un poco de tabaco, un techo, una camioneta para gozar del paisaje."

Tres mujeres contaron en su vida. Enterró a la última, Carol, de quien estaba enamorado y murió en brazos de la primera, Aurora Bernárdez. La otra, Ugné Karvelis, fue durante años su agente literaria.

Sus amigos lo despedimos en el cementerio de Montparnasse, una radiante mañana de febrero.

No tenía hijos, lo sobreviven su madre y una hermana en

Buenos Aires. En la historia entran sus libros, los ecos de una vida digna.

Lo heredarán por generaciones millones de lectores y un país que nunca terminó de aceptarlo porque le debía demasiado.

**NOTA**
Las citas han sido extraídas de *Conversaciones con Cortázar*, de Ernesto González Bermejo (Edhasa, Barcelona, 1978), y de reportajes y conversaciones con el autor de este artículo.

Cuando supo que iba a morir, Borges debe haber sentido un irrefrenable deseo de reencontrar su lejanísima juventud en Ginebra. De un día para otro levantó su casa de la calle Maipú, en Buenos Aires, despidió a Fanny, la mucama que lo había cuidado durante treinta y tantos años, y se casó con María Kodama, que era su asistente, su lazarillo, su amiga desde hacía más de una década.

Como lo había hecho Julio Cortázar en Buenos Aires dos años antes, Borges fue a mirarse al espejo que reflejaba los días más ingenuos y radiantes de su juventud. Cortázar, en cambio, necesitaba asomarse al sucio Riachuelo que Borges había mistificado en poemas y cuentos donde los imaginarios compadritos del arrabal asumían un destino de tragedia griega.

Curiosa simetría la de los dos más grandes escritores de este país: Cortázar, espantado por el peronismo y la mediocridad, decidió vivir en Europa desde la publicación de sus primeros libros, en 1951. Fue en París donde asumió su condición de latinoamericano por encima de la mezquina fatalidad de ser argentino.

Borges, en cambio, no pudo vivir nunca en otra parte. Tal vez porque estaba ciego desde muy joven y se había inventado una Buenos Aires exaltante y épica que nunca existió. Un universo donde sublimaba las frustraciones y el honor perdido de una clase que había construido un país sin futuro, una factoría próspera y desalmada.

Borges se creía un europeo privilegiado por no haber nacido en Europa. Aprendió a leer en inglés y en francés pero hizo más que nadie en este siglo para que el castellano pudiera expresar aquello que hasta entonces sólo se había dicho en latín, en griego, en el árabe de los conquistadores y en el atronador inglés de Shakespeare.

De *Las mil y una noches* y la *Divina comedia* extrajo los avatares del alma que están por encima de las diferencias sociales y los enfrentamientos de clase. De Spinoza y Schopenhauer dedujo que la inmortalidad no estaba vinculada con los dioses y que el destino de los hombres sólo podía explicarse en la tragedia. De allí llegó al tango y a los poetas menores de Buenos Aires, los reinventó y les dio el aliento heroico de los fundadores que han cambiado la espada por el cuchillo, la estrategia por la intriga, el mar por el campo abierto. El *Rey Lear* es Azevedo Bandeira, degradado y oscuramente redimido en *El muerto*. Goethe está en el perplejo alemán de *El sur* que va a morir sin esperanza y sin temor en una pulpería de la pampa.

En cada uno de sus textos magistrales, con los que todos tenemos una deuda, un rencor, un irremediable parentesco bastardo, Borges plantea la cuestión esencial, dicotómica para él, de la de-formación argentina: la civilización europea enfrentada a la barbarie americana. Como el escritor Sarmiento y el guerrero Roca, que fundaron la Argentina moderna y dependiente sobre el aniquilamiento de indios, gauchos y negros, Borges vio siempre en las masas mestizas y analfabetas una expresión de salvajismo y bajeza. Pertenecía a una cultura que estaba convencida de que Europa era la dueña del conocimiento y de la razón. Con las ideas de Francia, las naves de Inglaterra y las armas de Alemania se llevó adelante el genocidio "civilizador", la pacificación de estas tierras irredentas. De aquí, de los criollos, sólo podía emanar un discurso salvaje, retrógrado, sin sustento filosófico, enigmático frente a la consagrada palabra de Rousseau y Montesquieu.

Borges es el atónito liberal del siglo XIX que se propone poetizar antes que comprender. La ciencia no está entre sus herramientas: ni Hegel, ni Marx, ni Freud, ni Einstein son dignos de ser leídos con el mismo fervor que Virgilio, Plinio, Dante, Cervantes, Schiller o Carlyle. El único mundo posible para Borges era el de la literatura bendecida por cien años de supervivencia. De modo que se dedicó a recrearla, a reescribir enigmas y epopeyas, fantasías y evangelios que iban a contracorriente de las escuelas y las grandes mutaciones de las ideas y las letras. Fue un renovador del estilo, el más colosal que haya dado la lengua española, y esa forma, fluida y asombrosa, nos devolvía a las incógnitas y los asombros de las primeras civilizaciones. Unió, desde su biblioteca incomparable, las culturas que parecían muertas con los estallidos de Melville, Joyce y Faulkner. Su genio consistió en transcribir a una lengua nueva los asombros y los sobresaltos de los papiros y los manuscritos fundacionales. No amaba la música ni el ajedrez, no lo apasionaban las mujeres, ni los hombres, ni la justicia. El día en que lo condecoró en Chile la dictadura de Pinochet, el escritor reclamó para estas tierras feroces "doscientos años de dictadura" como medio de curar sus males. Más tarde, cuando Alfonsín derrotó al peronismo, es decir a la barbarie americana, escribió un poema de regocijo y esperanza.

En esos días, Julio Cortázar había retornado a Buenos Aires para verse a sí mismo entre las ruinas que dejaba la dictadura. Iba a morir muy pronto y volvía a reconocer el suelo de su infancia, los zaguanes de sus cuentos y las arboledas de las calles por donde había paseado sus primeros amores. El gobierno lo ignoró (su modelo de intelectual es Ernesto

Sabato) y Borges se molestó porque creía que el único contemporáneo al que admiraba no había querido saludarlo.

En verdad, Cortázar –tímido y huidizo– no se atrevió a molestarlo y temía que las diferencias políticas, ahondadas por la distancia, fueran insalvables. Él le debía tanto a Borges como cualquiera de nosotros, o más aun, porque el autor de *El Aleph* le había publicado el primer cuento en la revista *Sur*.

Muchas veces, en París, evocamos a Borges. Cuando aparecía uno de sus últimos libros o alguna declaración terrible de apoyo a la dictadura. Cortázar sostenía –como todos los que lo admiramos– que había que juzgar al escritor genial por un lado, al hombre insensato por otro. Había que disociarlos para comprenderlos, ir contra todas las reglas de razonamiento para crear otra que nos permitiera amarlo y sentirlo como nuestro a pesar de él mismo.

Porque ese creador de sofismas, que pensaba como el último de los antiguos, nos ha dejado la escritura más moderna y perfecta que se conoce en castellano. La que ha sido más imitada y la que ha dejado más víctimas, porque hoy nadie puede escribir, sin caer en el ridículo, "una vehemencia de sol último lo define", o rematar un cuento con algo que se parezca a "Suárez, casi con desdén, hace fuego", o "En esa magia estaba cuando lo borró la descarga", o "El sueño de uno es parte de la memoria de todos" o "No tenía destino sobre la tierra y había matado a un hombre".

Esta contundencia viene de las lecturas de Sarmiento, pero no tiene continuadores porque la Argentina que ellos se imaginaron se fue enfermando a medida que crecía, como los huesos sin calcio. El sueño del conocimiento se convirtió en la pesadilla de la falsificación y varias generaciones de intelectuales escamotearon la realidad o se quedaron prisioneros de ella. La literatura de Borges es la última elegía liberal, el canto del cisne de una inteligencia restallante pero ajena. No por nada los jóvenes de las últimas generaciones quisieran haber escrito *El juguete rabioso* o *Los siete locos*, de Roberto Arlt, aunque admiren la simétrica perfección de "Funes el memorioso" y "Las ruinas circulares".

Es que la perfección está tan alejada de lo argentino como el futuro o el pensamiento de los gatos. Borges no es grandilocuente, los argentinos sí. Arlt lo era, también Sarmiento y Cortázar que se interna, como Borges, en lo fantástico. Pero Cortázar suena a amigo, a compañero, y Borges a maestro, a sabio cínico.

Así como Cortázar había asumido su destino latinoamericano pero no podía separarse de París, Borges vivía en Buenos Aires porque creía que así estaba más cerca de Europa. Antes de morir, ambos fueron a cumplir con el juego de los espejos y las nostalgias: uno en los corralones de Barracas y el empedrado de San Telmo. Otro en los parques nevados de Ginebra donde había escrito en latín sus primeros versos y en inglés su primer manual de mitología griega.

Borges fue a morir lejos de Buenos Aires y pidió ser sepultado en Ginebra, como antes Cortázar había preferido que lo enterraran en París.

Fue, quizá, un postrero gesto de desdén para la tierra donde imaginó indómitos compadritos que descubrían la clave del universo, gauchos que temían el castigo de la eternidad, califas que leían el destino en la cara de una moneda china, bibliotecas circulares que descifraban el secreto de la creación.

Pocos son los hombres que han hecho algo por este país y han podido o querido descansar en él. Mariano Moreno, el revolucionario, murió en alta mar; San Martín, el libertador, en Francia; Rosas, el dictador, en Inglaterra; Sarmiento, el civilizador, en Paraguay; Alberdi, el de la Constitución, en París; Gardel, que nos dio otra voz, en Colombia; El Che de la utopía, en la selva de Bolivia.

Es como si el país y su gente no fueran una misma cosa sino un permanente encono que empuja a la separación, al exilio o al desprecio.

Roberto Arlt murió de un ataque al corazón. Poco tenemos de él como no sean sus cuatro novelas (en realidad tres, ya que *Los siete locos* y *Los lanzallamas* forman una sola), dos tomos de cuentos, ocho piezas de teatro y dos mil aguafuertes porteñas. También andan por ahí dos o tres fotos suyas repetidas hasta el cansancio y creo que está en pie la casa de Flores donde nació el 26 de abril de 1900.

Arlt no figura en el Diccionario de Literatura Latinoamericana de Washington que hace autoridad en la materia. Tampoco en las historias de Luis Alberto Sánchez, Fernando Alegría y Arturo Torres Rioseco. En vida, sólo ganó un tercer premio municipal. Tal vez sea mejor así: ciertos honores mejor no merecerlos. Nunca viene mal recordar la expedición de Arlt por las calles y el alma de Buenos Aires. Stasys Gostautas, un profesor lituano de la Universidad de Nueva York, le dedicó un ensayo. Encontré el libro en Madrid (*Buenos Aires y Arlt*, Editorial Ínsula, 1977) y lo primero que me sorprendió fue una advertencia del autor: el volumen debió haber sido publicado por Eudeba en 1976 pero el interventor, un capitán de la dictadura, destruyó el manuscrito y le escribió una carta a Gostautas en la que lamentaba no poder procesarlo por hallarse fuera del país.

Naturalmente negado, ninguneado, Arlt –que no era profeta– intuyó como nadie la decadencia y el horror que iba a sufrir la Argentina. Escribía mal. Es decir: si lo que hacía Lugones era escribir bien, entonces Arlt escribía con los pies. Y, así, con los pies y el corazón destrozado, fue nuestro Balzac pequeño, a la medida de una comedia humana mo-

desta y analfabeta, fue nuestro Dos Passos atónito y desma-
ñado, pero, sobre todo, nuestro Dostoievski desnaturaliza-
do y furioso.

Era periodista y todos los días publicaba un artículo sobre
las gentes de Buenos Aires que aún no se habían descubierto a sí mismas. Las *Aguafuertes porteñas* aparecidas en *El
Mundo* (y no en *Crítica*, como afirma su editor en la solapa
de las obras completas) forman un universo indivisible y
fantástico de los años del yrigoyenismo y la Década Infame.
Entre un artículo y otro, en la Editorial Haynes de la calle
Río de Janeiro redactó sus clásicos todavía incómodos: *El
juguete rabioso* (1924), *Los siete locos* (1929) *Los lanzallamas* (1931) y una novela menor, pero considerable: *El
amor brujo* (1932). Los cuentos aparecieron después: nueve
en *El jorobadito* (1933) y quince en *El criador de gorilas*
(1941). Dos tomos de *Aguafuertes* se publicaron en vida de
Arlt: las porteñas en 1933 y las españolas en 1936. Otras
aparecieron casi treinta años más tarde.

De sus contemporáneos famosos, Manuel Gálvez y
Eduardo Mallea, queda un recuerdo escolar. Ellos, que es-
cribían "bien", hoy son ilegibles. No resistieron la prueba
del tiempo con que Horacio Quiroga desafiaba a sus detractores del vanguardismo: "¡Cita dentro de cincuenta años!" Y
medio siglo después ahí están Quiroga, Arlt, y muy pocos
más como representantes de una época en la que el país for-
jaba sus desgracias futuras.

Arlt sobrevive con una obra escueta si se lo compara,
como hace Gostautas, con otros narradores urbanos. Apenas tres novelas contra ochenta y seis del madrileño Benito
Pérez Galdós, treinta y tres del francés Emile Zola, veintiocho de Dostoievski, y quince de Dickens. Heredero del
tremendismo de Eugenio Cambaceres (1843-1888), influi-

do por las aventuras de *Rocambole* y *El corsario negro*, ambicionaba repetir el éxito popular de Gálvez (*La maestra normal* [1918], *Nacha Regules* [1919], *Historia de arrabal* [1922]). Arlt es consciente de que hace algo nuevo y fantástico: les da cuerpo literario a Buenos Aires y sus marginales hijos de inmigrantes: Astier, Erdosain, Balder, son los héroes por los que habla y se representa. Y los apodos inovidables: El Astrólogo, El Rufián Melancólico, La Bizca, La Coja, que abren la puerta al lunfardo (al caló, como se decía entonces) que luego van a utilizar Marechal, Bernardo Verbitsky, Cortázar, Viñas, para desmañar del todo la idea que los intelectuales dependientes de París se hacían de la literatura. Era la primera vez que un escritor salía de verdad a los suburbios y se alojaba en pensiones con gente que "al lado del plato de sopa tiene un revólver".

Hay una sola biografía, casi inhallable, de Raúl Larra, que cuenta un hombre idealizado. Unas líneas de su amigo Roberto Mariani. Después de un ostracismo de veinticinco años, Arlt fue rescatado por los trabajos de Massota, Portantiero, Sebreli, Viñas, Jitrik y otros que vieron en él a una voz insoslayable de la ciudad rumorosa, a un intuitivo al que Juan Carlos Onetti calificó, sin vueltas, de genial. Antes no le había ido mejor: tardó cuatro años en publicar *El juguete*, que Elías Castelnuovo, pope del grupo de Boedo, rechazó en la Editorial Claridad. Al parecer Güiraldes corrigió la novela y publicó dos capítulos en *Proa*, la revista del grupo Florida, donde tronaban Borges, Oliverio Girondo, y el viejo Macedonio Fernández. Arlt la terminó en Córdoba y Güiraldes la llevó a la Editorial Latina donde se publicó sin que mereciera ni un solo comentario en la prensa. Es verdad que ése es el año de *Don Segundo Sombra*, que ocupa todos los suplementos y despierta soberbios panegíricos en el mundillo literario. Cinco años más tarde, en octubre de 1929, Arlt saca *Los siete locos* y tampoco llama la atención de los críticos. Una curiosidad, no obstante: un articulo anónimo en *La Literatura Argentina* de noviembre afirma citando a Romain Rolland: "Leí y fui sorprendido por el tumulto de su genio." Y en esos términos habrá que poner a Arlt para hacerle justicia: tumultuoso, ¿genial? A la publicación de *Los siete locos* (título inspirado en *Los siete ahorcados*, del ruso Leónidas Andreiev, que Arlt admiraba), el escritor era muy popular por sus Aguafuertes y el libro se vendió bien. En 1931 es, por fin, la izquierdista Claridad la que editará *Los lanzallamas* y un año después *El amor brujo*. Los diez años que le quedan de vida Arlt los dedicará al teatro, al lado de Leónidas Barletta, en el legendario Teatro del Pueblo, hoy La Campana. Es en su época de autor cuando Arlt lee a Marx "sin entender nada" y se acerca, sin afiliarse, al Partido Comunista. En los últimos años colabora en la revista *Bandera Roja* con artículos en los que se esfuerza por comprender al proletariado, pero lo que le asoma es la compasión. Al morir su mujer, en 1940, se casa con Elizabeth Mary Shine, de origen irlandés, y de ella le nacerá un hijo, Roberto Patricio, al que no llega a conocer.

Si se hace caso a sus declaraciones, a veces contradictorias, dejó el colegio a los diez años y fracasó en su intento de cursar mecánica en la Armada. De su sádico padre alemán guarda un recuerdo odioso y de su madre triestina hereda el gusto por la lectura. A los 16 años huye de su casa y después de trabajar como dependiente en una librería de viejo y pintar barcos en la Boca, parte a Córdoba donde escribe los primeros cuentos. Allí conoce a Carmen, hace el servicio militar, y nace su hija Mirtha. De regreso a Buenos Aires se mete en toda clase de trabajos hasta que empieza a colaborar en los diarios. En 1927 Natalio Botana, que tenía buen ojo para los escritores jóvenes y talentosos, lo incorpora a *Crítica* pero dura poco con ese patrón que se parece demasiado a su padre. Cuando aparece *El Mundo*, en 1928, Arlt comienza sus Aguafuertes que fluctúan, horriblemente diagramadas, entre las páginas 4 y 6 del matutino.

El éxito le gana enemistades y celos. Y el joven, que es buen insultador, responde: "¡Pandilla polvorienta y malhumorada! ¡Corifeos de la nueva sensibilidad!" Los destinatarios son los diletantes del grupo Florida que publica la revista *Martín Fierro*, dirigida por Girondo. En verdad la polémica entre las dos bandas, abierta por una carta de Roberto Mariani (*Cuentos de la oficina*, 1925), no pasó de ser una broma, como siempre lo afirmó Borges. El mundillo literario surgido en el clima sereno de la presidencia de Marcelo T. de Alvear se estaba pudriendo tanto como las vacas gordas. Durante la dictadura de Uriburu y el fraude que lleva al poder al general Agustín P. Justo, aparecen dos libros reveladores que vienen a enhebrarse a los gritos desesperados de Arlt: *El hombre que está solo y espera* (1931) de Raúl Sacalabrini Ortiz, y *Radiografía de la pampa* (1933) de Martínez Estrada. Mallea publica, en 1935, *Historia de una pasión argentina* mientras Marechal escribe *Adán Buenosayres*, que recién editará en 1948.

Arlt ya pertenece al teatro: *Trescientos millones, La isla desierta, Saverio el cruel* y cinco piezas más. Ha leído *El capital* pero dice que le gustaría viajar a Estados Unidos. Las bellas letras lo detestan y cierta izquierda no le perdona las burlas al comunismo en sus mejores novelas. Está liquidado. Ha descubierto Buenos Aires y la detesta. Todavía hoy va Erdosain humillado por la bajada de la calle Chile hacia Leandro Alem. Y después por la Avenida de Mayo, donde

Ergueta lo echa de su mesa con el famoso "Rajá, turrito, rajá", que todos recogimos alguna vez como propio. Esa parte de Arlt que se llama Erdosain piensa en hacer saltar la ciudad con una carga de explosivos, envenenarla con gases. En realidad empieza a inventarla y ese descubrimiento, esa imposibilidad de ser feliz, lo empuja al suicidio en un tren en la decimoctava jornada de la novela.

"Pensá –le escribe a su hermana–, que yo puedo ser Erdosain, pensá que ese gran dolor no se inventa ni tampoco es literatura." Arlt cae fulminado en 1942 pero sus criaturas resucitan cada día y siguen engendrando monstruos.

El rey Juan Carlos de España posibilitó que Adolfo Bioy Casares salga de su silencio y se sobreponga a la timidez para afrontar discursos y aplausos de academia. La entrega en Alcalá de Henares del Premio Cervantes –el mayor de la lenga castellana y el más importante después del Nobel– es un acto formal y solemne que consagra la aceptación universal de una entera obra literaria. Tres argentinos lo han merecido ya: Borges, Sabato y ahora Bioy.

La obra de este coloso de la literatura describe en varios de sus cuentos y novelas un Buenos Aires fantástico y aparentemente apacible, una ciudad que nunca existió y que todavía existe. Un ámbito que Bioy ha recorrido durante más de sesenta años barrio por barrio en busca de personajes y amores deslumbrantes.

Si se recorren ahora las calles porteñas de Bioy se las encuentra degradadas y desiertas, pero siempre cargadas de extraños sueños, de un indecible malestar, de una inquietud serena y aterradora.

Buenos Aires es una ciudad decadente y melancólica. En ciertos barrios se siente esa desazón arbolada que sale de los zaguanes, los adoquines desparejos y los abandonados rieles del tranvía.

Pasados los años de la caza nocturna y los treinta mil secuestros silenciosos, los ancianos de Adolfo Bioy Casares que urdían su desesperada defensa en *Diario de la guerra del cerdo* pueden volver a caminar sin temor por la ciudad a cualquier hora de la noche: no se conocen aquí los horrores nocturnos de Nueva York, París o Londres. Años atrás los cafés y las librerías permanecían abiertos toda la noche y los colectivos recogían cada cinco minutos a los paseantes, pero ese esplendor ya no volverá.

Los patrulleros de la policía recorren las pizzerías para mendigar la cena del comisario de turno. Los vigilantes tienen feos bigotes, modales falsamente amables y vigilan de reojo. Hay algo de irreal en los atardeceres con sol y con luna, algo propicio para que un mundo de calma cansada se convierta de golpe, en las novelas de Bioy, en pura inquietud e incertidumbre.

La población es hosca y formal; no hay jóvenes de pelo teñido ni ropas disonantes, ni en las calles ni en la obra de Bioy. En la city los hombres llevan su maletín gastado y cruzan la calle por cualquier parte, entre colectivos y coches que ignoran todas las reglas de tránsito. Si alguien cae al suelo fulminado por un infarto se le auxilia un poco por curiosidad, un poco por lástima; la ambulancia puede tardar media hora en llegar, o no llegar nunca.

En este mundo de puritanismo español y perversión siciliana no se encuentran prostitutas, travestis ni drogadictos de alboroto. La ciudad más embarullada del mundo cuida las formas de su agonía. Las apariencias son, en la Argentina, la primera preocupación. Una vez, un general de la dictadura, cansado de encontrar mendigos en las calles de su provincia, los cargó en un tren y los hizo arrojar en la frontera. Por ahí deben andar todavía, de camino en camino.

No existen trenes a horario ni citas puntuales y los teléfonos rara vez funcionan. Los muros están pintarrajeados de insultos a Menem y de reivindicaciones gremiales. El porteño que en *Dormir al sol* se "defendía" arreglando relojes ahora compra dólares para "zafar". Esa es la palabra que más se utiliza en Buenos Aires.

Aún quedan algunos lugares cordiales: los albergues transitorios y ciertos cines de la Recoleta. En los albergues se puede alquilar la mejor habitación del mundo para un romance de dos horas, que es un plazo más que razonable. No se admiten personas solas ni de a tres. Tienen que ser dos y de distinto sexo.

Ya casi nadie va al cine y uno puede sentarse a su antojo en cualquier fila. Allí está, siempre, Adolfo Bioy Casares. El más grande escritor argentino de este tiempo espera que el fin del mundo, si llega, lo encuentre a oscuras, en un cine. Años atrás, cuando recorría cada barrio de Buenos Aires según su talante, solía demorarse en aquellas salas inmensas ahora convertidas en supermercados o en templos de apócrifos evangelios.

En el tiempo de su primera juventud, recuerda Bioy, había tranvías, circos fantásticos y unas misteriosas grutas artificiales adonde acudían amantes y suicidas. En los teatros de la Avenida de Mayo daban zarzuela y servían paella valenciana. Gardel estrenaba en la calle Corrientes los tangos que quedaron para siempre, congelados en el tiempo como toda la ciudad. Bioy –como su amigo Borges– detesta la voz de Gardel y prefiere los tangos procaces que iba a escuchar cuando era muchacho con choferes de taxi y porteros de cine.

Frecuentaba los teatros de revista de la calle Corrientes cuando todavía no estaba el Obelisco. Allí iba a mirarles las piernas y el corsé a las coristas, a recomponer una alucinación que lo marcó para toda la vida: tenía sólo cuatro años cuando una muchacha que le pareció la más bella del mundo lo condujo a una glorieta y se desnudó para él.

Desde entonces tiene dos grandes pasiones: las mujeres y la literatura. Al evocar esos arrebatos de amor y de genio hace lo imposible para que su buena estrella no hiera a nadie. No he conocido otro hombre que respete tanto a sus semejantes. Bioy se incomoda si alguien lo elogia pero no lo contradice. "Cuando alguien dice que un libro mío es espléndido, yo, un poco por cortesía y por ser agradable, creo, por lo menos durante la visita de esa persona, que mi libro es espléndido." Tal vez ese recato gentil y tímido lo haya colocado a la sombra de su amigo Borges. Juntos crearon un alter ego, Bustos Domecq, al que se le deben muchos cuentos inolvidables. Hasta que un día perdió a aquel cómplice y no hay nadie que pueda llenar ese vacío.

Bioy entró metódicamente a los suburbios y a los libros. Dedicó un tiempo de su vida a cada lectura y a cada barrio de la ciudad. Buenos Aires ha hecho un culto de sus esquinas: la de Corrientes y Suipacha o la de San Juan y Boedo para el tango. Ciertas calles como Florida y Boedo separaron, al menos en la mitología, dos corrientes literarias de los años veinte. A Borges se lo sitúa en Florida aunque sus personajes son compadritos del arrabal.

Bioy Casares nació y vive en la Recoleta, uno de los pocos lugares de la ciudad que todavía se parecen a Europa. Ahí cerca está el cementerio de notables y patricios pero el barrio es artificial y sin encanto. Los personajes de *Historias fantásticas*, *El sueño de los héroes*, *Diario de la guerra del cerdo* y *Dormir al sol* deambulan por regiones más grises y ambiguas en las que todo es posible: una banal noche de juerga en el apático parque Chacabuco se vuelve aventura fantástica en el desolado pasaje Owen que apenas figura en los mapas. El de Bioy es un Buenos Aires sobrenatural y siniestro con domicilios precisos en los que se confunden las fronteras del cielo y el infierno: una iglesia de la calle Márquez 6890, la casa de Bolívar 971, la confitería Los

Argonautas, el club Obras Sanitarias, la cancha de Atlanta, el cementerio de la Chacarita, el tranvía 24 o el hipódromo de Palermo.

Un viaje en tranvía o un trayecto en taxi con los personajes de Bioy es un salto al vacío. Si se acompaña por las rutas del campo a sus viajantes de comercio se corre el riesgo de terminar fusilado por un pelotón que dispara desde otra dimensión del espacio y quizás del tiempo. Entrar a un prostíbulo de Barracas, en el sur, es ingresar a un laberinto que conduce a una historia circular. Julio Cortázar, el otro gran hacedor de geometrías fantásticas, lo admiraba y lo invocaba como a un maestro. Y no se equivocaba: de todos los novelistas argentinos Bioy es el que deja una obra más vasta y perdurable que arranca hace medio siglo con *La invención de Morel*. Cortázar nombraba un Buenos Aires que había abandonado de joven y rehacía en París con una memoria portentosa. Bioy se apoderó de la ciudad con una mueca de ironía y hasta de compasión: a veces cuenta que Borges, enamorado del feo puente de la Noria, que cruza el Riachuelo, lo arrastraba a admirar un paisaje en el que nada hay para ver. Tal vez porque suponía que ahí se apuñalaban los tahúres. "A veces pasábamos vergüenza con los amigos extranjeros", dice. Pero si alguien va en busca del universo de Bioy encontrará también barrios chatos, casas sin gracia y jardines descuidados.

El paisaje fantástico de sus cuentos y novelas es puro invento de Bioy, una fundación mitológica e irrepetible. Por eso en alguna parte del paraíso narrativo Bioy se encuentra y se abraza con Roberto Arlt, el autor de *Los siete locos* y *Los lanzallamas*, muerto a poco de publicada *La invención de Morel*. Arlt escribía deliberadamente un argot de malas traducciones españolas y dialogaba en un lunfardo que todavía perdura en cada muchachón desesperado. Bioy reconoce una apasionada afinidad con aquel suicida que predijo en sus novelas el desastre argentino. "Sí, definitivamente somos hermanos", reconoce, y el cuadro de familia, velado por la sombra de Borges, se recompone: Arlt, Marechal, Cortázar, Sabato, Conti, Bioy (y también el uruguayo Onetti) respiran un mismo aire de irónica melancolía porteña.

Los personajes del Río de la Plata y sus sueños destrozados están sobre todo en las páginas del Bioy más fantástico, irónico y sutil. El escritor que introdujo para siempre a Buenos Aires en el vértigo de la duda y la perplejidad.

# RAFAEL ALBERTI

*Grabé la voz de Rafael Alberti en Roma hace muchos años y luego reconstruí la historia de una parte de su vida para el diario La Opinión. Esas páginas estuvieron perdidas largo tiempo y el día que las encontré estaban tan dañadas que tuve que pedirle a Mabel Verga, una experta en reparar escrituras torcidas, que me ayudara a reconstruirlas para este libro. Pese a todo algunas frases quedaron truncas y preferí eliminarlas antes que poner en boca de Alberti algo que no fuese suyo.*

Soy andaluz de Cádiz, del puerto de Santa María de la Villa de Cádiz, uno de los antiguos pueblos que aún permanecen en el mapa de Europa. En ese pueblo aprendí las primeras letras con unas monjas carmelitas. Luego estuve en el colegio de los jesuitas, un colegio muy bonito sobre la Bahía de Cádiz. Allí fue muy difícil estudiar, porque el puerto era muy hermoso en esa parte de Andalucía. Muy pronto sentí la vocación de pintor, cuando tenía 11 o 12 años, y a veces en vez de ir a clase, me iba a la playa a pintar.

El colegio de los jesuitas en España en esa época, como ahora, impartía la enseñanza más rigurosa de los colegios religiosos. La enseñanza laica no estaba tan extendida. Había colegios particulares en aquella parte de Andalucía, pero mejor era el de los jesuitas. Tenían externos e internos, los que vivían allá y los que íbamos directamente, porque vivíamos en el pueblo. Existía una diferencia muy grande entre ambos, que yo advertí luego; cuando chico la percibía sin explicármela bien. Los externos asistíamos gratis a la escuela, pero los internos pagaban. Era un colegio muy de niños ricos de toda Andalucía, uno de los más importantes y grandes que tenían y tienen los jesuitas en toda España. Tenía alrededor de dos mil alumnos y una gran preferencia por los niños que podían pagar. Nosotros pasamos a ser, sin notarlo, la parte proletaria del colegio. Era una cosa de cierta injerencia molesta que cuando eres niño no te la explicas, pero te sientes incómodo. Había detalles: a los internos que recibían premios les daban diplomas o pergaminos muy bien dibujados, a los externos sólo nos daban una cartulina de colores. El interno llevaba uniforme con un galón de oro en el pantalón, esas cosas que en un momento dado tienen un valor casi inocente, infantil, pero dan una cierta vanidad, y sirven para diferenciar. Veíamos pasar a los internos con estrellas y galones frente a nosotros que no teníamos ni estrellas ni galones. Esto ha tenido indudablemente mucha influencia en mi vida, hablando de esto aún siento escozor; infinidad de veces percibía cosas sin saber por qué y eran consecuencia de esa diferencia.

De todos modos, de ese colegio guardo gratos recuerdos. Los jesuitas vascos eran un poco duros, en cambio los andaluces o los latinoamericanos eran más amables. Yo tengo un gran recuerdo de algunos profesores que eran muy buenos, con ellos aprendí algunas cosas sobre las que yo preguntaba, que no eran precisamente la matemática ni el latín. Siempre me gustó la historia y la geografía. A la clase de matemática no iba nunca; me suspendían o me aplazaban, como se dice en Buenos Aires. Muchas veces con justicia. Desde los 12 años en adelante, me iba a menudo a pintar a la playa o a torear becerros, porque allí los chicos andaluces son toreros de nacimiento.

Con los otros chicos del pueblo que estaban en el colegio –unos gitanos– nos íbamos a algún lugar cercano al colegio. Allí separábamos un becerro y lo toreábamos. Es muy peligrosa la embestida de un becerro: nos pateaban encima, se orinaban sobre nosotros; no tienen cuernos pero tienen mucha fuerza, si te pega aquí, en el pecho, te puede dar una hemorragia.

Así se desarrolló mi infancia allí, nada más que hasta el cuarto año en el bachillerato que yo dejé porque en la mitad del curso, hacia el mes de mayo, mi familia se trasladó a Madrid. Mi padre había tenido bodegas de escasa producción, pero eran bodegas muy buenas, muy ricas; así que las grandes casas de vino, las grandes familias monopolizaron todo y empezaron a comprar a los pequeños productores y en cierto modo los arruinaron. Mi padre fue uno de los que vendió sus bodegas.

Mi padre fue nombrado por la casa Terry para representar sus vinos por toda España, porque casi siempre esas casas vendían los vinos a Inglaterra y los países del norte de Europa, así que mi padre comprendió que para dedicarse a este negocio de los vinos era mejor trasladarse a Madrid, también para que siguiera mis estudios de bachillerato. Yo fingía que iba al instituto de San Isidro de Madrid y no iba nada, seguía pintando en el museo. Mis padres creían que seguía mis estudios y yo falsificaba las notas. Lo hice durante dos años de una manera bastante aceptable y las mandaba a mi padre que era un hombre buenísimo. Ya que falsificaba las notas, no me ponía calificaciones bajas sino que me trataba bastante bien.

Así empecé a estudiar pintura seriamente. En ese tiempo se estudiaba en la Academia de San Fernando de Madrid. Se conocía ya el cubismo, el futurismo; y bajo esa atmósfera excepcional que se vivía en Madrid en los años 1916 y 1917 pinté realmente de verdad. Vendía algunos cuadros, hice exposiciones, pero comprendí de pronto que la pintura no me satisfacía mucho, siempre me quedaba algo por decir.

Entonces empecé a escribir como quien comete un delito. Conocí a Federico García Lorca en 1922 o 1923 y también a algunos poetas que eran un poco mayores que yo como Pedro Salinas y Jorge Guillén. Yo había escrito un libro de poemas, pero lo tenía guardado, no me atrevía a dárselo a nadie. Entonces un amigo al que le había gustado me preguntó por qué no lo presentaba ese año al Premio Nacional de Poesía, que tenía un jurado muy bueno, con Antonio Machado. Se lo di y él lo presentó. En ese tiempo yo estaba mal de los pulmones. Me fui al sur con una familia amiga que vivía en Córdoba, en la Sierra Morena. A los tres meses cuando se me había olvidado completamente el asunto del libro, me pusieron un telegrama donde me decían que me habían otorgado el Premio Nacional.

Como andaba mal del pulmón no hice la conscripción militar, pero me convenía estar así porque mi familia, haciendo esfuerzos, me mandaba a las sierras. Mi hermano y mi cuñado vivían por ahí, en un buen sitio, y yo iba a verlos para curarme.

Escribí mis primeros libros muy lejos de Madrid y me acostumbré entonces a una vida al aire libre. He sido escritor de tertulias de café y allí conocí también a toda la gente que forma mi generación. Me hice amigo de Federico García Lorca que me encargó le pintara un cuadro para él.

Federico me dio el tema: "Tú me pintas a la orilla de un río y bajo un olivo; junto a la Virgen de Nuestra Señora de la Mora Hermosa, y lo titulas *La aparición de Nuestra Señora de la Mora Hermosa al poeta Federico García Lorca.*"

En España empezó la situación a agravarse bajo la dictadura del general Primo de Rivera en 1927. Las luchas estudiantiles se agudizaron. Ya se estaba creando una conciencia republicana muy grande. En ese momento yo tenía poca conciencia política pero quería romper faroles y salir, como mucha gente, con piedras en las manos.

Entonces me incorporé, sin saber exactamente bien lo que quería, a todas las luchas estudiantiles de la calle y empecé a escribir de otra manera. El resultado es un libro mío que se llama *Sobre los ángeles* que supone una crisis grande en mi vida y en mi obra. De allí pasé rápidamente a sentir la necesidad de expresarme de una manera más directa, de una manera que sirviera en cierto modo para algo, y fui a desembocar más o menos en una poesía civil muy confusa que se llama *Elegía cívica*, un largo poema del que escribí a mano varios ejemplares y los pegaba por los muros de Madrid. Era una cosa contra la dictadura de Primo de Rivera.

En esa época se produjo una sublevación de los jóvenes militares oficiales republicanos en Jaca. Cayó Primo de Rivera y vino una dictadura que se llamó la dictablanda del general Berenguer, que fusiló a dos héroes en Jaca, en los altos Pirineos. Entonces empezamos a sentirnos vinculados a una lucha que no era precisamente como aquella tranquilidad de los años de nuestra formación, donde realmente no había una conciencia grande como para hacer la lucha que luego se hizo.

A María Teresa la conocí durante la lectura que hice de una obra de teatro mía en la casa de unos amigos. Allí la vi y salimos de paseo. Luego fue mi esposa y aquí está sentada junto a mí. A partir de ese momento nos incorporamos a la lucha por la República Española. Cayó la Monarquía, vino la República y nosotros naturalmente nos incorporamos.

Nuestra generación tomó posiciones. Era una generación al comienzo en cierto modo apolítica. Había un ministro de Instrucción Pública, Gerardo de los Ríos, que era un gran catedrático socialista, que había sido profesor de García Lorca en Granada. Con su apoyo creamos un teatro popular –La Barraca–, donde hice una obra, casi la única obra política que hubo por aquellos años, que se llamaba *Fermín Galán* que era el nombre de uno de los héroes de Jaca, torturado y fusilado por la Monarquía. Durante la República la estrenó Margarita Xirgu en Madrid con un éxito contradictorio, poque había mucha gente monárquica y a la salida del teatro una señora le pegó dos bofetadas a Margarita.

Dejamos España para estudiar los movimientos teatrales en Europa pensionados por la Junta Cultural que había en Madrid. Fuimos a parar a Francia y estuvimos observando los teatros de vanguardia, los pequeños y grandes teatros, y después pasamos a Alemania. En aquel momento estaba en pleno desarrollo el nazismo. Era el año 1932 cuando las elecciones de Hindenburg, que salió elegido presidente y cedió el paso a Hitler. Llegamos durante la campaña más tremenda del nazismo. La cruz esvástica se veía por todas partes. Flotaban banderas en el Rin, clavadas en corchos; recuerdo que se movían al son del barco en el que íbamos. Había oleadas de banderas con cruces esvásticas. Sentí entonces una emoción tremenda. Se estaba viviendo un momento muy grave. En cuanto te veían por las calles y notaban que eras extranjero te miraban de una manera terrible. Iban formadas las escuadras con sus pistolas en la cintura, eran tíos que te miraban violentamente, andaban por las calles llenas de charcos pero no se salían de su paso, te salpicaban si te ponías cerca. Si veían que hacías un gesto, se te venían encima. Había una gran pobreza en Alemania en ese momento, se sucedían los paros obreros, las mujeres salían por la noche a ejercer la prostitución para llevar dinero a sus casas. También estaba en un momento muy agudo la crisis antisemita. Yo tenía muchos amigos judíos con los que salía a pasear, pero después decidimos no salir más, porque era un peligro muy grande para ellos.

La situación no podía ser peor. Vivíamos días amargos. He visto a los profesores echados de sus cátedras pidiendo limosna por la calle. Me decían: "Mire señor me da vergüenza, pero estamos en esta situación, es una cosa muy desagradable."

Estuve también en la Unión Soviética hasta doce a quince días antes de que Franco tomara Madrid. El frente español quedó cortado y quedamos en Madrid completamente aislados. Tomaron Barcelona, nuestro ejército pasó entero a Francia.

Nosotros nos ocupábamos más que nada de la cosa cultural. No estábamos armados, pero cumplíamos exactamente igual. Íbamos a cualquier sitio y ampliábamos lo que cada uno sabía o podía dentro de la República Española en este momento de la lucha y de la guerra. El Quinto Regimiento fue un núcleo estupendo de las milicias populares donde se aglutinaron intelectuales como Miguel Hernández.

Cuando el gobierno de Madrid corrió el peligro de quedar cercado pasó a Valencia y se planteó el problema del Museo del Prado. Sacamos las obras más importantes y luego, cuando se acabó la guerra, se expusieron en Ginebra. Salvamos las mejores, unas trescientas. Todo eso ha vuelto a Madrid.

Cuando se perdió el frente de Barcelona quedó cortada España a la altura de Valencia. El ejército, todo el gobierno y la gente de Barcelona y Cataluña pasó a Francia, y nosotros quedamos en el centro con una parte del ejército. El gobierno, que había pasado a Francia, volvió una parte cuando el doctor Negrín, que era el jefe de gobierno, retornó a la zona centro para seguir la resistencia, porque teníamos mucha geografía todavía en nuestro poder. Entonces ocurrió que se nos sublevó dentro un coronel de apellido Casado contra Negrín, contra nosotros, contra el gobierno, y empezó a fusilar gente nuestra. Entonces se vio que era una entrega total, pues empezaron a fusilar y salieron ya los de la quinta columna. Se creó una situación horrible. Nosotros salimos a Levante en Valencia para recibir al doctor Negrín y tratar de hacer la resistencia de la zona centro. Esta resistía pero al insurreccionarse Madrid, Valencia y la base naval de Cartagena, comprendimos que se había acabado todo. Nosotros salimos por casualidad en un pequeño avión, cuado supimos que estaba todo sublevado. Nos dijimos: "Aquí nos van a fusilar rápidamente", entonces decidimos que era una insensatez irnos andando a Granada donde no nos conocían ni nos habían visto nunca. Pensamos que ir allí era una decisión fatalista, porque ya estaban las banderas fascistas por todos lados junto a las ametralladoras. Era un momento terrible. En ese momento apareció en el camino, providencialmente, Ignacio, que era mi jefe, un tipo estupendo que había sido militar en Italia.

Ignacio era un aristócrata de una de las familias más notables de España. Era un republicano que se portó maravillosamente como jefe de la aviación. Cuando me encontró me preguntó adónde iba, y yo le dije "Creo que a Granada". Me ordenó: "Siéntate en este coche y habla en francés para que el chofer no sepa nada."

Llegamos a uno de los tantos aeródromos camuflados para la guerra y allí había un pequeño avión en el que cabrían ocho o diez personas. Luego llegaron un coronel llamado García y el ministro del Aire, llamado Núñez Maza.

No se sabía adónde íbamos. Decolamos y fuimos para adelante. Dijimos: "Hay que ir a Orán" y el piloto contestó que no sabía dónde quedaba ni traía combustible para poder llegar. Yo le dije que se tirara a una playa o donde fuera. Existía el peligro de caer en el África española donde nos habrían fusilado.

Cuando estábamos más desesperados, vimos en el pasto un letrero que decía "Orán" y allí bajamos y nos dieron permiso para ir a Francia. Al llegar a Marsella nos dijeron que ya estaban quinientos mil españoles en los campos de concentración franceses. Nos dijeron que si no nos íbamos en veinticuatro horas nos meterían en un campo y entonces, con un dinero que aún teníamos, tomamos con el ministro Núñez Maza el mejor tren que había, porque pedían documentos y como no teníamos nada, y en primera clase no pedían, allí nos metimos. No teníamos para comer. Pasamos la noche en una cama y llegamos a París. Dormimos ese día en una hostería de amigos. Creían que habíamos caído en África y que nos habían fusilado. Se portaron muy bien y también Picasso se portó muy bien con nosotros. Estuvimos empleados como locutores en la radio francesa para América Latina en una audición que se llamaba "París Mundial". Estuvimos allí hasta que se desató la guerra. Afortunadamente no se disparaba ningún tiro y embarcamos para la Argentina en un buque francés con nombre argentino que se llamaba *Mendoza*. Avanzábamos a oscuras porque el mar estaba lleno de submarinos alemanes. Llegamos a la Argentina días después de la batalla del *Graf Spee*, el barco alemán que hundió la flota inglesa delante de Montevideo.

No pensaba quedarme en Buenos Aires sino seguir a

Chile para ir con Neruda. Habíamos estado juntos en París y él nos había proporcionado un pasaporte para ir a Chile. En la Argentina era difícil conseguir permiso de inmigración durante los gobiernos de Castillo y de Ortiz. Sólo admitieron a unos cuantos vascos que tenían primacía, como si hubieran hecho ellos solos la guerra. Cuando llegamos a la Argentina nos recibió nuesto editor que era Losada, y también Córdova Iturburu, Aráoz Alfaro, mucha gente. Nosotros no teníamos permiso para estar en Buenos Aires. Teníamos que ir al hotel de inmigración y superar una noche para luego seguir con el tren para Mendoza, hacia la frontera con Chile. No teníamos permiso para estar en la Argentina, ni teníamos ningún papel que nos permitiera permanecer.

Entonces, nuestro amigo Aráoz Alfaro, que tenía un campo en Córdoba, en el Totoral, nos dijo: "Ustedes pueden pedir un permiso de cuatro días a Migraciones para ver la ciudad." Me dieron esos cuatro días y me fui a meter en la finca aquella del Totoral a setecientos kilómetros de Buenos Aires.

Aráoz Alfaro nos dijo: "Nadie va a saber que están aquí y les vamos a gestionar una cédula o un permiso." Desde febrero hasta octubre estuvimos en la Argentina sin permiso ninguno, hasta que un día nos trajeron la cédula personal que nos permitía salir de aquel campo donde había estado metido varios meses.

Losada nos decía: "No os marchéis, no vayáis a Chile." Porque yo pensaba ir a Chile por Neruda, pero lo nombraron cónsul en México, y ya había partido. Entonces pensé que no estando Neruda en Chile y con nuestro editor en Buenos Aires, decidimos quedarnos en la Argentina. Entonces Losada nos contrató los libros que teníamos inéditos a mí y a María Teresa. Nos pagaba mensualmente para que tuviéramos dinero. María Teresa entregó *Contra viento y marea* y yo tenía un libro que se llamaba *Entre el clavel y la espada*.

La visión que había en ese momento del peronismo era contradictoria. Mucha gente pensaba que era un fascismo, un nacionalismo, una afirmación nacional de la Argentina. Estaban equivocados pues Perón se afianzó en una Argentina muy dividida y muy contradictoria que le costó su caída más tarde. Nunca me he metido en la política argentina. Nosotros éramos simplemente antifranquistas, muy tachados por la prensa de derecha de "rojos". Siempre usaban la palabra "rojo", simplemente para perjudicarme. Pero encontramos en el pueblo argentino una ayuda extraordinaria y gran simpatía para la causa española.

Vivimos en la calle Santa Fe, luego en la calle Las Heras y más tarde en la avenida Pueyrredón. Hicimos guiones de películas y obras de teatro. Estuvimos muy vinculados. Tengo tan cerca de mí a la Argentina que conozco más de ella que de España. Mis hijos son españoles, pero el hijo de María Teresa, que es un gran médico, vive en la Argentina.

Nuestra situación en la Argentina luego de la caída de Perón no era cómoda. Durante el plan Conintes teníamos intervenido el teléfono, nos revisaban la correspondencia y estábamos en una lista negra. Todo se nos fue estrechando cada vez más, incluida nuestra situación económica.

Cuando llegó Frondizi la cosa se nos puso peor. Una noche, tres tipos allanaron mi casa, estando mi señora sola. Venían a detenerme, pistola en mano. Detuvieron a Miguel Ángel Asturias y a mí no me agarraron porque había salido. Tuve que esconderme en Castelar, durante un mes. Cuando pude salir, dije basta. El 28 de mayo de 1964 salimos de la

Argentina con gran dolor. Hacía veinticuatro años que estábamos allí, pero un día se nos hizo imposible. El resto ya lo conoce usted. No pierdo la esperanza de morir en Andalucía.

Releo los libros de Graham Greene con un asombro adolescente. El primero, creo, fue *El fin de la aventura*; luego *El revés de la trama* y *El americano impasible*. Pero sobre todo esa maravilla que escribió a los 74 años: *El factor humano*. Greene trató como pocos en este siglo (yo no conozco otro) algunos temas pendientes desde Shakespeare: Dios y la condición humana: la justicia, la piedad, la penitencia, el castigo. Siempre sus personajes vivían la angustia de una ética tironeada entre Dios y la Nada y es por eso que ninguna persona es la misma después de leer a Greene. Nadie sale indemne de sus páginas.

Era un novelista aventurero y borracho; solitario, huidizo, fraternal con todas las grandes causas del siglo. Estuvo –y no de paseo– en leprosarios de África, en el frente de Vietnam durante la ocupación francesa, en México, en el Panamá de Torrijos, en la Nicaragua sandinista, en el Haití de Duvalier y en la Argentina de las guerrillas; de cada experiencia sacó una novela. Es decir: era un escritor de otra época, tan grande, lejano e irrepetible como Georges Simenon.

En los años de la dictadura, el poeta Juan Gelman le escribió para preguntarle si quería adherir a una solicitada que denunciaba la desaparición de personas en la Argentina. Su respuesta no podía ser más breve y contundente: "Sí", decía nada más el telegrama que mandó desde Antibes, en el sur de Francia. Más tarde escribió sobre los militares argentinos y anotó que, en cuanto a la justicia divina, más les valía que Dios no existiera.

Se murió de viejo después de haber intentado otras maneras más expeditivas: la ruleta rusa, el whisky a raudales, el espionaje y todas las formas de la peste que se alojan en los confines del mundo más miserable, ahí donde iba a buscar las huellas de un Cristo anhelado e improbable.

Este católico no hablaba de Dios creador: le interesaban los hombres y su lealtad con las ideas y los actos de una vida, en el error o el acierto. "La gente suele volverse reaccionaria a medida que envejece, sobre todo aquellos que han sido más revolucionarios; yo no he cambiado." Sin embargo era de esos católicos que no comprenden a un cura casado y sin sotana. El renunciamiento era, para Graham Greene, la primera calidad de un cristiano sincero.

En sus novelas, en cambio, hay canallas muertos de amor y beatos corroídos por el odio. La cuestión de la lealtad –tema central de *El tercer hombre* y de todas sus grandes novelas– aparece expuesta en toda su tensión dramática, en un desgarramiento que, al fin, no puede ser otro que aquel del Cristo en la cruz, purgando sus errores y asumiendo los de la humanidad entera.

Si hay Dios, Greene ya está con él, borracho, festejando su propia muerte, subido al Trono para ayudarlo a juzgar traidores y canallas.

¿Cómo hace Salman Rushdie para que sus originales no se pierdan mientras va de un escondite a otro en Londres? ¿Cómo hace para elegir su ropa y no perderse los estrenos de cine? Al llegar a Buenos Aires después de que la policía chilena lo tuviera tres días guardado en una caja de bombones, parecía contento de ver otra vez la luz. Alguien lo llevó a pasear por la Recoleta y hasta entró al cementerio a ver la tumba de Evita. Debió haber ido a visitar la de Carlos Gardel, pero hoy por hoy Evita es la argentina más famosa en el mundo y pronto alguien la sacará a cantar boleros. Y por ahí estuvo merodeando Salman Rushdie, el escritor que muerto valdría tres millones de dólares, antes de acudir a una cena con Héctor D'Amico y Miguel Wiñazky.

Yo estaba invitado para darle un poco de charla literaria y por no llevar un arma me perdí los tres millones y la fama que el hombre tiene en el mundo entero. Igual, no habría vivido para contarlo: en la otra mesa del reservado comían cuatro sobrios policías criollos con aspecto de ser capaces de hacer blanco entre los ojos de un pollo a cien metros de distancia.

Durante la cena no paramos de reírnos, él y nosotros, de la desgracia que arrastra hace años, desde que el finado imán Jomeini pidió a sus fundamentalistas que lo mataran allí donde lo encontrasen. Para andar de un lado a otro y no perder los originales aprendí a escribir en un PowerBook, que es lo más fácil de usar; así llevo siempre el escritorio a cuestas. Igual que el personaje de mi novela, pensé; sólo que la condena de Rushdie es más palpable y por lo tanto más risible que la de mis criaturas de ficción. Me atrevo a escribir risible porque Rushdie quiere desdramatizar lo suyo. Se cansó de que la prensa internacional lo pinte como a un perro escondido entre los muebles, asustado por los cohetes de Navidad. Confesó que va con frecuencia al cine, sale a comprarse ropa, tiene tiempo para enamorarse, escribir, ir tranquilo al baño y hasta para tomar algo con su amigo Martin Amis, el mimado de la crítica británica. A mí no me tratan tan bien, yo siempre fui un best-seller, dice.

Hay quienes sostienen que a los cuarenta y nueve años es el más importante narrador de lengua inglesa. No sé si es para tanto pero *Harún y el mar de las historias* y *El último suspiro del moro* son libros desopilantes. Provocador temible, en la línea de Laurence Sterne, Jonathan Swift y Lewis Carroll, con mucho de García Márquez y de las grandes narraciones orales de Bombay, este fugitivo es capaz de explicar la India desde Gandhi hasta hoy, inmersa como está en la revolución de las comunicaciones y el libre mercado. Defiende el uso de la lengua inglesa como unificadora de las elites y esquiva las definiciones políticas. Su narración del socialismo que armonizó seis religiones y novecientos millones de almas, y la descripción que hace de las consecuencias del ultraliberalismo es objetiva, sin compromiso. Cuenta, como si ocurrieran en otro planeta –y para él es así–, que desde 1989 se han producido cambios estructurales; hay muchísima televisión por cable y satélite en todas las lenguas; se agigantó la brecha entre unos pocos ricos y centenares de millones de analfabetos miserables.

Rushdie ha vivido en Inglaterra desde muy joven. Una mañana lo llamaron de la BBC para avisarle que Irán había puesto precio a su cabeza. No me lo esperaba pero tampoco me sorprendió; sabía que *Versos satánicos* no iba a gustarle a los fundamentalistas. Desde entonces Gran Bretaña lo escondió, le puso custodios pesados, autos blindados con frenos chirriantes; en torno de él se tejieron las historias más insólitas, que las policías de todos los países por los que pasa se empeñan en agigantar. En la conferencia de prensa, los periodistas que tenían entrevistas con él sufrieron tanto como si se acercaran al Papa. Cuando terminó la reunión fueron recluidos en una sala contigua apenas provista de café y agua mineral y permanentemente vigilados –incluso cuando iban al baño– por custodios argentinos del escritor. Los teléfonos celulares fueron secuestrados y no se permitió establecer ninguna comunicación con el exterior

Al conocer esos detalles, cuando salí, le dije a mi mujer que no se alarmara si no regresaba en toda la noche. Guardé unos cuantos cigarros y dos tiras de aspirinas en el bolsillo, puse el libro de Rushdie bien a la vista y me dije que si me maltrataban por lo menos podría hacer un artículo y venderlo en el exterior. Pero por desgracia todo fue terriblemente banal. No nos vendaron los ojos, el hotel era el que me habían anticipado y aunque tuvimos que esperarlo media hora, Rushdie llegó caminando con tranco largo seguido de cerca por los guardaespaldas de la Federal.

Primero nos hablamos en francés, pero como yo era el único infeliz que no se manejaba en inglés pusieron una buena traductora y sólo volvimos al francés para prometernos, como ocurre siempre en las despedidas, una cena en Picadilly Circus con Martin Amis, autor de *Campos de Londres* y con Ian McEwan, el de *Los perros negros*. Sabíamos que no era muy probable, pero a menudo los escritores nos despedimos así.

No cree en un Dios, lo dijo sin vueltas, pero sí en las religiones como narración fantástica. Del islam lo fascinó que siete siglos después del origen del cristianismo, otro profeta subido a una colina haya visto un arcángel grande, que cubría el horizonte y recitaba la palabra de Dios.

Como Cervantes y Swift, como su admirado Melville, Salman Rushdie es un gran narrador. *El último suspiro del moro* propone una suerte de realismo mágico (para decirlo de algún modo) despanzurrante y deschavado. Judíos, moros, budistas y cristianos pagan el pato. Cuesta creer que una novela tan cómica haya sido escrita por un blanco móvil, entre mudanzas y policías nerviosos.

Tuve la sensación de que en Buenos Aires él o quienes lo cuidaban cambiaron su estrategia ante los medios. Me contó que no quería que nadie pensara que los ayatolas estaban arruinándole la vida. No se discute con los tiranos, se los ignora; si uno es un escritor de verdad se construye su propia libertad y vive y escribe en ella. Así dijo y luego escuchó con paciencia algunos nombres de escritores secuestrados y desaparecidos por los militares argentinos. No me pareció que conociera los detalles del drama porque tuve que repetirle los nombres de Walsh y de Conti y enseguida se puso a hablar de la dictadura de Pakistán.

Pasada la medianoche, los custodios empezaron a hacer señas de envido y truco. Hora de irse. Creo que si no hubiera cargado con la fatwa iraní se habría quedado tomando copas hasta la madrugada. Antes de que se lo llevaran en un coche negro contó que se levanta tarde y escribe desde las diez de la mañana a las dos de la tarde con el estómago vacío. No prueba bocado hasta el momento de terminar el trabajo del día. Al comenzar una novela es lento, equivoca con frecuencia el camino y como mucho consigue cuatro páginas diarias.

Al hablar, Salman Rushdie mira fijo con unos ojos claros y

desvaídos. Sus traductores de Italia, Japón y Noruega sufrieron atentados, pero sólo el italiano lo abandonó. Se ríe otra vez. No parece disgustado con su suerte. Este hombre es la prueba de que la palabra escrita conserva su poder devastador, que la sátira todavía hiere más que la espada.

∝∑⊳

Hace unos años la revista francesa *Lire* hizo una encuesta entre escritores de Europa para saber cuál era, según ellos, el mejor comienzo de novela que habían leído. Por escaso margen, tal vez por cercanía en el tiempo, la mayoría de los consultados eligió *Cien años de soledad*, de García Márquez: "Muchos años después, frente al pelotón de fusilamiento, el coronel Aureliano Buendía había de recordar aquella tarde remota en que su padre lo llevó a conocer el hielo." Otro comienzo que todos citaron fue el de *La metamorfosis*, de Kafka, que puede ser un cuento largo o una novela breve: "Gregorio Samsa despertó aquella mañana después de un sueño inquieto y se encontró en su cama convertido en un monstruoso insecto."

Las primeras líneas definen el relato. Pueden ser una lenta invitación o un angustioso llamado; una reflexión íntima o un desopilante piropo que el escritor se hace a sí mismo. Ernest Hemingway postulaba inicios punzantes para los cuentos y envolventes para las novelas. Por entonces Joyce había echado sombra sobre las maneras narrativas del siglo XIX:

> Solemne, el gordo Buck Mulligan avanzó desde la salida de la escalera, llevando un cuenco de espuma de jabón, y encima, cruzados, un espejo y una navaja. La suave brisa de la mañana le sostenía levemente en alto, detrás de él, la bata amarilla, desceñida. Elevó en el aire el cuenco y entonó:
> –Introibo ad altare Dei.

Deteniéndose, escudriñó hacia lo hondo de la oscura escalera de caracol y gritó con aspereza:
–Sube acá, Kinch. Sube, cobarde jesuita.

Tal vez por los horrores de la traducción ahora parece un comienzo de tantos, pero en 1922 y por varias décadas, el *Ulises* sorprendió a los mundillos vanguardistas. Había tanta audacia narrativa y tantos enigmas en su vasto libro que nunca consiguió demasiados lectores. No podía tenerlos porque hablaba una lengua nueva y personal, insólita para ese tiempo. Tres años más tarde, en Buenos Aires, Roberto Arlt escribía: "Al abrir la puerta de la gerencia, encristalada de vidrios japoneses, Erdosain quiso retroceder; comprendió que estaba perdido, pero ya era tarde." Así empieza *Los siete locos*, una de las geniales novelas argentinas. Otra fue publicada por primera vez en 1940 y arranca así: "Hoy, en esta isla, ha ocurrido un milagro." Con *La invención de Morel*, Adolfo Bioy Casares se convirtió en el primer escritor argentino reconocido en todo el mundo. Su obra es contemporánea a las de Borges, Cortázar, Marechal y Sabato. No la empujaron la política, el boom ni la moda. Hubo después dos obras capitales que empiezan en pregunta: "¿Encontraría a la Maga?", propone Cortázar en *Rayuela*; "¿Hay una historia?", interroga la primera línea de Ricardo Piglia en *Respiración artificial*. Casi veinte años separan a esas novelas, pero las preguntas siguen en pie. La inquietud argentina de Piglia está lejos de la certeza británica de Graham Greene, que inicia así *El fin de la aventura*, tal vez la más intensa historia de amor de este siglo: "Una historia no tiene comienzo ni fin: arbitrariamente uno elige el momento de la experiencia desde el cual mira hacia atrás o hacia adelante..."

El más bello y evocador comienzo será, siempre, el "Había una vez" de las historias medievales, antes de que en el Renacimiento aparecieran los escritos de largo aliento. "Érase una vez un terrible lobo de fuertes mandíbulas..." Ese arranque y sus millones de variantes en todos los idiomas promete una épica narrada en eterno pasado, una historia fantástica o aleccionadora. Un relato siempre viene del pasado y evoca una vida: "Mi recuerdo más remoto está bañado de rojo", dice Elías Canetti al inicio de *La lengua absuelta*.

La primera de las grandes novelas muestra desde el principio sus manjares: "En un lugar de la Mancha de cuyo nombre no quiero acordarme" es el más famoso de los "Había una vez" y para enfrentarlo Cervantes se coloca como segundo narrador, una treta que aún hoy tiene muchos partidarios y que Calvino supo llevar a la mayor sutileza: "Estás a punto de empezar a leer la nueva novela de Italo Calvino, *Si una noche de invierno un viajero*. Relájate. Recógete. Aleja de ti cualquier otra idea." Escondido detrás del narrador, Calvino cuenta a Calvino y pide atención. Eran los tiempos en los que a un escritor se le permitía exigir un instante de silencio. Antes, Herman Melville, mi preferido: "Pueden ustedes llamarme Ismael. Hace algunos años —no importa cuántos exactamente— con poco o ningún dinero en mi billetera y nada de particular que me interesara en tierra, pensé en darme al mar y ver la parte líquida del mundo."

A veces me pregunto quién lee hoy *Moby Dick*. La notable traducción de Enrique Pezzoni que se encuentra en librerías de viejo a precio vil y no se agota nunca. Quién lee a Conrad, quién a Calvino, quién a Tolstoi. Quién gusta de este comienzo: "Durante medio siglo las burguesas de Pont l'Evêque envidiaron a la señora Aubain su criada Felicité." Flaubert escribió *Un corazón simple* en 1876 con la intención de "hacer llorar a las almas sensibles, siendo yo una de ellas"; pero lo que en realidad buscaba era la perfección. Virtuoso como pocos, pensaba que la literatura era una forma extrema de la sensualidad. En aquella época no existían los críticos académicos que lo habrían refutado de inmediato. *Moby Dick*, publicado dieciocho años antes, había sido considerado por comentadores y eruditos una novela sobre la caza de ballenas, excesivamente larga y a veces incomprensible. Ni siquiera *Bartleby el escribiente* los dejó conformes. No podían prever que el relato y sobre todo la réplica "Preferiría no hacerlo", lanzada por el pobre pinche de oficina, sería inmortal, repetida y manoseada en todos los idiomas del mundo.

El mejor comienzo argentino es, creo, el de *La invención de Morel*. También la circunstancia con la que Roberto Arlt inicia *Los lanzallamas* es de lo más sugerente:

> El Astrólogo miró alejarse a Erdosain, esperó a que este doblara en la esquina, y entró a la quinta murmurando:
> –Sí... pero Lenin sabía adónde iba.

Puede argumentarse que esa novela es la continuación de *Los siete locos*, aunque Arlt nunca las juntó en un solo volumen ni volvió a dedicarse al género en los diez últimos años de su vida.

Las encuestas sirven para cualquier cosa y la revista de Bernard Pivot seguramente va a dedicar un próximo número a escudriñar los mejores finales de todos los tiempos. Es posible que en esa arbitraria competencia también el vencedor sea un libro de García Márquez. Aquel que terminaba con un sonoro y resignado "Mierda". Hoy que todo el mundo te tutea y putea puede parecer banal, pero hace treinta años sonaba a revolución. Tanto como el faulkneriano "¡Mujeres!, dijo el penado alto". Sólo que el final de *Palmeras salvajes* no pertenece a Faulkner sino a Borges. Lo dice Juan Carlos Onetti en sus *Reflexiones de un lector*. Borges inventaba incluso –y sobre todo– en las traducciones. En una de esas fue por eso que no le dieron el Nobel.

En 1984, seguramente en apuros, Gabriel García Márquez publicó un artículo en el que se preguntaba cómo se escribe una novela. Su testimonio dejaba entrever un trasfondo de angustia: no hay escritor –al menos de cuantos se tenga noticia– que no se haya encontrado alguna vez con la temible sospecha de que ha perdido el don de la palabra.

Mientras escribía las primeras páginas de *A sus plantas rendido un león*, me hice mil veces la misma pregunta: ¿Cómo demonios se hace para escribir algo que merezca llamarse literatura?

Los pánicos revelados por García Márquez me daban vueltas en la cabeza. Entonces me di cuenta de que en mi desasosiego yo estaba haciendo lo mismo que hacen todos los escritores (aunque uno cree ser el único y se avergüenza) cuando la novela –o simplemente una idea– se empantana: correr a la biblioteca y buscar el auxilio del libro más amado. El escritor impotente saca, por ejemplo, *Tifón*, de Conrad, y empieza a recorrer al azar las páginas del capitán MacWhirr. Pero, claro, Conrad fue marino y ha vivido todo lo que cuenta. No sirve como modelo. Entonces uno toma a Simenon, *La escalera de hierro*, sin ir más lejos, y al cabo de unos pocos capítulos se da cuenta de que no pasa gran cosa, de que la historia fluye y se acumula como la arena de los relojes. El personaje es un pobre tipo, seguramente uno de los más estupendos pobres tipos descritos en este siglo, pero tampoco eso es lo que uno está intentando hacer.

A ver, probemos con uno nuestro, Julio Cortázar, *Rayuela*, o más simplemente, *Final de juego*. No, nada que hacer:

el hombre tiene una música propia, intransferible, tan mezcla de jazz y de tango que uno se queda atrapado en el relato y olvida su propia novela trunca. No hay caso. No hay libro ajeno que sirva.

Entonces el escritor vacío va y prueba con los libros propios, si es que ya tiene alguno.

Peor todavía. Cada vez que uno repasa algo ya publicado se tropieza con la dificultad de reconocer que alguna vez fue mejor, o bien de que nunca fue lo suficientemente bueno como para que valga la pena seguir adelante.

Conozco muchos escritores –en realidad la mayoría– que trabajan con un plan previo. Manuel Puig me contó un día que nunca se sentaba a escribir hasta que no sabía lo que iba a ocurrir en la novela paso a paso, capítulo a capítulo, con un comienzo y un final insustituibles. Otros toman apuntes. En servilletas de papel, en blocks que esconden en los bolsillos del saco, al dorso de la última carta de la amante, o sobre un rollo de papel higiénico.

En general, me dice Antonio Dal Masetto, los apuntes sirven. Como yo estaba impresionado por la precisión del montaje de *Siempre es difícil volver a casa*, le pregunté cómo había trabajado para lograrlo.

Fue así: una noche se sentó a la mesa con una damajuana de vino y una caja de zapatos vacía. Sacó o copió todos los apuntes que había juntado en los fondos de los bolsillos, en los bordes de las sábanas y hasta en las paredes del departamento y dispuso cuatro pilas, como si fueran naipes. En una puso todos los apuntes que, se le ocurría, cabrían al personaje A; en otra los del B, en la siguiente los del C y en la última los del D. Planchó pacientemente los papeles con el dorso de la mano, los enrolló como un matambre y ató cada uno con un trozo de piolín. Después los metió en la caja de zapatos y la guardó en un armario hasta que le vinieran ganas de escribir. El día que la pereza lo abandonó, metió la mano en la caja y empezó a sacar los rollos al azar. Personaje que salía, personaje que entraba en acción. "Es un método como cualquier otro", me dijo al final y sacó del bolsillo los arrugados apuntes que está juntando para su próximo libro.

Scott Fitzgerald, en cambio, era un hombre meticuloso y la prueba está en el apéndice de *El último magnate*. Como Raymond Chandler, el gran Scott reescribía cada capítulo hasta el hartazgo y supongo que ésa fue una de las causas para que los dos se dieran a la bebida con tanto fervor.

En cambio, Erskine Caldwell, a quien me acerqué en París para agradecerle algunos de mis mejores momentos de soledad, era bastante desprolijo y los más inolvidables momentos de *El camino del tabaco* se deben al fino olfato con el que captaba el idioma y los gestos de los granjeros del sur. De joven, Scott Fitzgerald despreciaba lo que Caldwell hacía, pero terminó admirándolo. Lo cierto es que el autor de *La chacrita de Dios* nunca tuvo problemas para sentarse a trabajar y allí quedan más de cincuenta libros –de lo mejor a lo peor– que lo prueban.

Quien resultó un verdadero caso de empantanamiento fue Samuel Dashiell Hammett. Ya en 1931 tuvo que encerrarse en el hotel que regenteaba Nathanael West para poder entregar a tiempo *El hombre flaco*, que le habían pagado por anticipado. Después se empacó como una mula y en treinta años sólo consiguió escribir una docena de páginas.

Yo no sé si a Juan Rulfo le pasó algo similar. Escribió un libro de cuentos, *El llano en llamas,* y una breve novela, *Pedro Páramo*, que son obras maestras. Luego, durante tres décadas guardó silencio. En un bar de Berlín, hacia 1980,

Rulfo me dijo que estaba escribiendo algunos cuentos. Pero muchos sospechábamos que se burlaba de nosotros y sobre todo de Octavio Paz, su blanco preferido.

Rulfo no creaba expectativas sobre obras futuras y esto fue aprovechado por los editores que se hacían un deber en no pagarle sus derechos de autor. Yo le propuse en otro bar, el Suárez de Buenos Aires, que hiciéramos circular la voz de que estaba terminando una novela. Automáticamente, sus editores del mundo entero correrían a pagarle los derechos atrasados para tener alguna posibilidad de publicar la nueva novela que, sin duda, sería un acontecimiento para las letras del continente. Sin embargo, Juan Rulfo sólo parecía pre-ocupado, ese día, por comprar toneladas de aspirinas fabri-cadas en la Argentina, porque, me decía, las de México son malas y escasas.

Creo que he leído *Pedro Páramo* veinte veces y mi admi-ración por Rulfo no tiene límites. Sé que él gustaba de mis novelas, pero cada vez que me pongo a escribir pienso que si Rulfo había dejado de hacerlo debía ser porque creía que no valía la pena. Y si pensaba eso, ¿qué diablos hago yo fren-te a la máquina de escribir?

Más tarde, sentado frente a doscientas páginas llenas de ruidosos guerrilleros que parecían ir al fracaso, ante un cón-sul argentino que la cancillería olvidó en un lugar perdido del África, me preguntaba cada día qué hacer ahora, de qué manera seguir mañana, cómo terminaría esa historia que escribía a ciegas llevado de la mano de un puñado de perso-najes que parecían divertirse como si vivieran por su cuenta.

Tarde o temprano, a casi todos los escritores nos persigue el síndrome de Dashiell Hammett. Salvo que no se tenga el menor sentido autocrítico y uno decida que todo lo escrito bien escrito está, van a parar a la basura decenas o cientos de páginas que uno sabe irrescatables aun para los amigos más fieles. Y con cada página se va un pedazo de corazón. No porque la literatura esté perdiendo algo: simplemente porque para escribir cualquier cosa que tenga algún sentido hay que encorvar la espalda y entabacarse, y vomitar el café recalentado de la madrugada. Y cada vez que algo va al cesto de los papeles y uno puso en la máquina otra página en blanco con la esperanza de que el ángel iluminador pase ante sus ojos, vuelve a aparecer el fantasma de Dashiell Hammett.

Por supuesto, hay escritores que no se empantanan jamás. Son, casi siempre, los más prolíficos y vanidosos. No hay en ellos la menor duda sobre las bondades de lo que acaban de enviar a su editor. Conozco a varios. En general, le entregan a uno el original de una novela (o de un cuento, o de un poema), con un gesto severo y esta frase en los labios: "Estoy seguro de que te va a gustar."

Sin embargo, mi breve experiencia de novelista me dice que no hay manera de convencer a todo el mundo de que lo que uno hace está destinado a la posteridad.

Cuando le envié *Triste, solitario y final* a Julio Cortázar, recibí una de las más bellas cartas de elogio que he tenido en mi vida. Al mismo tiempo la leyó Juan Carlos Onetti, quien me la devolvió con el gesto adusto que siempre llevaba puesto y mientras viajábamos en un ascensor, me comentó, despectivo: "Esa cosa va a andar muy bien en Estados Unidos."

Onetti fue uno de los más grandes escritores de este continente y una de las personas menos sociables del oficio. En 1979, en Barcelona, presentó esa obra cumbre que es *Dejemos hablar al viento*. El salón estaba colmado de público que asistía a una mesa redonda para oír hablar al maestro.

Era hora de salir a hacer cada uno un discurso sobre ya no recuerdo qué tema, cuando nos informaron que estaba prohibido fumar en la sala. Allí nomás, Onetti se plantó. Sin un cigarrillo en los labios él no podía hablar. Como a mí me sucedía algo similar, apoyé su rebeldía y estuvimos media hora negociando en vano mientras la gente batía palmas para recordarnos que estaba allí. El bombero de la sala, como buen catalán, no quiso dar el brazo a torcer y entonces yo disimulé un cenicero entre el saco y la camisa y le avisé a Onetti –que se había atrincherado en un rincón– que bien podíamos desafiar a la fuerza pública. El asunto lo entusiasmó y cuando apareció en la sala la gente lo aplaudió tanto que encendimos diez cigarrillos cada uno sin que el bombero pudiera impedirlo. Lo que más turbaba al catalán era que alguien hubiera colocado un cenicero sobre la mesa y con ello legitimara nuestra transgresión. Desde entonces, Onetti aceptaba tomar el teléfono cuando lo llamaba, una vez por año, o cuando estaba de paso por Madrid. A veces pienso que hasta me tenía alguna simpatía porque habíamos bebido juntos y compartimos el amor por Chandler y por los diluidos suburbios de Montevideo y Buenos Aires.

Pues bien, Juan Carlos Onetti era de esos escritores que se empacan pero insisten. En aquel 1979 me dijo que estaba escribiendo una novela de cien capítulos cortos y que nunca el trabajo le había salido tan rápido y tan bueno; sin embargo, esa novela se quedó empantanada en alguna parte y Onetti la cambió por *Cuando entonces*, esa maravilla. Como él tenía una envidiable capacidad para matar personajes y resucitarlos cuando se le da la gana, no hay manera de tomarlo como modelo. Igual que a Borges, sólo se puede admirarlo, nunca usarlo de referencia.

Jorge Musto, otro uruguayo, me reprochó por carta que

yo, como jurado, no hubiera votado por su novela en un concurso que ganó en La Habana en 1977. Luego trabamos relación y me contó su manera de escribir: Musto nunca pasa a otra página antes de haber dejado terminada, impecable, la que está escribiendo. Si comete un error de máquina tira el papel y vuelve a empezar. Entonces entendí por qué su novela no me había invitado a premiarla. Tengo para mí que la escritura tiene un ritmo y una respiración que sólo se sostienen cuando el autor se desliza por ella como por sobre una correntada. Es imposible detenerse a contemplar el río sin que a uno se lo lleve el agua. Hay que nadar sin pausa y corregir la dirección a medida que se dan brazadas. Por supuesto, hay que ir hacia la costa sin perder el estilo: "Deben pelearse los personajes, no las palabras", ha dicho García Márquez y tiene razón.

Ese maravilloso mecanismo de relojería que es *Crónica de una muerte anunciada* fue escrito a una página por día, sudando, metiéndose en la piel de Santiago Nasar y en los odios de sus asesinos. Es posible que el "mierda", al final de *El coronel no tiene quien le escriba*, haya demandado años de maduración.

Lo cierto es que cuando García Márquez se quedó empantanado, me di un susto mayúsculo y me gustó leer aquel artículo en el que pedía auxilio cuando él sabía, como sabemos todos, que no hay Dios ni poderoso señor sobre la tierra capaz de sacarlo a uno de semejante atolladero.

Es frecuente, también, que el escritor se sienta acabado después de cada libro. Le pasaba a Scott y creo que le pasaba a Italo Calvino como también me pasa a mí.

Cuando lo conocí, Calvino acababa de terminar *Si una noche de invierno un viajero*, y aún no sabía que había hecho un libro magistral. Recuerdo que me animé a preguntarle si estaba conforme con la novela, e hizo un gesto de duda sincera. Como Calvino era de poco hablar y yo tenía veneración por él, siempre que lo visitaba me guardaba las preguntas que hubiera querido hacerle. Me pasa lo mismo con casi toda la gente que hace lo que yo soy incapaz de hacer. Creo que con Juan Gelman he hablado muy poco de poesía porque me intimida su talento. Lo mismo me ha ocurrido con Bioy Casares. Con Giovanni Arpino hemos visto fútbol y hemos tomado copas sin mencionar su novela *La monja joven*. Cuando me animé a decirle al brasileño Joao Ubaldo Ribeiro todo el placer que me había dado leer *Sargento Getulio* me contestó que en Brasil hay otro escritor joven mejor que él y que se llama Mario Souza, el autor de *Mad María*.

Los brasileños son un capítulo aparte. Se quieren mucho entre ellos y eso los distingue del resto de los mortales, pero sobre todo de los argentinos. Cuando conocí a Souza, me dijo que Ribeiro es el mejor de todos ellos y hasta Jorge Amado y Nélida Piñón proclaman que lo suyo es tan bueno como lo que hacía Guimarães Rosa. Tengo para mí que los brasileños no se empantanan nunca.

Porque de eso se trataba al principio, de los escritores que alguna vez nos hemos quedado mirando por la ventana esperando a que Dios provea. En mi caso son siempre los gatos quienes me traen las buenas noticias. Es una constante y una certeza en mi vida y algún día escribiré sobre ellos.

Así como *Triste, solitario y final* existe gracias a un gato, otro –blanco y negro– llegó ese año a sacarme del apuro cuando no sabía hacia dónde ir con el cónsul que Pasquini Durán me había revelado en una charla de madrugada.

El verano de 1985, mientras estaba en aprietos, dejaba a cado rato la máquina para ir a darle de comer a la araña que vive en el resquicio de la puerta de mi escritorio. Eso me distraía de mi empantanamiento y me gustaba verla salir a buscar su alimento deslizándose sobre la transparente tela que rodea su cueva. A cada momento me decía que iba a aplastarla, pero algo, una burda superstición, me detenía.

Luego, en pleno invierno, salía a pasear por el marco de la puerta, satisfecha porque le sobraba comida para llegar a la primavera. En ese momento, yo estaba escribiendo la página doscientos de mi historia y ya me llevaba bien con los personajes. Entonces les avisé a los gatos que esa araña no se tocaba, porque tenía que acompañarme en ese cuarto hasta que la novela estuviera terminada y le encontráramos un buen título.

⫷⊰⊱⫸

Al poner el ansiado punto final a su libro, el escritor se siente Tarzán rey de la selva, Superman volando sobre el Empire State, Carlos Gardel saliendo del Tabarís. Pero la sensación sólo dura un instante: enseguida viene el vacío, la idea aterradora de que nunca más lo visitarán el gato de Baudelaire o el duende de Chéjov. Sin embargo, las doscientas y pico de páginas están sobre el escritorio y cuando el tipo las mira se dice qué bueno, ya está, este es el producto de dos, tres, cuatro años de trabajo. Hay quien idealiza al escritor y lo imagina impoluto, inclinado sobre el papel con los lentes caídos sobre la punta de la nariz y una pipa entre los dientes, buscando la palabra justa para una frase que debe sonar perfecta. Es cierto que ese hombre o esa mujer ponen lo mejor de sí mismos, pero el camino es tan largo, escarpado e incierto que cuando termina su jornada se siente tan extenuado como un cartero rengo.

Para emprender la larga marcha conviene estar en buena salud, dormir bien y procurarse una tranquilidad que raramente los otros, ocupados en las cosas importantes de la vida, están dispuestos a concederle. Ernest Hemingway decía que "la única cosa de la que un escritor puede estar seguro a lo largo de su existencia es que todo el mundo intentará impedir que escriba. Familia, escuela, ejército, dinero, política, amigos, enemigos, conocidos y críticos".

Algunos ceden de inmediato a la tentación y en lugar de escribir van a contarles su historia a los amigos en los bares, a la esposa en la mesa o a la amante en la cama. Una novela no escrita es algo que se pudre adentro de uno. Para que salga entera y sana tiene que estar madura y hay que tener un olfato de perro para darse cuenta de cuándo ha llegado el momento justo.

El escritor se da una semana de tiempo como Simenon, un mes como William Faulkner, o catorce años como Joyce. A veces hasta los más grandes se dejan llevar por la omnipotencia: envalentonado por el exito de *Guerra y paz*, León Tolstoi pensaba que *Anna Karenina* le llevaría quince días de trabajo. El manuscrito definitivo, de mil páginas, tardó tres años en tomar su forma definitiva. En los archivos quedaron tres versiones despreciadas por el autor y es la cuarta la que ahora leemos como un monumento irrepetible. Tolstoi escribió el millar de páginas apurado por las deudas y por un contrato que lo obligaba a publicarlas en folletín a razón de un capítulo por semana. La novela apareció en *El mensajero ruso* en 1875 y cinco años más tarde fue editada en tres volúmenes para las librerías. El impacto sobre los lectores de entonces fue, quizás, el más espectacular que ha producido jamás la literatura. La revista se agotaba una hora después de salir a la calle y en los salones y los suburbios de Moscú no se hablaba de otra cosa. Los diarios comentaban cada entrega como un acontecimiento social y el otro coloso, Fedor Dostoievski, publicó un artículo en el que confesaba su admiración.

Tolstoi escribía en San Petersburgo y recibía las noticias por correo. Cada mañana tomaba la pluma sabiendo que, lloviera o tronara, tenía que escribir las mil quinientas palabras que mandaba cada semana a Moscú. Cada capítulo debía tener algo que mantuviera en vilo al lector y, antes, al autor. De hecho hacía lo que algunos criticos de hoy consideran mala literatura: filosofaba, creaba personajes, situaciones graciosas o dramáticas; trataba, en fin, de desentrañar los enigmas de su su época. Hablaba de otras gentes al mismo tiempo que de él mismo, como Balzac, Dickens, las hermanas Brontë, Flaubert y tantos otros que todavía andan por ahí. Tenía 48 años y creía, como Napoléon, que "desde lo alto de esas pirámides cuarenta siglos me contemplan". Sin embargo, a veces lo ganaban la desazón y la fatiga. La aparición del folletín se interrumpió por lo menos dos veces: la primera porque el autor se había aburrido de Levin, Anna, Vronski y los otros personajes ("estoy harto de ellos"), y a fines de 1875 porque, según anunciaba la revista, "el autor se encuentra extenuado".

Mientras escribe *Ana Karenina*, Tolstoi encuentra a Dios y se convierte bruscamente a un misticismo que desde entonces recorre su obra. En realidad la mayoría de los escritores necesitan fetiches que los ayuden a creer que podrán dar forma a su obra antes de morir. Mijaíl Bulgakov, el ruso más prohibido en tiempos del stalinismo, anotaba al margen de sus páginas escritas en secreto: "Dios mío, ayúdame a terminarla." Toda su obra, publicada recién en los años sesenta, es un feroz cuestionamiento de la Revolución de Octubre al mismo tiempo que en Estados Unidos Dreiser, Dos Passos, Steinbeck y Dashiell Hammett rechazaban el capitalismo. La diferencia consistía en que los norteamericanos podían publicar mientras que Bulgakov, Babel, Victor Serge y otros quedaban en el olvido o morían en las purgas de opositores al régimen.

El miedo a la literatura recorre a todos los sistemas políticos y viene de muy lejos. En 1774, en la Feria de Otoño de Leipzig, la librería Weygand publica una breve novela de autor anónimo titulada *El sufrimiento del joven Werther*. Es el comienzo de la tardía literatura alemana. Su autor, un joven de 25 años llamado Johann Wolfgang Goethe. La censura descubre que esa obra de amor desesperado no es más que una apología del suicidio y decreta la prohibición. Pero ya es tarde: el Siglo de las Luces es el siglo de la imprenta. La novela se publica en Francia, en Inglaterra, en Italia y hace suspirar a las multitudes. El libro vuelve a Alemania en las valijas de los viajeros y arrasa con los censores. Ese momento histórico va a conocerse como el furor wertheriano. Los muchachos se visten como su héroe: frac azul, chaleco y pantalón amarillos, sombrero gris y redondo; las chicas imitan a Charlotte, la enamorada: vestido blanco con cintas rosa. Todo se vuelve "Werther": la pintura, los decorados, las tumbas y hasta un nuevo perfume lleva el nombre de Agua de Werther.

En las plazas, los narradores orales despliegan sus mejores talentos contando la novela a un público apasionado: "Escuchen bien muchachos y ustedes, tiernas muchachas, la historia del desgraciado Werther que de su propia mano puso fin a sus días", y la fiebre crece. En la novela, Goethe desliza algunas opiniones desdeñosas sobre los autores de su tiempo, pero no los nombra. En el Libro Primero, Charlotte proclama: "El autor que yo prefiero es aquel que me hace descubrir el mundo en que vivo y que pinta todo lo que me rodea, aquel que llega a mi corazón y encanta mi vida diaria, que no es un paraíso, pero es la fuente de mi felicidad."

En 1804, treinta años después de la publicación de la novela, el *Mercure* de France sigue pensando que *Werther* es inmoral. Entre tanto, el emperador Napoleón recibe al escritor y le confiesa que ha leído *Werther* siete veces, sobre todo durante la campaña de Egipto. Por supuesto Goethe (que como Tolstoi llegará a viejo cubierto de gloria) aborrece ese libro primerizo inspirado en un drama real y cercano:

"Cuántas veces he maldecido las páginas insensatas que participaron al mundo de mi juvenil dolor; si Werther hubiera sido mi hermano, lo habría matado."

Talentosos o mediocres, son pocos los escritores que están conformes con su obra recién terminada, y de inmediato empiezan a reescribirla, a retocarla, a disecarla, a cortarla en rodajas. Al emprender el monumental *Fausto*, Goethe decía que la inseguridad es buena consejera, siempre que no se vuelva paralizante. En otras formas de arte la ayuda es de alguna manera posible; en literatura, el autor está siempre solo como un corredor de fondo. Y de esa soledad debe sacarlo todo: música de cielo y ruido de tripas. También alguna forma de belleza y la peregrina ilusión de que un día alguien decida abrir su libro para ver si vale la pena robarle horas al sueño con algo tan absurdo y pretencioso como una página llena de palabras.

Raymond Chandler recomendaba a los escritores un método que le parecía infalible para vencer la pereza: encerrarse en su cuarto y no hacer nada. En ese juego está permitido no escribir, pero totalmente prohibido hacer otra cosa. Ni leer, ni ver películas, ni hablar por teléfono, ni revisar la contabilidad. Nada que no sea rascarse, mirar el techo, prender y apagar la luz y fumar cigarrillos. Al cabo, pensaba Chandler, uno se harta de no hacer nada y se pone a trabajar.

Puede ser. Sé de un escritor que pasó una semana siguiendo ese método con la única interrupción de una vianda al día apurada en el cuarto, sin vino ni postre y en platos de cartón. Sopa Campbell's, salamín con criollitas y una Coca diet. Al cabo del primer día había anotado, al derecho y revés, el plantel completo de San Lorenzo de Almagro compuesto de veintiocho profesionales. Lo había alineado por orden alfabético, por puestos, por edades y por antigüedad en el club.

Se trata de uno de esos escritores que colaboran en revistas y diarios para ganarse la vida. El segundo día escribió los nombres de todas las mujeres que habían contado en su vida, desde los cuatro años hasta el día en que se encerró a trabajar. Apuntó, también, los lugares donde las había conocido. El tercer día repasó mentalmente las películas que lo habían impactado y cuando se sintió extenuado, de madrugada, dejó para el día siguiente el reparto de actrices y actores.

El tipo me contó que el tiempo pasaba a una gran velocidad y era absolutamente consciente de que si en lugar de anotar esas cosas hubiera trabajado en su novela, la semana le habría dejado con al menos veinte páginas bastante prolijas. El caso es que tenía un terror negro a empezar su novela. No a la página en blanco, sino al resultado de la página terminada. Entonces al cuarto día estrujó la lata de Coca y con los bordes filosos empezó a escribir en la pared los títulos de sus cinco novelas anteriores. Quería convencerse de que era capaz de hacer un libro. Si lo había logrado cinco veces, lo lograría una más. Pero después pensó que toda nueva historia es tan distinta e inesperada como un amor que se presenta sin decir su nombre ni su futuro. Es como cambiar de mujer a cada vez. Empezar todo de nuevo. Simplemente la vida se pone patas arriba y el mundo deja de girar.

Al quinto día, el tipo había probado varios procesadores de palabras para computadora. El WordStar en su séptima edición le había parecido servicial porque era el que siempre había usado, pero no podía negar que la tipografía que mandaba a la impresora dejaba mucho que desear. Trató entonces de aprender la versión seis cero del WordPerfect, pero no acertaba a descifrar la lógica del programa, si es que tenía una. Por fin se metió en Windows y abrió el Word versión dos. El entorno le ofrecía todos los chiches: dibujar, pintar, hacer cálculos, jugar a las cartas, pero esos placeres le estaban vedados y el tipo respetó las reglas de Chandler. Nada de juegos ni mujeres desnudas en la pantalla. Al irse a la cama conocía de memoria los vericuetos de Windows, de Word y hasta del modesto Write.

Se sintió tentado, el sexto día, de tomar apuntes para una futura novela cibernética. Para una aventura así tenía que saber más: retrocedió de Windows al sistema operativo MS-

DOS 6.2 y lo abrió a ver qué tenía adentro. Es una manera de decir. Estuvo un rato ejecutando cuanta herramienta encontraba y al final el equipo se le plantó. Naturalmente, en ese instante agradeció a Dios no haber escrito nada porque de haber sido así lo hubiera perdido. No quería rebajar su inteligencia a apagar la máquina ni tampoco tenía derecho a pedir auxilio. Frente a los cuestionamientos de Chandler explicaba que un sistema operativo no es algo palpable, como un cuerpo que suda o el diario de la mañana. No penetra los sentidos como la música. A las dos de la madrugada tuvo que resignarse a apagar la computadora para que, al prenderla de nuevo, los comandos cobraran vida otra vez. Pero de tanto toquetear había alterado la configuración del sistema. Arrancó desde un disquete y trató de restablecer la marcha de su disco rígido. No quería perder las notas de prensa con las que se ganaba la vida y cada pregunta por sí o por no que aparecía en la pantalla le dolía como una puñalada en la espina dorsal.

Así es como suelen aprender los escritores los rudimentos de la informática, si es que no han optado por las maravillas de un Macintosh de Apple. Al llegar al último día de encierro, el tipo calculó que estaba en condiciones de dictar un taller de computación para escritores. Estaba dispuesto a ganarle en inactividad a Chandler y se sentía capaz de vencer los records de Hammett y Juan Rulfo. Los galimatías de la informática le habían servido para mantener intacto su miedo a escribir la novela. Sin embargo no se daba por vencido y decidió trabajar en papel ordinario y con un bolígrafo común. No tenía explicación para eso. Decidió que la primera frase de la novela sería: "A veces Claudia se ponía infinitamente triste". De acuerdo, pero ¿por qué Claudia se ponía tan triste? ¿Por qué a veces y no siempre? ¿Quién era ella?

Por un momento me permití pensar que así como Flaubert fue madame Bovary durante los largos años que tardó en concluir su obra maestra, mi amigo sería de ahí en más esa Claudia, joven o vieja, que se le ofrecía en la primera frase. Pero no. Rompió la hoja, tomó otra y escribió la misma frase con otro nombre para su personaje. Se sorprendió: ese que había escrito ahora era un nombre absurdo, antipático. Nunca sentiría la menor curiosidad por una mujer que se llamara así. Hizo un bollo, tiró la hoja y se preguntó si lo que le interesaba saber era por qué diablos ella estaba triste o si esa tristeza sería el detonante de una búsqueda posterior. Se respondió con toda honestidad: no tenía la menor idea. Más aun, no le importaba. Sabía muy bien que después el personaje tomaría un camino propio y lo arrastraría a una incertidumbre mayor.

Era eso lo que lo asustaba. Fue hasta una papelería de la avenida Santa Fe y se compró cuatro cuadernos bien ordinarios, de industria nacional. Le ofrecieron unos franceses, maravillosos, pero estaba convencido de que su historia no sería digna de semejante envoltorio. Pensó que así como Bioy Casares se refugiaba a trabajar en una estancia, Mujica Lainez en las sierras de Córdoba, Horacio Quiroga en la selva de Misiones y Osvaldo Lamborghini había alquilado un remise para ir a escribir en Mar del Plata, él se encerraría en un hotel de Morón. Suponía que con eso iba a ahuyentar la pereza. Pero, aunque desapareciera la pereza, ¿qué haría con el miedo?

Cada vez era más grande el terror que lo invadía cuando abría el cuaderno. Ni siquiera se entendía la caligrafía. A veces, en medio de la noche, tomaba un colectivo que lo dejaba en la calle Corrientes y vagaba hasta el amanecer en busca de caras sugerentes y situaciones insólitas. Todas eran perfectas hasta que decidía ponerlas en el papel. Ahí se desinflaban, perdían encanto y sabor. Un día se compró el opúsculo de Raymond Roussel titulado *Cómo escribí algunos libros míos*. Convencido de que en verdad trataba de eso, lo leyó e intentó hacer una novela a partir de palabras con acepciones opuestas. Al cabo de una semana se aburría tanto que solía quedarse dormido con la cabeza sobre el cuaderno.

La anécdota termina o empieza así: a finales del verano lo atropelló una moto y por fin, con medio cuerpo enyesado, convencido de que se estaba muriendo, dictó la novela en un diminuto grabador y me pidió que la hiciera pasar en limpio. No le importaba lo que pensaran de ella porque cuando alguien la leyera él ya no estaría aquí. Es la historia de un tipo que le tiene un miedo pavoroso a la escritura. Un día se va a Morón a enseñar informática y conoce a una chica llamada Claudia. A veces, furtivamente, ella lee las páginas que él está escribiendo. Y se pone infinitamente triste.

# PELEAS

*En 1991, en un arranque de furia contra los editores,
escribí estos tres artículos que publiqué en Página/12.
Los metí a todos en la misma bolsa, sin distinguir los
buenos de los malos, y se armó un lío bárbaro. Aunque
hablar mal de los editores sea el tema de conversación
preferido de los escritores de todas las edades y de
todos los tiempos, no es frecuente que saquemos el
tema a la discusión pública. Sólo Antonio Dal Masetto,
Osvaldo Bayer y Guillermo Saccomano se unieron a la
discusión. Hubo mesas redondas, careos, insultos y un
editor reputado por su temeridad llegó a decir que éramos nosotros quienes los estafábamos a ellos. Bayer se
ofreció para querellarse con un conocido pirata del
diez por ciento, pero el hombre arrugó enseguida.
Como he ganado tres juicios sobre derechos de autor,
creo tener cierta experiencia en el tema. También el
rencor suficiente para no olvidar las afrentas sufridas
antes de que interviniera Carmen Balcells para poner
un poco de ecuanimidad. Siempre he soñado con
escribir un panfleto que reúna las quejas y alegatos de
todos los escritores a lo largo de los siglos, de Goethe a
Rulfo, de Kafka a Luis Sepúlveda. Sé que puedo contar
con la sabiduría y el humor de nuestro mejor abogado,
Tito Finkelberg, que ha estudiado como pocos la
permanente tensión entre editor y
editado. Los artículos que siguen pueden ser
el borrador de las primeras páginas.*

"Napoleón fue un gran hombre sólo por el hecho de mandar fusilar a un editor." El asunto me vino a la cabeza en un bar de Montevideo cuando uno de ellos me confesó que había hecho imprimir varias ediciones piratas de mi libro *No habrá más penas ni olvido*.

Me lo dijo al amanecer, con unas cuantas copas encima, delante de un viejo librero y dos escritores amigos. Los únicos sorprendidos por la audacia fueron los escritores, que lo creían una persona respetable. Fue en ese momento cuando pensé en Napoléon y en el paredón de fusilamiento. "Llamemos a un vigilante", dijo uno de mis amigos y todos nos reímos porque habían pasado ocho años y el tipo me ofrecía su amistad y la llave de su departamento por si quería pasar unos días de vacaciones.

Nos había invitado a una cena en el lugar de moda y habló de su tío anarquista que lo acogió en el exilio. Como era muy conversador, agregó algo que ya sabíamos: le daba lo mismo vender libros o papas, todo era cuestión de marketing.

Al regresar a Buenos Aires me encontré con un ejemplar de la revista francesa *Le Nouvel Observateur* que publica un anticipo del libro de correspondencia inédita de Louis-Ferdinand Céline y su editor, Gaston Gallimard. Céline, que no era un tipo fácil, lo trata de "payasesco comerciante estragado por el whisky y el sexo" y al grupo de escritores del comité editorial de "estúpida banda de burros pretenciosos (...) manada de imbéciles, tarados mentales y charlatanes". Al parecer, el creador de la *Pléyade* se ofendió, y en otra carta Céline ironiza: "No lo estoy atacando, carajo, no le rezongo; si quisiera hacerlo usted se moriría de confusión."

El orgullo de Gallimard, que nunca pensó en vender papas, era demasiado grande para dejarse intimidar: "Su humor no es más que retórica", replica. "No consigue hacerme creer en su violencia (...) Usted quiere que sus libros se vendan; ¡y bien, déme mercadería fácil! ¡Haga el payaso como los buenos vendedores: radio, fotos, entrevistas, etc.! Así conseguirá llamar la atención sobre sus libros. ¡Sus diatribas contra el editor son ineficaces!"

Durante la ocupación alemana, Gallimard, como todos los editores de París, se había sometido a la censura de los nazis, pero escapó a los juicios de posguerra gracias al auxilio de Sartre, Simone de Beauvoir, Camus, Malraux y otros escritores que habían obtenido la aprobación de la Resistencia. De los colaboracionistas, Pierre Drieu la Rochelle, director de la Nouvelle Revue Française (la célebre NRF, propiedad de Gallimard) se suicidó; Robert Brasillach fue ejecutado y Céline pagó con cárcel y exilio.

Gallimard, el mundano, el creador de las mejores colecciones de libros de Europa, dejaba las discusiones de negocios a su hermano Claude y los dos hacían un tándem imbatible, capaz de resistir todas las crisis económicas, los cataclismos sociales y hasta las exigencias del impetuoso Simenon, que se ofreció a escribir una novela en la calle, a la vista de los paseantes, encerrado en una caja de vidrio.

Mis editores de aquella época eran también dos hermanos y para colmo mellizos. Nunca conocí pícaros más gentiles: mientras mis libros encabezaban las listas de best-sellers, no dejaron pasar semana sin mandarme a casa dos plateas preferenciales para ver jugar a San Lorenzo. Eso me

conmovía lo suficiente como para no hablarles de mis derechos de autor, pero ellos prestaban atención a todo. ¿Mo-
lestarme en viajar a Tandil para visitar a mi madre? ¡No!
Bastaba con que yo eligiera el día y la mandaban a buscar.
Una palabra mía y mamá, como miss Daisy en la película,
llegaba a la Feria del Libro o a casa, conducida por un chofer silencioso.

Yo los recordaba con cariño y solía decir que de todos los
editores que conocí ellos eran mis preferidos. Sabía que no
me liquidaban lo que me correspondía, pero ningún editor
lo hace si puede evitarlo. Es más, tuve uno, en Francia, que
me cobró cinco ejemplares de mi propio libro y otro, en
Buenos Aires, que me facturó un ejemplar de John Le
Carré. Los mellizos, en cambio, me regalaban enciclopedias
y todos los libros de su catálogo que me faltaban para armar
una nueva biblioteca a la vuelta del exilio. Tenían un aire de
Chicago años treinta, con trajes bien cortados y sobaqueras
abultadas y sacaban encendedores de oro. Uno, el más hablador, me prometió que si un día tenían que darse a la fuga
romperían mis contratos para que un extraño no se aprove-
chara de ellos.

Si no los nombro es porque nunca he oído de un editor
que vaya preso. En cambio Sade, Rousseau, Dostoievski,
Verlaine y Knut Hamsun han estado en la cárcel. Un día, el
menos hablador, me llamó con la voz quebrada para decirme que habían detectado a un maldito pirata que estaba
inundando las librerías con títulos míos, idénticos a los que
publicaba su editorial. Nos encontramos y me mostró un
ejemplar tan igualito que causaba admiración. En adelante,
me dijeron, los libreros venderían los ejemplares falsos (todavía no existía la palabra "trucho"), y mis derechos de autor

disminuirían a la misma velocidad con que se movía el astuto pirata.

—Si lo agarro te lo traigo mansito —me dijo el mellizo y me palmeó un hombro.

Siete años después, en octubre de 1991, cuando por fin apareció en mi camino, el pirata tenía varias tarjetas de crédito, un auto considerable y me ofrecía la llave de su casa. Debo reconocer que acababa de pagar una buena cena y que después de todo sólo había trabajado por encargo de los mellizos de Buenos Aires. "¿Hiciste muchos ejemplares?", le pregunté. "Un montón", me contestó y se encogió de hombros, como quien archiva una historia pasada y pisada. Sabía que yo no estaba armado y que de madrugada suelo andar de buen humor. Nos reímos.

Ya decía Goethe que los editores "son hijos del diablo", y Balzac, en una carta a la duquesa de Abrantès: "Este innoble verdugo llamado Mame, que lleva sangre y quiebras en el rostro y que puede añadir, a las lágrimas de quienes ha arruinado, los sinsabores de un hombre pobre y trabajador. No podrá arruinarme, puesto que nada tengo; ha intentado ensuciarme, me ha atormentado. Si no voy a vuestra casa es para no encontrarme en ella a esa carne de presidio."

El editor que Napoléon hizo fusilar era alemán y se llamaba Johann Philipp Palm. El tribunal lo halló culpable de ser autor, impresor y distribuidor de escritos nefastos contra Su Majestad el Emperador y el Rey y su ejército. La anécdota es citada por Siegfried Unseld, director de la Suhrkamp Verlag de Frankfurt, en su excelente ensayo *El autor y su editor*.

Con el tiempo los comerciantes de libros han mejorado un poco su imagen, pero la correspondencia de Céline a Gallimard revela la invencible desconfianza que supieron sembrar entre los escritores. Los alemanes que hicieron difícil la vida de Goethe y de Kafka todavía se disgustan si un libro no se vende enseguida y suelen escribir cartas tan frías como un parte médico. A los franceses les pesa que Gallimard haya rechazado *En busca del tiempo perdido*, de Marcel Proust, y ahora leen todos los originales que les llegan. Algunos españoles prestan más atención a los escritores primerizos desde que a Carlos Barral se le escapó *Cien años de soledad*.

Los italianos son de una extrema gentileza pero muy reacios a mostrar la billetera. Una leyenda cuenta que el chileno Ariel Dorfman, cansado de que le demoraran la liquidación, se presentó a un gerente de Milán con un revólver y sólo así pudo irse con su dinero. Yo conocí a uno que se gastó una pequeña fortuna para hacerme conocer Florencia y las trattorias donde comía Vasco Pratolini y a medianoche me explicó que estaba fundido y no podía pagarme de otra manera.

Pero el más ingenioso fue el gerente de una editorial de gran renombre. Le avisé que me detendría en Turín para ver el hotel donde se había suicidado Pavese y que, ya que estaba, pasaría a cobrar. Me recibió amable, compungido, casi lloroso, con la planilla de la liquidación sobre el escritorio. Hablamos de amigos comunes y me dio saludos para Giovanni Arpino, que vivía a dos cuadras de allí. Después tomó la planilla y me hizo el gesto de un tren que se va.

—*Mi dispiace dottore* —susurró—, pero su cheque se pasó largo.

Yo tenía que pagar el hotel y hasta pensaba ir a la estación en taxi pero enseguida sentí que esa ilusión se me esfumaba como el tren que el editor dibujaba sobre el escritorio.

—Se pasó de largo —me aclaró, imperturbable—. Lo despacharon en la administración de Milán y siguió de largo para la sucursal de Roma. Mañana vuelve.

–Pero yo me voy de Turín esta noche...

–Vuelve mañana por télex. Si usted se va a Roma lo pierde otra vez.

Me quedé, pero al día siguiente el cheque se había convertido en un giro y lo habían devuelto a Milán. Me pagaron mucho más tarde, cuando Carmen Balcells ya era mi agente literaria y después de que Dorfman, o la leyenda de Dorfman, había pasado por Italia con un revólver a la cintura.

Ernest Hemingway escribió en 1931, en sus *Consejos a mi hijo*: "Nunca te cases con las putas / nunca pagues a un chantajista / nunca vayas con la ley / nunca confíes en un editor / o dormirás sobre la paja."

Son tantos los escritores burlados y ofendidos que parece un milagro verlos de la mano del editor en esas patéticas ceremonias que son las presentaciones de libros. Ahí puede apreciarse la debilidad del infeliz: su ego se infla y las mejillas se le colorean porque al fin el país va a conocer su obra maestra. La pedantería es un pecado que el editor nunca comete.

El más afortunado de los autores argentinos puede ganar un promedio de cuatro o cinco mil dólares anuales de derechos de autor (la gran mayoría no saca nada) cuando hay algunas editoriales que en el mismo plazo facturan millones de dólares. Por supuesto, un escritor sólo tiene cuatro o cinco títulos propios mientras un editor –un grande– tiene tres mil ajenos.

El autor más estafado en los años de plomo ha sido el puntilloso general Alejandro Lanusse, según cuenta el editor Arturo Peña Lillo en sus *Memorias de papel*. Los mellizos y el pirata de mi anécdota no habían aparecido todavía cuando la Editorial Lasserre publicó *Mi testimonio*, un libro que arrancó como el best-seller de 1977. "El manejo de dicho libro fue tan escandaloso –escribe Peña Lillo– como delictivo. El gerente en su afán de exprimir al máximo el negocio, estafó a cuantos participaron: desde los papeleros, distribuidores e imprenteros al mismo autor. De ahí en más desapareció definitivamente Lasserre."

Una editorial que se atreve con un general-caudillo (aunque esté en retiro), en tiempo de dictadura, muestra que la corporación es sólida y a prueba de balas. Con gente así hay que tener el ojo atento y sonreír lo menos posible. Casi todos detestan a los autores que frecuentan abogados y cuando se les habla de dinero, como advertía Chandler, ellos se ponen a hablar de literatura. Sólo el demonio sabe con qué programas funcionan sus computadoras porque cuando se equivocan en los números siempre es a favor de la casa.

El consejo de Hemingway a su hijo Bumby vale para todos los editores del mundo. Hubo un tiempo en que los infelices que publicábamos en España creíamos que el único capaz de cobrar derechos de autor era García Márquez. Por lo general el autor gana el diez por ciento del precio de tapa de un libro pagadero cada cuatro, siete o trece meses. Sin indexación ni costo de vida. Menos que eso si se trata de su primera publicación o si es muy tonto, y el doce o el catorce por ciento si sus libros se venden por toneladas. Hay una elite del dieciséis por ciento y en Europa se puede alcanzar hasta un veinticinco por ciento, como Herman Hesse en Alemania y Céline en Francia.

Simenon, que llegó a vender más ejemplares que la Biblia, compartía al cincuenta por ciento los beneficios de Gallimard. Ignoro cuál es el porcentaje de García Márquez pero cada vez que uno de nosotros se lo cruzaba por el mundo, lloraba sobre su hombro y clamaba justicia. García Márquez, que ahora se desplaza en un discreto BMW, sabe muy bien lo que es ser pobre, estafado y humillado.

Lo cierto es que en 1981, al firmar contrato con Bruguera de España para la publicación de *Crónica de una muerte anunciada*, exigió que todas las víctimas de la editorial cobraran al mismo tiempo que él. No me acuerdo bien si el cheque que yo recibí pasaba los cuatrocientos o quinientos dólares, pero me sacaba de un apuro en aquel año de estrechez parisina que alguien, en Buenos Aires, calificó de "exilio dorado".

Uno de los primeros autores que ganó un dineral con su imaginación, y la ayuda de unos cuantos *nègres*, fue Alejandro Dumas. El padre y después el hijo compraron castillos, mujeres y sirvientes con sus heroicos mosqueteros y sus inolvidables damas de camelias. Pero los Dumas eran profesionales singulares: convirtieron a su ávido editor en un socio minoritario y como el tiempo no les alcanzaba para escribir todo lo que tenían en mente.

Entre los más infelices de los escritores fundamentales está Franz Kafka. La oficina donde trabajaba para ganarse la vida le quitaba lo mejor de su tiempo y de su ánimo. Siegfried Unseld, actual director de la Suhrkamp de Alemania, supone que Kurt Wolff, el editor de Kafka, ha sido responsable de que la humanidad sólo haya heredado obras inconclusas. El 27 de julio de 1917 Kafka escribía a Wolff para decirle que tenía la esperanza de dejar su empleo y mudarse a Berlín. "Me angustia –a mí o a ese funcionario que llevo dentro, lo que para el caso es lo mismo–, ese tiempo futuro; sólo espero que usted, estimado señor Wolff, no me abandone del todo, suponiendo, naturalmente, que yo merezca su apoyo. Una palabra suya sobre este tema, en este momento, significaría mucho para mí en toda esta incertidumbre presente y futura." Wolff le responde: "Apenas hay dos o tres [escritores] con los que me une un lazo tan apasionadamente fuerte como con usted y su obra."

Mucho cariño pero nada de plata, que era lo que Kafka

necesitaba para salir de su encierro. Wolff publicó *Conside-ración*, que fue un fracaso (258 ejemplares vendidos el pri-mer año), y no apostó por el oficinista de Praga. En 1922, avergonzado por su propia mezquindad e intrigado por el silencio de Kafka, que le había hablado de *La metamorfosis*, quiso acercarse al escritor y le mandó de regalo un paquete de libros "como expresión de nuestra voluntad de desa-gravio". La última, patética, correspondencia es una tarjeta postal de Kafka, enviada el último día de 1923, seis meses antes de su muerte: "A la muy estimada editorial: ¿Serían ustedes tan amables de investigar lo que ha sucedido con el paquete? Les saluda atentamente, F. Kafka."

Hay que reconocer que el sacrificio mayor de los editores consiste en tratar a diario con los escritores, que son los se-res más desagradables, insolentes y arrogantes de la tierra. Raymond Chandler compadecía a Hammish Hamilton, su editor londinense, que le anunciaba una gira para visitar a los autores de la casa: "Un solo escritor me dejaría agotado por una semana. Y usted se liga uno con cada comida. Hay algunas cosas de la tarea editorial que me gustaría hacer, pero tener que vérmelas con escritores no sería una de ellas. Hay que mimarles mucho el ego. Llevan una vida excesiva-mente tensa, en la que se sacrifica demasiada humanidad para tan poco arte."

En Estados Unidos, donde es normal que los autores co-bren todos los libros vendidos y, en muchos casos, los que se venderán en los diez años siguientes, Scott Fitzgerald llegó a recibir tres mil dólares de los años veinte (por lo menos treinta mil de hoy) por cada cuento publicado en revistas de lujo. Le regaló un Rolls Royce a su esposa Zelda y los dos se bañaban en la fuente del hotel Waldorf Astoria en los días en que Carlos Gardel se alojaba allí y conquistaba a la rubias de New York.

Los primeros años, mientras Scott simbolizaba la era del jazz, fueron fenomenales. Pero en 1925 *El gran Gatsby* fue un fracaso comercial (sólo 25 mil ejemplares de movida) y todo se vino abajo. Un año después, Scott escribía a Scribner: "Siempre seré su deudor por la bondad y confianza inalterables y por la atención que usted me ha brindado pese a mis múltiples exigencias. Ni una sola vez se me ha recordado mi deuda con la editorial, aun cuando a veces llegó a los cuatro mil dólares sin que usted tuviera la esperanza de publicar un libro mío en un futuro cercano."

La inversión de la editorial fue, a término, muy rentable: los libros de Scott Fitzgerald se vendieron mucho más después de su muerte, cuando se convirtió en un clásico norteamericano. Pero, ¿cómo descubrir un clásico antes de que lo sea? ¿Cómo formular un rechazo que no lastime la vanidad del escritor que cree, siempre, haber entregado una obra cumbre? A principios de siglo, Gaston Gallimard inventó las fórmulas "demasiado literario", "su libro no entra en el marco de nuestras colecciones", y otra más convincente todavía: "Mi hermano Claude se opone a la publicación."

Gallimard recordaba un famoso incidente entre Pierre-Victor Stock y el escritor Georges Darien. El editor le rechazó un libro con palabras desdeñosas y al día siguiente Darien le mandó una certificada que decía: "Señor Stock: He recibido su carta y esta es mi respuesta: si no publica mi novela para octubre próximo, lo mataré. (...) Usted es libre de hacer lo que más le convenga, honesta o deshonestamente. Espero hasta octubre. Si entonces mi novela no ha sido publicada, lo ejecutaré."

Stock contestó con un insulto ("*merde!*") y cuando llegó

octubre Darien se presentó en la editorial armado con un hacha. El editor alcanzó a escapar por la ventana mientras el novelista destrozaba todos los muebles de la oficina. De ese incidente Gallimard sacó algunas conclusiones que en 1911 dictaba a su secretaria: "Un escritor casi nunca es un hombre. Es una hembra a la que hay que pagar sabiendo que siempre estará dispuesta a ofrecerse a otro. Es una puta."

Ya en el siglo XVIII Goethe había lanzado rayos y centellas contra los editores, en ese tiempo llamados "libreros": "Todos son hijos del diablo, para ellos tiene que haber un infierno especial." Y otro clásico alemán, Hebbel: "Es más fácil caminar con Jesucristo sobre las aguas que con un editor por la vida." Incluso el gran editor británico Frederick Warburg se preguntaba hace pocos años en el título de sus memorias: *An Occupation for Gentlemen?*

Más cerca nuestro, Francisco Ayala, Premio Cervantes, trata a su editor de Buenos Aires directamente de "ladrón". Céline, en sus cartas a Gallimard, no se guarda nada: "Desastroso almacenero" es lo más simpático que le dice. Y al escritor Roger Nimier sobre el editor: "Están siempre heredando y robándonos; nos roban nuestras horas y nuestras vidas."

Tal vez había algo de rencor en Céline porque Gallimard no supo qué hacer con el manuscrito de *Viaje al fondo de la noche* y fue un joven, Denoël, quien lo publicó por primera vez. Años después, para recuperar el libro, el orgulloso Gallimard pagó mucho más de lo que valía para el comercio.

Es que algunos editores tienen la vista poco habituada a la lectura. John Kennedy Toole, uno de los más notables escritores norteamericanos de los años sesenta, murió joven e inédito. Fueron tantas las editoriales que rechazaron *La conjura de los necios*, que en 1969, a los 32 años, no le encontró más sentido a su existencia y se suicidó en Nueva Orleans. Recién en 1980 su madre consiguió hacer publicar el libro por la Universidad de Louisiana con la ayuda del escritor Walter Percy. Se puede decir que Kennedy Toole se mató por impaciente, pero eso no quita que los editores hicieron mal su trabajo: la novela ganó el premio Pulitzer en 1981 y ha sido traducida a todos los idiomas de occidente.

A Roberto Arlt le rechazaron *El juguete rabioso* y tenía que escribir una columna en un diario para vivir con decoro. Horacio Quiroga cobró 3.800 pesos entre 1910 y 1916. Sólo 53 por mes cuando un empleado de banco ganaba más de doscientos. Recuerda Amorim en carta a Raúl Larra (incluida en *Mundo de escritores*): "Florida era el lado en que se pagaban las ediciones los propios autores. Boedo era el lado en que el editor no exigía plata y no liquidaba. Esa era la diferencia."

Elegantes o proletarios, ya entonces la costumbre era no pagar o malpagar. Hacerlos ir y venir de una semana a la otra, a veces meses o años, para al fin mostrarles una planilla con el saldo en blanco. Recién en 1933, el Congreso votó una ley sobre derechos de autor que obligaba al editor a distribuir los libros estampillados, numerados o firmados por el autor para evitar suspicacias. El texto, reglamentado un año después, fue boicoteado y rechazado por los editores que pronto lograron un fallo judicial favorable a su causa. Según uno de ellos, la firma del autor podía "manchar y ensuciar los libros".

Raymond Chandler, en sus *Cartas*, dice: "El editor podría encontrar quizá alguna justificación de sí mismo, pero jamás hará conocer las cifras. No le dirá lo que los libros le cuestan a él, no le dirá a cuánto ascienden sus gastos generales, no le dirá nada. Apenas usted trate de entablar con él una conversación de negocios, adopta la postura del caballero y académico y cuando usted pretende encararlo en términos de su integridad moral, empieza a hablar de negocios."

El escritor está obligado a creer en lo que su editor le dice. Debe aceptar su sola palabra porque no tiene medios decentes para conocer la cantidad de ejemplares fabricados, vendidos, regalados y exportados. Nadie le muestra libros contables ni facturas de imprenta ni remitos de exportación ni lo invita a visitar los depósitos.

Según el editor alemán Sigfried Unseld, que tiene una larga experiencia en el tema, "las dificultades que surgen regularmente en las relaciones entre autor y editor se deben a la doble vertiente de la curiosa función del último que, como dijo Brecht, tiene que producir y vender la sagrada mercancía libro; es decir, ha de conjugar el espíritu con el negocio para que el que escribe literatura pueda vivir y el que la edita pueda seguir haciéndolo."

En una de sus novelas, Manuel Vázquez Montalbán mata a su editor y confía la investigación al detective Pepe Carvalho. Sublimar ese dulce asesinato ha sido una constante de la literatura e incluso del cine: en *Le magnifique*, de Philippe de Brocca, el actor Jean-Paul Belmondo representaba a un escritor de novelas de aventuras asediado y hambreado por su editor. Para componer a sus personajes más malvados, el novelista imaginaba siempre la cara de su adusto y avaro editor francés.

Yo conozco una editorial de Buenos Aires que le descontó al autor en un solo año y del mismo título (el contrato se lo permitía, es verdad), 655 ejemplares aparentemente "donados" a la prensa. Me hablan de otra que hizo compartir a sus autores el arancel del registro de ediciones en la Cámara del Libro. Son bagatelas para el autor (¿lo son?), vejaciones olvidables, pero si el editor hace lo mismo con cien títulos se habrá ganado varias decenas de miles de dólares. Lo suficiente para pasar al nuevo modelo de coche importado. Cuando cien autores pierden cien dólares cada uno, el editor se ha ganado diez mil.

Cualquier escritor conoce esos contratos preparados por la editorial en los que, a cambio de la publicación, la empresa se queda con una buena tajada de sus derechos de autor cedidos "de por vida y por las de sus derechohabientes". Derechos de edición, traducción, cine, TV, radio, y todo otro medio de difusión, incluso "aquellos que puedan inventarse en el futuro". En los archivos de tribunales hay una buena colección de estos honestos contratos a la espera de una nueva legislación.

Como no es fácil publicar un primer libro, el escritor debutante suele estar dispuesto a entregar el alma al diablo con tal de ver su obra en la mesa de una librería. Tarde o temprano lamentará su desliz de juventud. Todos los veteranos lo saben. Por eso el primer cuidado que tendrá el joven al firmar un contrato será el de limitar en el tiempo la validez del acuerdo por más ventajoso que le parezca. Esta precaución permite a las partes, si una de ellas ha quedado insatisfecha, darse un apretón de manos y separarse llegado el momento.

William Faulkner, que vivía empeñado y tuvo que trabajar ocho años en Hollywood, tenía un editor irreprochable: "Mr. Robert Haas es vicepresidente de Random House, que publica mis libros —recuerda en una carta—. En aquel tiempo yo andaba seco y en banda, a veces durante varios años seguidos, pero bastaba que le escribiera para que él me mandara plata sin esperanza de que se la devolviera a menos que escribiera otro libro."

Faulkner no pedía monedas; en 1940 escribe a Random

House: "Los mil dólares me ayudaron pero necesito nueve mil más para comprar mi libertad económica durante dos años y dedicarme a escribir. También aceptaría cinco mil por año (...) lo que sería una apuesta suya a mi producción literaria de dos años, a condición que no sean dos años de tensión (...) Dígame si puede darme el anticipo o permítame que me vaya a otra editorial."

Random House consiguió retenerlo, pero las deudas de Faulkner eran casi tan grandes como las de Scott Fitzgerald. En carta de 1942 dice: "(...) no puedo ni siquiera moverme. Tengo sesenta centavos en el bolsillo y eso es todo, literalmente (...) ¿Le parece que estoy en condiciones de pedir un anticipo a la editorial? En caso afirmativo, ¿de cuánto? Me gustaría dejarle algo al almacenero antes de irme porque desde el año pasado estoy firmando pagarés." En 1949 William Faulkner ganó el premio Nobel y pudo saldar sus deudas con el editor. Pasó toda su vida esforzándose en "contar toda la historia humana en una sola frase", y casi lo consigue.

Mario Puzo recuerda en *Los documentos de El padrino* que después del fracaso de *La mamma* nadie quería recibirlo en la editorial y la recepcionista ni siquiera se acordaba de su apellido. Cuando *El padrino* llegó a ser el libro de bolsillo de mayor venta en todo el mundo y la secretaria recordó su nombre completo, Puzo publicó una lista de editores tramposos y un artículo en el que decía que Ralph Daigh, de la Fawcett, era un tipo competente que "incluso me pagó todo lo que dijo haber vendido". El sarcasmo es de apreciar.

Naturalmente, hay editores honestos y todo el mundo los conoce, pero son tan escasos como las almas en el cielo. A los otros, a los piratas, no hay Sandokan que pueda derrotarlos. Por eso un escritor italiano que conmovió a varias generaciones de jóvenes les mandó esta carta, horas antes de suicidarse en 1911, a los 48 años:

> A mis editores: ustedes se han enriquecido con mi piel, me han tenido a mí y a mi familia continuamente en la miseria y aun más que eso. Les pido solamente que, en compensación de cuanto les hice ganar, piensen ahora en pagar mi funeral. Los saludo quebrando la pluma.

Firmaba Emilio Salgari, autor de *El corsario negro*.

GOLES A FAVOR, GOLES EN CONTRA

## EL PIBE DE ORO

*A fines de 1933, desde el puerto de Ingeniero White,
llegó a Buenos Aires un muchacho de dieciocho años,
Ernesto Lazzati, quien pronto iba a convertirse en el
mejor centro medio que haya tenido Boca Juniors. Su
debut en primera división fue en la tercera fecha del
campeonato oficial de la Liga Argentina de Football,
ante Chacarita Juniors. El muchacho de Ingeniero
White se mostró ese día como un jugador al que había
que prestarle atención: Boca ganó por 3 a 2 y los
diarios y las revistas lo apodaron El pibe de oro,
un mote que lo siguió durante toda su carrera que
culminó en el primer equipo de la ribera en 1947, pero
que se prolongó un par de años en el club Danubio, de
Montevideo. En ese lapso, Ernesto Lazzati fue cinco
veces campeón con Boca. Aún tuvo otra satisfacción:
en 1954, como ayudante de campo
—no le gusta la expresión "director técnico"— Boca fue
otra vez campeón. Integró la selección nacional,
aunque no fue uno de los más llamados para su
puesto. Nunca fue expulsado de la cancha, lo que
señala su conducta ejemplar no sólo como jugador,
sino como ser humano. Él cumplió lo que suele
denominarse "el sueño del pibe": era hincha de Boca y
cuando jugaba en Comercial de White llegó a vestir la
casaca azul y oro sin que su pase costara un centavo.
Su primer contrato era de trescientos pesos mensuales
y llegó a estar entre los mejores pagados de la época.
Luego, junto a Dante Panzeri, llegó a ser un brillante
periodista. En 1972, Lazzati me contó la historia de su
vida. Tuve que buscar y rebuscar entre viejos papeles*

*sepultados en cajas arruinadas por el tiempo. Quería*
*encontrarlo y leerlo otra vez. Aquí está, de nuevo, la*
*voz del gran centrojás de Boca Juniors.*

Soy hijo de una familia de obreros. Mi padre era ferroviario
en Ingeniero White y murió muy joven, de modo que desde
chico tuve que hacer cualquier trabajo para ayudar a mi
madre y a mis cuatro hermanos. No había nadie en la familia que jugara al fútbol, pero a mí nada me importaba más
que escaparme al baldío y después de diez o doce horas de
trabajar como mensajero en la Casa Dreyfus, me ponía a jugar un picado con otros muchachos. Yo era el dueño de la
pelota y eso ya me hacía un poco el caudillo del grupo. En
1926, cuando tenía once años, jugaba en la quinta división
del equipo de Comercial de Ingeniero White que era uno
de los clubes que mejor fútbol tenía en la Liga del Sur de
Bahía Blanca. Jugaba, como todos, en cualquier puesto,
pero casi siempre me ponían de insider derecho.

Yo siempre les decía después a los de la Capital que nosotros, los del interior, teníamos sobre ellos una ventaja: desde
muy chicos jugábamos al fútbol junto a los grandes, es decir,
nos mezclábamos pibes de diez u once años con tipos de
veinticinco o veintiséis, porque allá los clubes no tienen
muchas veces los elementos para completar todas las divisiones y se produce esa mezcla de edades donde uno aprende cosas muy pronto.

Ingeniero White era un puerto de pescadores y de ferroviarios, y por entonces la aspiración máxima de un chico era
ser empleado del ferrocarril. Ese era un puesto muy codi-
ciado por el prestigio que daba, así que yo creía que alguna
vez iba a ser ferroviario. Pero lo del fútbol fue tan rápido
que pronto la ilusión aquella se derrumbó. A los dieciséis

años yo jugaba en la primera división de Comercial y en el seleccionado de la Liga del Sur. Mis ídolos entonces eran Adolfo Zumelzú, de Sportivo Palermo, y Luis Monti, de San Lorenzo. Ellos resumían todas mis aspiraciones como futbolista. Monti era, como se decía entonces, un tipo de garra, mientras que Zumelzú era todo lo contrario, jugaba como Juan Carlos Corazzo. En Comercial me gustaba mucho el centro medio, Santos Ursino. Yo lo seguía por todos lados para ver cómo jugaba. Los pibes que estábamos en las inferiores íbamos a los entrenamientos de la primera para ver si por ahí faltaba alguno y nos dejaban colar en el picado.

Yo andaba detrás de Ursino, le llevaba la valija, todo. Terminó por tomarme cariño y se fue a ver la quinta división, donde yo jugaba de entreala derecho. Entonces me dijo: "Vos tenés que jugar de centrojás. Además tenés que jugar sin gorra y con el pelo corto." Desde ese día y hasta que dejé de jugar en Boca, jamás me volví a poner la gorra, ni tuve el pelo largo. Con el correr del tiempo, Ursino dejó de jugar en primera y yo ocupé su puesto. Mucho después se enfermó, tuvieron que amputarle las piernas y poco después murió.

Comercial era, junto a Pacífico, uno de los mejores equipos de la Liga. Fue el que más jugadores le dio a Buenos aires; Ursino –primo de Santos– jugó en Lanús; luego llegaron a Lanús-Talleres Troncoso y Romano, dos muy buenos jugadores. Por supuesto, yo soñaba con venir a Buenos Aires. No digo que estuviera seguro de llegar a jugar acá, pero a los dieciocho años se sueña mucho. Yo soy un hombre muy tímido en la vida para todas las cosas, pero nunca para el fútbol. En eso siempre fui muy audaz.

A los dieciséis años yo ya jugaba en el seleccionado de la Liga del Sur de Bahía Blanca. Entonces fuimos a jugar a

Pergamino. Esa fue la primera vez que salí de mi pueblo y la primera vez que me dieron algo de dinero, creo que eran cinco pesos por día para viáticos. ¡Imagínese lo que era para mí salir de Ingeniero White! ¡Venir a la Capital! Porque para ir a Pergamino debíamos venir primero a Buenos Aires. Paramos en el hotel Mar del Plata, en Congreso, en Rivadavia casi Callao. Yo era muy amigo de Rosini, que jugaba de ala conmigo, él era puntero.

Siempre recordaré algo que me dijo cuando veníamos: "Este viaje vos lo vas a hacer pronto de vuelta, porque vas a venir a jugar aquí." Yo no sabía qué decir, y Rosini agregó: "Mirá, en Buenos Aires nadie esconde la pelota bajo del pasto." Me quería decir que acá nadie hacía milagros, ¿no? Nunca olvidaré esa frase. Cuando vine me di cuenta de que era así: jugué acá igual que allá, nunca hice nada nuevo. Cuando volví por primera vez a Ingeniero White, la gente me dio un recibimiento bastante frío y nunca sabré por qué. Yo les dije a algunos amigos: "No esperen que yo haga nada distinto de lo que hacía acá; el fútbol es igual, el mismo que yo jugaba en Comercial." La única diferencia fue que aquí enfrentaba a gente con más capacidad que la que jugaba allá.

Cómo llegué a jugar en Boca es todavía un misterio. White era un pueblo muy chico, donde todos nos conocíamos. Un amigo consiguió en La Plata que yo fuera allí a probarme para Gimnasia y Esgrima. No era Boca, pero me interesaba mucho. Jugué un partido y conformé. Luego fue un delegado de Gimnasia a White, pero no arregló con el club. Eso fue a principios de 1933. Casi al final de ese año jugaban en Montevideo un partido los seleccionados de la Argentina y Uruguay. Estábamos escuchando el partido en el que Varallo había hecho un gol. Entonces un tío mío me dijo: "Mirá, yo voy a mandar una carta a Boca para que te prueben." En ese momento Gimnasia estaba haciendo gestiones otra vez para que yo fuera a La Plata. Mi tío quería que fuera a Boca, así que mandó la carta. Pedía que me mandaran los gastos de viaje, que eran treinta y dos pesos para el viaje y ocho pesos para la cama. Hasta el día de hoy no sé quién recibió la carta en Boca, ni quién la contestó. Cuando conocí Boca supe la cantidad de cartas que llegaban ofreciendo jugadores, así que no sé quién tuvo el coraje de contestarla. La cosa es que vino un telegrama diciendo que fuera. Creo que el telegrama llegó más o menos a las cinco de la tarde, así que esa misma noche a las siete me embarqué. Me acuerdo que era un viernes. No sé de dónde salió el coraje, pero me metí en el tren y vine a Buenos Aires. En ese momento lo único que hice fue decírselo a mi madre. Ella me contestó: "Si es por tu bien, andá."

Llegué a Constitución, tomé un coche y me presenté con el telegrama en la puerta de Boca. El sábado a mediodía, jugué en una práctica que hacía la reserva. El que miraba el partido –un amistoso contra Sportivo Barracas– era Mario Fortunato.

Cuando terminó el partido me dijeron que ya era jugador de Boca. Imagínese lo que yo sentí en ese momento. A la noche nomás me fui de nuevo para Bahía Blanca. Entonces pensé otra vez en quién habría mandado el telegrama. Pensé también que como Boca en ese tiempo no tenía un eje medio, aceptaban a cualquiera, y que ese cualquiera era yo.

Cuando me contrató Boca, yo era mensajero en la Casa Dreyfus y ganaba tres pesos por día. Mi pase no costó nada, porque en ese tiempo había una cláusula que permitía el pase libre y Boca hizo opción de ella. Cuando vine acá, firmé mi primer contrato por trescientos pesos de sueldo al principio.

Jugué varios partidos amistosos y dos oficiales en la reserva de Boca. En la tercera fecha debuté contra Chacarita. Ganamos 3 a 2 y creo que anduve bien. No me achiqué a pesar de la tribuna. Además, todos los muchachos me recibieron muy bien, como se recibía siempre a los que llegaban, fueran del interior o de la Capital. Me fui a vivir al hotel América y luego a casa de unos parientes a Temperley, por un tiempo. Los dirigentes, con mucha visión, enseguida me facilitaron todo para que pudiera traer a mi familia a Buenos Aires. Traje a mi madre y a mis hermanos a Temperley y desde entonces nos quedamos acá.

Mucha gente dice ahora que en ese tiempo no nos entrenábamos. Yo los escucho con pena. Desde que llegué a Boca nos entrenábamos todos los días, de ocho de la mañana a doce, menos el sábado; prácticamente como ahora. Se hacían carreras y mucho fútbol. Se practicaba, sí, menos gimnasia. A mí me duele cuando la gente de esa época dice que antes los jugadores comían tallarines y esas cosas. Todas mentiras. Habría, como lo hay ahora, algún inconsciente. Es cierto que había jugadores más gordos, sí, pero no todos. Yo pesaba sesenta y tres kilos. Ahora está mejor tratado el físico, porque se lo prepara desde el principio; no se olvide que las chicas también tienen hoy cuerpos más estilizados. Es posible que se haya cambiado, antes no se cuidaba tanto la silueta. Cherro, por ejemplo, era gordo, pero Varallo no, Benítez Cáceres tampoco. Así que no digan que no nos entrenábamos.

Casi inmediatamente empezaron a llamarme El pibe de oro. Sobre quién inventó eso tengo una versión: creo que fue Fioravanti. Boca era un club muy familiar, donde se reunían periodistas, artistas y otra gente que se quedaba con nosotros. Comíamos allí y luego nos quedábamos por la tarde. Iban Fioravanti, Borocotó y otros periodistas. Había también un muchacho que le llamábamos El pelado Casimi, que era de Santa Fe. Según me contó después Fioravanti, Casimi fue al diario *Noticias Gráficas*, donde trabajaba Fioravanti y le dijo: "Andá a Boca y hacé una nota, porque allá hay un pibe de oro." Parece que de ahí salió el apodo.

A esas reuniones asistían Enrique Muiño, Tito Lusiardo, Fernando Ochoa, Quinquela Martín. Nos íbamos a comer al Tuñín de la Boca con Cherro, Varallo y Fortunato; allí nos encontrábamos con Quinquela, con Juan de Dios Filiberto. Cuando íbamos al centro era para tomar un café en La Meca, en Cangallo, al lado de la cortada Carabelas. Después nos metíamos en el teatro Sarmiento donde estaba Canaro, que presentaba una comedia y tocaba con su orquesta.

Jugué pocos partidos en el seleccionado, pero en 1934 ya estuve contra los españoles. Sin embargo, el partido que más recuerdo, el que mejor jugué en mi vida, fue el de Boca contra Platense. Si ganábamos nos clasificábamos campeones y tuvimos la suerte de ponernos enseguida cuatro o cinco a uno y nos soltamos todos. En los últimos minutos jugamos un partidazo.

Yo no hacía muchos goles. En ese tiempo el centro medio buscaba poco el arco, además, yo no tiraba bien al arco. La mayoría de los goles los hacía Varallo. Él y Cherro eran muy amigos. Dos caracteres opuestos, pero se complementaban muy bien. Cherro pensaba mucho el fútbol. Varallo no pensaba ni medio, pero veía el gol, pedía la pelota y era peligrosísimo. Cuando veía la oportunidad crecía. Otro caso, más adelante, ocurrió en Boca con Severino Varela y Sarlanga. Varela era muy oportuno frente al arco, pero además tenía la fortuna de hacerle goles a River. Eso lo consagró. La tribuna creía que Severino Varela era un gran jugador, y sin embargo la mayoría de sus goles eran obra de Sarlanga, que era mucho más jugador que él.

Yo estuve la tarde del célebre boinazo de Severino Varela. Fue un centro de Sosa de derecha a izquierda y Varela la agarró de palomita, casi sobre el piso. Varela se ponía la boina blanca porque la tribuna le exigía que jugara con ella, ése era el Varela que la gente quería.

Hay goles como ese que uno no hubiera creído que quedarían en la historia, y otros de los que nadie se acuerda pero que quien los vivió desde adentro de la cancha los recordará toda la vida. Por ejemplo, me acuerdo, en 1946, el año que San Lorenzo fue campeón, un partido que jugamos contra ellos en Boedo; perdíamos 3 a 1 y si hubieran sido cinco también era merecido. Faltaban quince minutos y Boyé hizo un gol. Todos nos agrandamos y San Lorenzo empezó a quedarse.

La tribuna de ellos se quedó en silencio y la nuestra bramaba. Fuimos al ataque y Boyé empató el partido. Enseguida, el mismo Boyé se perdió el cuarto por muy poco. Es un partido difícil de olvidar. De muchos partidos como ese salió ese mito de que Boca es siempre un equipo de garra en contraposición a River, que –según dicen– tiene equipos de mejor juego, pero más blandos.

Boyé era un jugador que parecía un cachiporrero, pero era muy bueno. No decaía nunca, siempre estaba entero y era muy vivo para ver el fútbol.

Había gran diferencia entre los clubes. Ahora eso desapareció y cualquiera sale campeón. En esa época los dos grandes –River y Boca– se disputaban los campeonatos; a veces terciaba Independiente, pero la distancia con los demás era muy grande. Tanto era así, que Fortunato solía hacer el cálculo de los puntos que íbamos a sacar en el torneo y la cosa salía siempre bastante bien. No nos equivocábamos mucho: por ahí calculábamos cuarenta puntos y nos quedábamos en treinta y siete, pero no le andábamos lejos. Por ejemplo, sabíamos que en La Plata perdíamos, generalmente, con Estudiantes. Sabíamos que en la cancha de Chacarita perdíamos algún punto. También con Independiente perdíamos. A River, en cambio, le ganábamos siempre en una época, hasta que apareció la Máquina y entonces ganaban ellos. Con San Lorenzo la cosa era distinta: nos ganaban más veces en nuestra cancha y nosotros a ellos en Boedo. La gente de Boca tiene incorporado eso de la paternidad porque San Lorenzo le gana en la Boca, que es donde más duele. Pero en el tiempo en que yo jugaba, quien más veces nos ganaba era Independiente, luego en otra época, River.

Jugué catorce temporadas en Boca. Tenía treinta y dos años cuando me sacaron y pasé a Danubio de Montevideo. Me fui de una manera un tanto enojosa de Boca. Creo que hubo alguna cosa que aún no alcanzo a entender. El último partido lo jugué en 1947 contra River. Estaba jugando normalmente y me rompí un menisco al iniciarse el partido. Corrí los noventa minutos con una rodilla semitrabada. No sabía exactamente qué tenía, pero tenía la certeza de que era algo serio. Tanto, que cuando terminó el partido me operaron. El doctor Covaro me aseguró que no iba a tener problemas para volver a jugar, pues no había rotura de ligamentos ni nada. Cuando me repuse de la operación empecé a entrenarme, hice cuanto me dijo el doctor Covaro, pues siempre fui un hombre muy obediente. Me dijo: "Andá a jugar y no quiero verte con vendas, con rodilleras, ni nada, porque la rodilla está sana." Sin embargo, fui a Boca con el informe de Covaro y nunca más me hicieron jugar ni en reserva. Evidentemente había un deseo de eliminarme. Incluso ofrecí jugar sin cobrar hasta ver si estaba bien o mal y si no funcionaba me iba. Alguien habrá pensado que yo era viejo y eso le daba una buena oportunidad para echarme. Me ofrecieron algo que tuve el buen tino de no aceptar: la dirección técnica. No acepté y les dije que con mi pase no iban a negociar, pues yo no pensaba jugar en ningún club argentino. Me ofrecieron dejarme libre sólo para ir al extranjero. Entonces hablé con mi mujer e hice la promesa de no jugar más aquí.

Un día recibí un telegrama del Uruguay, que decía: "Llamá a tal número" y lo firmaba Severino Varela. Yo creía que se trataba del Gallego y llamé, pero era una jugarreta de los dirigentes del Danubio. Me dijeron que querían hacerme una oferta. Esa misma noche, como aquella vez que me llamaron de Boca, me tomé el vapor y fui a Montevideo. En verdad pasé al Danubio para tener un compromiso que me impidiera jugar contra Boca. Estuve dos años en Danubio aunque me quedé a vivir acá y viajaba todos los domingos.

En 1949 ya no jugué. Ese año Boca anduvo muy mal y estuvo cerca del descenso. Entonces, algunos amigos del club me pidieron que les diera una mano. Yo soy de los que creen que cuando uno está muchos años en un lugar y se va, queda como amigo o como enemigo. Tengo muchos amigos en Boca, así que vine a colaborar. Dejé aclarado de entrada que me iba a hacer cargo de la parte de fútbol, no como entrenador, porque no creo en los entrenadores ni en los técnicos. Fui a Boca como administrador de fútbol, con la condición de que la parte del equipo la hacía yo sin intervención de los dirigentes. En ese momento aceptaron porque las cosas en Boca no andaban bien. Era a principios del año cincuenta. No había contrato de por medio porque no quería estar atado a nada. De esa manera, si alguien intervenía, yo me retiraba.

Boca anduvo bastante bien y yo lo único que hice fue poner orden, sabiendo lo que necesita el jugador para estar en sus mejores condiciones. Me preocupé de que los futbolistas estuviesen tranquilos, que cobraran sus haberes como corresponde y que se sintieran firmes en sus puestos. Fue así como Boca llegó a disputar el primer puesto con Independiente. Pero en el partido decisivo los dirigentes cambiaron a un jugador del equipo y entonces me retiré. Yo había estado preparando a ese muchacho y me sentía responsable por él. Pero el sábado, antes del partido, ellos se reunieron y lo dejaron afuera. Pusieron a otro que se les ocurrió, cuando, en realidad, el chico que sacaron era el mejor. Fue así que terminé con mi compromiso moral.

Posteriormente, en 1954, Armando fue propiciado presidente de Boca, y me pidió que lo acompañara. Empecé a hacer el trabajo, no como técnico de fútbol, porque no quería estar adentro de la cancha. En ese lugar siempre hay uno o dos que gobiernan a los otros. Yo respeté mucho eso y le di autoridad a la persona que estaba en condiciones de tenerla –en ese tiempo era Eliseo Mouriño– y anduvimos muy bien. Pero también entonces empezaron a pasar las mismas cosas del año cincuenta: interferencias de dirigentes y eso; entonces renuncié.

No creo que pueda hablarse de "decadencia del fútbol". Esto, como muchas cosas de la vida, tiene muchas etapas. Los jugadores de ahora no poseen menos condiciones futbolísticas que los de antes: creo que se ha cambiado la forma de ver y jugar el fútbol. Pienso que el fútbol bien jugado, el positivo, es el mejor, pero quizás no estoy en lo cierto. Los últimos resultados de Boca están demostrando que ese juego da satisfacción y atrae al público. Futbolistas habilidosos hay muchos. Hoy los pibes tienen menos tiempo para formarse, pues la vida es más complicada que antes, pero en el interior hay espacio y tiempo para iniciarse en el fútbol.

Creo que los jugadores de ahora están en tan buenas o mejores condiciones que los de antes de jugar buen fútbol. Hay factores distorsionantes, como las conveniencias personales. Los jugadores deben aprender que en la Argentina la gente es hincha de su club y lo sigue a todos lados, donde va, y no piensa cuánto va a ganar cada jugador. El futbolista debe transmitir una imagen amateur. En ese sentido, hay un solo lugar dónde discutir el contrato: una oficina. Después, en la cancha no se le puede hacer ver al público qué problemas tiene para conseguir un contrato mejor que el año pasado. No se puede mostrar a la tribuna que se juega únicamente por dinero. Es cierto que la mayoría de los jugadores ganan muy poco, que deberían ganar mejor. Porque mucha gente piensa que un futbolista gana mucho y eso no es cierto. Sacando a los de River, Boca y algún otro cuadro grande, debe pasar como antes, que había un grupo de privilegiados y nada más. A mí el fútbol me dejó plata porque fui siempre un hombre ordenado. Después me perjudicó el desorden del país, la inflación, que es un arma en contra de la gente ordenada. Pude invertir algo y ahora vivo bien, pero siempre de mi trabajo.

Siempre me gustaron los coches. Mi primer auto lo compré en 1934 cundo empecé en Boca. Era un Ford 34 que tenía Cherro y lo cambió por un Dodge, así que yo me quedé con el forcito. En 1936 un concesionario de la Ford de Lomas me vino a vender un coche nuevo y me lo cambió por el que tenía yo. Era Angel Bossio y desde entonces somos amigos. Él aún es el concesionario de la Ford de Lomas de Zamora. Otra cosa que yo tuve enseguida fue la casa. Mi madre había sufrido mucho y pensaba que lo primero que había que tener era una casa. La gente de Boca, con muy buen tino, me hizo firmar un contrato por tres años y en pago de la prima me hicieron la casa. Hay gente que dice que me la regalaron; eso no es exactamente cierto, pero la verdad es que el club colaboró con mucho cariño para hacerla.

Mi conducta en la vida es muy clara: el mundo se divide en gente decente y de la otra. Así es de clarito. No hay tonos intermedios. Yo nunca tuve problemas con nadie. Jamás, en dieciséis años, me expulsaron de una cancha de fútbol. Lo que uno recibe es reflejo de lo que da. Nunca intenté lesionar a nadie y no recuerdo que alguien lo haya hecho conmigo. Pienso ahora como cuando era chico: no hay términos medios. A mí me gusta vivir dentro de la ley. No sé si esa será la verdad cruda, pero es mi verdad. Yo no creo en los que gritan en la calle vivando a alguien. La mejor manera de tonificar a algo o a alguien es haciendo las cosas bien. Yo soy un liberal, estoy contra toda forma de violencia. En mi negocio, trato de hacer las cosas más simples y felizmente mis hijos siguen el mismo camino. Ellos son socios de la concesionaria. Mi hija es profesora de inglés y mi hijo, que está casado, se recibirá pronto de ingeniero. Yo fui hasta sexto grado solamente, pero después, incluso cuando jugaba al fútbol y ganaba plata, seguí estudiando cosas. En 1941 me casé con la única chica que quise. Mis padres y los suyos se conocían. Ellos eran de Maipú y yo de Ingeniero White. Ambos son pueblos de ferroviarios. Pero mis padres se habían criado en Maipú y después todos nos encontramos en

Temperley. Cuando vine a jugar a Boca fui a la casa de los padres de la que hoy es mi mujer y prácticamente, desde entonces, estamos juntos; así, fuimos amigos primero, novios después y esposos más tarde.

Parece mentira que el tiempo haya pasado tan rápido. Uno se queda con algunos recuerdos. En mi caso un par de partidos: uno muy bueno en 1943 contra Gimnasia y otro en el que sufrí mucho, que fue el último que jugué en Boca, en el que yo me di cuenta de que algo llegaba a su fin. Y eso me hizo doler mucho. Recuerdo que mientras la pelota pasaba a mi lado y no podía alcanzarla, pensaba en mis amigos, en toda la gente que había confiado en mí.

Los dos mejores equipos de Boca que yo vi fueron los de 1935 y 1940. Ninguno de ellos tenía la imagen de equipo guerrero que la gente le ha dado a Boca. En el treinta y cinco el equipo formaba con Yustrich, Valussi y Domingo da Guia; Vernieres, Lazzati y Arico Suárez; Tenorio, Varallo, Benítez Cáceres, Cherro y Cusati. En 1940 jugaron Estrada, Marante y Valussi; Sosa, Lazzati y Arico Suárez; Tenorio, Alarcón o Carniglia, Sarlanga, Gandulla y Emeal.

Tuve dos etapas totalmente definidas en Boca. En la primera, entre 1934 y 1940, en la que yo era un pibe que se agregó al núcleo de jugadores muy importantes. Del cuarenta en adelante, pasé a ser el caudillo de esa otra generación menor que entraba y que resultó muy buena gente. Yo hablaba mucho dentro de la cancha. Desde chico fui el caudillo de mis equipos. Acá, desde 1940 fui jefe de camarilla.

La gente se asusta cuando escucha la palabra "camarilla". Yo no le tengo miedo, naturalmente si es una camarilla bien entendida. Desde el cuarenta en adelante, hubo en Boca jugadores como Boyé, Concuera, Pescia y otros que se hicieron en las inferiores a la manera nuestra, o en cierto modo a mi manera. Influí muchas veces para que jugadores de las divisiones inferiores entraran a la primera. Los propios jugadores a veces nos reuníamos y hacíamos fuerza para la incorporación de chicos que prometían. Eso que suele decirse sobre el bombeo a algunos jugadores, o el soborno, tiene mucho de mentira. No digo que no los haya habido, o que no haya todavía, pero yo no conocí ningún caso. Además, en esto del soborno, para que un solo jugador influya en el resultado de un partido tiene que ser excepcional. Y de esos hay muy pocos.

Un caso notable en eso de la "garra" boquense fue Marante. Desde las divisiones inferiores, la tribuna lo había preparado para ser el "vengador" del equipo. Cuando alguien golpeaba a un jugador de Boca, enseguida la hinchada gritaba "¡Guerra, Marante, guerra!". Era un chico de una generosidad sin límites y aun cuando tenía treinta años, era un chico. Cuando fue de Boca a Ferro sufrió mucho. Tuvo un decaimiento anímico tremendo. Pero para que la gente vea quién era Marante, hay que saber que cuando Ferro lo dejó libre volvió a Boca y allá no lo quisieron. Pero él se fue a la AFA y por su cuenta firmó para Boca. Practicaba en Boca, seguía al equipo pero no lo incluían. Un día teníamos que jugar en la cancha de Vélez Sarsfield y no teníamos a quién poner en ese puesto. Entonces alguien se acordó que Marante estaba en la tribuna y lo fue a buscar. Marante jugó esa tarde y nunca más salió del primer equipo.

Si tengo que recordar al más grande jugador que vi en toda mi vida diré que ese es Pelé. De mi época lo fueron Cherro, Marante, Sarlanga, Benítez Cáceres, Arico Suárez, Moreno, Pedernera y Sastre. Yo siempre me enfrenté a los de River e Independiente con bastante suerte. En cambio, había un jugador más oscuro que me tenía loco y me ganaba todas: era Picaro, de Lanús. También cuando jugaba en Comercial de Ingeniero White había un entreala de la quinta de Villa Mitre que no me dejaba tocar una. Se dan muy seguido esas cosas. Lo mismo que las canchas. En la de Chacarita nunca jugué bien. En cambio, en La Plata, donde para nosotros era difícil, siempre hice muy buenos partidos. Hay cosas que aparentemente no tienen lógica, pero se dan muy seguido.

Desde chico me pregunté qué era el fenómeno Boca. Por qué tanta pasión alrededor de unos colores, más allá del barrio, de la ciudad. Yo he recorrido todo el país con Boca y gente que nunca había venido a Buenos Aires, o que no conocía a un solo jugador, tenía en sus ranchos, en sus casas, las fotos de los jugadores. Dicen que la mitad más uno del país es de Boca. Yo creo que es más que eso, y que, incluso, es un firme factor de poder político. Eso ya lo tenemos visto.

Mi última incursión en el fútbol fue como periodista en *El Gráfico*. Dante Panzeri y yo habíamos conversado mucho y le expuse mis ideas sobre el periodismo deportivo, sobre lo que yo creía que eran sus fallas y sus creencias. Él me dijo que yo tenía obligación de decir ciertas cosas que sabía sobre fútbol y entonces fui a colaborar con él. Cuando Dante se fue, también yo dejé la revista.

Ya no soy socio de Boca. Renuncié porque no estoy de acuerdo con Alberto J. Armando y su política. Confiaba en él cuando empezó, pero luego me di cuenta de que su ambición lo llevaba mucho más lejos de lo que suponía. Es un político sumamente hábil, y eso creo que lo mantendrá en Boca por mucho tiempo. Más si este año, como es previsible por ser un año que termina en cuatro, Boca es campeón otra vez. Entonces recuperará el terreno perdido. Yo tengo muchos amigos en Boca, pero ya no voy a la cancha. Me gusta quedarme en casa. En mi familia nadie sabe de fútbol y nunca forcé a nadie para que le interese. A mí nadie me obligó a jugar y fui lo que yo quise ser. Y estoy contento de eso.

*El primero del Prode*
*En 1973 el gobierno de Perón instauró el juego del*
*Prode y ante las protestas moralistas de los militantes*
*justicialistas, dijo que se trataba del "impuesto a los*
*zonzos". Desde entonces, cada semana alguien aspira a*
*salvarse apostando los resultados del fútbol, del Quini*
*o del Loto. Pero aquel año la introducción del Prode*
*causó sensación y el primero en ganarlo solo fue un*
*joven paraguayo de nombre Mercedes Negrette. De un*
*día para otro, el humilde emigrado se convirtió en*
*millonario y fugazmente lo invadió la fama. Fui a verlo*
*por cuenta del suplemento cultural de La Opinión y me*
*contó cómo había sido su existencia antes de que la*
*suerte lo hiciera rico. Después el Prode hizo muchos*
*millonarios más y Negrette volvió al anonimato. Este*
*relato me sigue pareciendo ejemplar y representativo*
*de cómo la fortuna puede cambiar a un hombre*
*ingenuo, desprevenido y anónimo.*

"Pasé veinticuatro años en Pilar, que es un pueblito ribere-
ño, de casas bajas y calles amplias. Trabajaba en el campo
con mi viejo y mis cinco hermanos. Nos levantábamos temprano y a las seis ya estábamos en el surco. Al mediodía pa-
rábamos una hora para comer y después le pegábamos hasta
las siete de la tarde. Después volvíamos a la casa, que era de
material, y tenía techo de paja, y nos poníamos a limpiar las
herramientas para tenerlas listas para el día siguiente."

Mercedes Ramón Negrette tiene 27 años y es el mayor
de cinco hermanos. Es un muchacho alegre, voluntarioso,

que no le escapa al trabajo. Es el primero en levantarse por las mañanas, cuando el sol ya se mete por la ventana, entre los huecos de la cortina rota y sucia.

En dos minutos prepara el tereré, va despertando uno por uno a los hermanos y por fin al padre. Ninguno se demora en el catre, tampoco la única mujer de la familia, que duerme en un rincón, en esa diminuta intimidad que le dan los cinco pasos de distancia entre su colchón y los de los hermanos.

Hay un aire de rutina en cada día. La misma ropa (la camisa blanca y el pantalón), el tereré, el retrato de la madre que ha muerto hace mucho, las herramientas apiladas en un rincón de la pieza. Se turnan para ir al baño y ninguno tarda más de lo necesario. Ni siquiera la hermana, que se echa el pelo a la nuca y lo ata, una vez para todo el día.

En el algodonal no se habla. Apenas alguna palabra en guaraní para pedir la azada, el rastrillo, para azuzar a los caballos que tiran del arado de dientes gastados, pero filosos.

Así todo el día. Seis veces por semana. El mismo trabajo que hizo el abuelo, aun durante la guerra del Chaco. El padre suele contar historias por la noche, a esa hora en que los cuentos se vuelven más ciertos, porque las palabras tienen más fuerza rodeadas de silencio. A la noche los pájaros se callan, el calor afloja y los perros se tienden bajo la mesa.

"El sábado a la noche me divertía. Iba al baile porque siempre me gustó el baile. Me gastaba lo que tenía, que era casi nada, porque el campo no da nada aunque se lo trabaje. En el baile éramos siempre los mismos, las mismas caras, pero no importaba porque nos divertíamos. Yo me divierto fácil. Después, el domingo iba a ver el fútbol. Los partidos me gustaban pero no sé jugar. Iba a ver, nomás."

Un traje azul oscuro, un chaleco también azul pero más

claro, una corbata a rayas grises y azules, un par de zapatos negros y medias rayadas están listos para el domingo. Mercedes Ramón limpia el traje y lo plancha él mismo, porque no tiene otro. Está lustroso, pero Mercedes cree que así es más lindo. Se aplasta el pelo con la gomina, se perfuma y sale caminando despacio para Pilar.

Siempre que camina solo le vienen pensamientos. Piensa en irse a la ciudad, a conocer, quizás a trabajar allá. Asunción está a noventa leguas y todo los días –si no llueve– sale un ómnibus, pero nunca le alcanzó la plata para ir. Debe ser lindo Asunción, donde hay televisión para pasar la noche. Debe ser lindo conocer el estadio Puerto Sajonia. Debe ser lindo.

Pero acá en Pilar se está bien. La noche del sábado se encuentra con sus amigos en la puerta del club. Se hacen lustrar los zapatos, miran para adentro, para ver cómo está el ambiente. A eso de las once se pone bueno. Mercedes tiene una mirada para cada muchacha. Baila con una morocha linda, que le da baile y nada más. Y él insiste, quiere más. No hay caso, a las tres la acompaña unas cuadras hasta la casa y le da la mano. "Encantada", dice ella. "Hasta el sábado", dice él.

A veces vuelve al club, donde las luces persisten, los papeles de colores que adornan el escenario cuelgan aquí y allá. Se toma una cerveza con los amigos pero nunca se emborracha.

Están Miguel el zapatero, Eugenio el ayudante del carnicero, Coco el chofer de la municipalidad. Son buenos amigos, toda gente de bien. Bromean, hablan de las mujeres, de fútbol, de pequeñas aventuras, siempre iguales, que se cuentan agregando cada vez más detalles. Al amanecer, Mercedes camina otra vez hacia la casa, lentamente, fumando un cigarrillo tras otro. Ahora lleva el cuello de la camisa desprendido, la corbata suelta y el pelo suelto.

Así volvió la noche que un amigo le propuso pasar unos días en Buenos Aires. "¡Pero si no tengo plata!", le dijo Mercedes. "No importa, yo tengo familia allá. Nos podemos pasar unos días sin plata."

Cruzan en canoa y llegan a Corrientes. Allá toman un ómnibus hasta Buenos Aires. Mercedes nunca supo de tierra tan extensa ni tan fértil. "Un paraguayo tiene que ganar mucha plata acá", se dice. Después estuvo varias horas recostado mirando el paisaje llano porque le habían venido pensamientos.

A las tres de la tarde el ómnibus entre en Plaza Once, avanzando dificultosamente entre el tránsito. Mercedes dormía y ha despertado de golpe. Una imagen casi apocalíptica se abre ante él: la plaza, rodeada de edificios sucios, las calles atestadas de autos y colectivos que llenan el aire de humo oscuro, las veredas donde se amontona tanta gente anónima. Deslumbrado, Negrette no escucha las palabras de su amigo. No le alcanzan los ojos para mirar. Cuando vuelve la cabeza hacia su compañero sabe que no regresará a Pilar. Sabe, también, que es un hombre de suerte.

"¡Usted sí que tiene suerte!", le dice ese hombre duro, envejecido por el trabajo. Es un tío de su amigo; trabaja en la compañía Ítalo-Argentina de Electricidad. Le ha conseguido trabajo de sereno en una obra de la empresa.

Le pagan ciento cincuenta y ocho pesos por hora, pero vive en la obra. Su trabajo es vigilar, limpiar los desperdicios, juntar las herramientas. Pasa el día entero encerrado y la plata le alcanza para la comida y sacar un traje a crédito. Un traje azul, igual al que tenía en Paraguay.

Le escribe a su padre: "Estoy muy bien y tengo trabajo

–le dice–, si me permitís me quedo unos meses más." El padre le permite. Aunque es uno menos para trabajar, es también uno menos para comer.

Mercedes se hace de algunos amigos, empieza a salir y va a los bailes del club Deportivo Paraguayo. Visita a sus compañeros en la villa de Valentín Alsina. Casi todos trabajan en una fábrica textil. Él se siente muy sólo en su pieza de Belgrano, donde cuida los materiales de la Ítalo.

Quiere trabajar en la fábrica, con sus compañeros. Un par de meses más tarde lo llaman. Ganará doscientos cincuenta pesos por hora. Claro que en el cambio pierde la pieza. Un amigo le propone comprar una casilla en Valentín Alsina. Cuesta sesenta mil pesos, treinta cada uno. Tiene diez mil pesos; con el primer sueldo pagará el resto. Ya tiene dónde vivir. Hay que hacerle muchos arreglos, pero él siempre hizo ese trabajo. Todos los días, cuando deja la fábrica, remienda las chapas de la casilla, tapa agujeros.

Cuando va hasta el surtidor a buscar agua se encuentra con Fabiana López, una vecina simpática que tiene 22 años y le sonríe. Charlan, se dan la mano. Una noche, Fabiana acepta acompañarlo al baile. Al día siguiente, un domingo, van al parque de diversiones. Suben a la vuelta al mundo, a los autitos chocadores, al tren fantasma. Es una noche limpia que se hace inmensa cuando la vuelta al mundo sube, la silla se bambolea, el pelo de Fabiana tapa la cara de Mercedes.

"Venite a la casilla, ¿querés?", le dice Mercedes cuando se despiden. Ella contesta que lo va a pensar aunque esté decidida. Al día siguiente mete las ropas en una valija vieja, camina veinte pasos y entra en la casilla de Mercedes.

Fabiana lava la ropa, limpia, hace los mandados si hay plata. Cuando Mercedes se va a trabajar ella termina la limpieza y se va a la casa de su madre. Mercedes no quiere que ella se quede ahí con los demás muchachos. Son varios, que están sin trabajo y paran en la casilla de Negrette. Todos gente de bien, dice Mercedes, pero por las dudas Fabiana se va a la casa de su madre. "Por las noche –cuenta la madre–, él la viene a buscar y se van a estar."

En la fábrica hay poco tiempo para charlar. Son ocho horas sin parar. Mercedes carga las máquinas con ovillos de hilo. En el descanso un compañero muestra tarjetas del Prode. Le da una. Mercedes la llena. Nunca ha jugado antes. El lunes revisa los resultados y tiene siete puntos. Son muy pocos, pero el juego lo entusiasma. Tirar trescientos pesos por semana no es nada, piensa, y vuelve a jugar. Esta vez acierta once de los trece partidos. "Estuve cerca", les cuenta a sus compañeros. "La próxima vez me gano la plata." Lo que dice todo el mundo.

Esa semana parece mejor que las otras. Lleva a Fabiana al circo. El circo la apasiona. Ella se enternece con la música y al él le gustan los payasos y el enano. Sólo recuerda haber visto un circo cuando era chico. Era una carpa pequeña. Había un león viejo y un enano, también un payaso todo pintado. Es todo lo que recuerda.

El miércoles un compañero de la fábrica le da una tarjeta del Prode. Él la llena sin mucha atención y la guarda en un bolsillo. A la tarde, cuando sale del trabajo, pasa por una agencia. Hace la cola y la entrega.

"Cuando Orlando Marconi dijo por televisión que Mercedes Ramón Negrette había ganado el Prode me puse contento. Yo siempre estoy contento. Esa tarde un poco más."

A las cinco y media de la tarde, cuando apagó la radio, sabía que tenía muchos puntos, pero creyó que no le alcanzaban. Los partidos no habían terminado todavía. "Le pasé cerquita otra vez", pensó, y se fue a dar una vuelta con Fabiana.

Cuando volvían, una nena se le acercó y le dijo: "Señor Negrette, ¿usted tiene alguna hermana que se llama Mercedes?" Él sonrió: "Yo me llamo Mercedes." La nena lo miró sin entender muy bien: "A Mercedes la andan buscando por la televisión porque tiene un lío con el Prode."

Negrette dejó a la Fabiana y corrió hacia la casilla de un compañero. "Dejame ver la televisión, ¿querés?", le dijo. Cinco minutos más tarde se enteró. Fue hasta su casa, se peinó, limpió el traje azul, pidió prestado unos zapatos y tomó el ómnibus para el canal.

Fabiana preguntó: "¿A dónde fue Ramón?" (Él nunca quiso que lo llamaran Mercedes.) "A buscar una plata –le dijeron–, parece que se ganó el Prode." Esa noche Negrette se abrazó con el cónsul paraguayo y durmió, por primera vez, en un hotel frío y lujoso. Los diarios de la tarde mostraban su fotografía en la primera página.

Desde entonces nunca más apareció por Valentín Alsina ni por la fábrica. Fabiana empezó a buscarlo. Lo veía por televisión y los periodistas venían a decirle que Negrette la había dejado. Ella no podía creerlo. Tres días más tarde lo encontró en el consulado. Él tenía dos mil pesos en el bolsillo y le dio mil. "No tengo más", le dijo. "Dicen que gané mucha plata pero yo no veo nada."

El señor Aníbal Gómez Núñez, cónsul paraguayo, envió un cable al padre de Negrette. El hombre contestó: "Yo sabía que mi hijo tendría suerte. Es hombre de trabajo y se lo merece."

Negrette espera que el Banco de la Nación, donde depositó su dinero, le extienda los intereses. Con ese dinero se comprará una casa, pondrá un negocio en Pilar del Paraguay para su padre y sus hermanos, entrará en el negocio de la industria. "Yo no sé nada de eso. Me voy a quedar a vivir en Buenos Aires porque me gusta. Les voy a dar trabajo a los paraguayos que andan desocupados. La plata no me va a cambiar. Antes no me conocía nadie, era un cualquiera. Ahora porque tengo plata me paran en la calle. Es cuestión de suerte, nomás."

Me acuerdo del tiempo en que empezamos a rodar juntos, la pelota y yo. Fue en un baldío en Río Cuarto de Córdoba donde descubrí mi vocación de delantero. En ese entonces el modelo del virtuoso era Walter Gómez, el uruguayo que jugaba en River, pero también nos impresionaba Borello, el rompeportones de Boca. Los dos llevaban el nueve en la espalda, como Lacasia en Independiente y Bravo en Racing. Escuchaba los partidos por radio en las voces de Fioravanti o de Aróstegui. Al interior llegaban en cadena o se captaban en onda corta, con una antena de alambre pegada a la chimenea de la casa.

En el potrero donde habíamos fundado el Sportivo Almafuerte, había un chico de sobrenombre Cacho que imitaba al maravilloso Fioravanti. Uno tomaba la pelota y escuchaba, al instante nomás, a Cacho que relataba desde la raya: "¡Alcanza la pelota Soriano, elude a Carreño, se perfila... cuidado... va a tirar al arco..!" y con eso yo era feliz. No tuve la fortuna de que Víctor Hugo cantara un gol de los míos, pero cuánta emoción había en los que gritaba Cacho. El pobre nunca agarraba una pelota. Se la tirábamos larga y no llegaba, se la pasábamos corta y seguía de largo. A veces, de lástima, en los picados le dejábamos algún tiro libre que, sin falta, pegaba en la barrera y hasta un penal que Tito Pereira le atajó con las piernas.

Era tan negado para el fútbol que aun de arquero resultaba un incordio. No era gordito, ni tonto, como dicen los lugares comunes del fútbol. Simplemente era el chico con menos talento que haya vivido en esos parajes. Entonces lo mandábamos a que transmitiera desde afuera de la cancha. Agarraba un micrófono de juguete, corría por entre el yuyal y todo era distinto: nuestro mundo se iluminaba de proezas y emociones. En ese baldío estaban el Puchi Toranzo y Leonel Briones, que jugaban de aleros. Insiders, les decíamos. Los otros eran fulbás, jás, wines y el centrofóbal, que era yo. Un nueve rotundo en la camiseta roja. Mi madre me lo había cosido a mano y de tanto en tanto, cuando me iba entre los defensores, algún desairado me manoteaba de atrás y se quedaba con el número en la mano.

Para ser referí bastaba ser mayor. Eso solo ya daba autoridad, y me acuerdo que uno de los partidos más memorables que jugué lo arbitró mi padre, que acertó a pasar por ahí en bicicleta y se paró a verme jugar. En cierto modo el viejo era un intelectual, un hombre de ciencia que de fútbol no sabía nada. De tanto andar por la vida había aprendido que está prohibido tocar la pelota con las manos y que los golpes arteros debían sancionarse con un tiro libre, o algo parecido. Creo que ni siquiera sospechaba la riqueza teórica del off side, las faltas veniales como el córner, el pie levantado en plancha y la imitación de voces que practicaba Cacho Hernández.

El que estoy contando fue un partido entre barrios enemigos y con tantas carencias reglamentarias mi padre no podía sino hacer un papelón. Lo recuerdo parado en el círculo central, de traje cruzado y con los broches de ciclista cerrándole los tobillos; llevaba anteojos oscuros y un reloj de bolsillo que había sido de su abuelo. Le entregamos uno de esos silbatos que tenían un garbanzo adentro y el capitán de Honor y Patria le protestó de entrada porque un delantero nuestro invadió campo antes de que yo moviera. En esos remotos tiempos movía siempre el centrofóbal. Eran las tablas de la ley: empezaba el nueve, los marcadores de punta hacían los saques de línea y los wines tiraban los córners.

En esos partidos, a Cacho lo poníamos con una sola misión: que imitara las voces de los defensores contrarios. Era tan bueno con la garganta que podría haber trabajado sin dificultad con Mareco o Nito Artaza. Un rato antes de empezar el partido se iba a buscarles charla, a divertirlos con las transmisiones y enseguida los pescaba, sobre todo al arquero. En aquel partido habló nada más que dos veces, y muy poco, pero lo hizo en momentos cruciales. En el primer tiempo, mientras nos ganaban uno a cero, ellos tiraron afuera un vergonzoso penal que cobró mi padre, y poco antes de terminar, cuando estábamos acogotados, Bebo Fernández rechazó como una mula desde el área nuestra. Tendría once años el Bebo, pero podía hacer estallar un neumático de una patada. Tan largo fue el rechazo que sobró a unos cuantos y en el momento en que el cinco de ellos iba a devolver, oyó un "¡dejala!" tan convincente, tan de arquero que sale, que agachó la cabeza. Sobrador, el pibe me miró a mí que llegaba, como diciendo "¿qué tal?" y se desentendió del asunto.

Sólo que no era la voz del arquero. Era Cacho, que parecía una cotorra. Un loro barranquero que imita a su perseguidor. Bajé la pelota medio con el pecho medio con la panza, alcancé a ver a mi padre que corría con el silbato en la boca, el traje bien abrochado y los zapatos blancos de polvo, y le di con alma y vida. El arquero seguía abajo de los palos, como tomando fresco. La pelota entró cerca del palo y como no había red cruzó la calle y cayó en un jardín, justo arriba de las amapolas. Mi padre no sabía que había que señalar el centro de la cancha y se acercó a preguntarme por lo bajo: "Jurame que no la tocaste con la mano." Lo miré a la cara: "Te juro", le contesté. Sudaba como un hombreador de bolsas, tenía el pantalón hecho trapo y los zapatos arruinados. Me imaginé que mi madre iba a poner el grito en el cielo cuando volviéramos a casa.

Mi padre detestaba el fútbol y todas las manifestaciones populares. Por eso aquella tarde se metió a referí. Le fascinaba mandar sobre lo que no comprendía. Pasados los cuarenta, era de los que se creían superiores por sostener que el fútbol consiste en veintidós imbéciles corriendo detrás de una pelota. En caso de que le preguntaran decía que simpatizaba con River y si lo apuraban era tan mentiroso que podía declararse amigo de Distéfano. Al rato de iniciar el segundo tiempo cobró un gol de ellos para mí bastante dudoso, porque la rama que hacía de travesaño se había caído y la altura se medía a ojo de buen cubero. Estábamos perdiendo y encima nos bailaban. Uno de esos bailes bonitos, contagiosos, como pueden dar los brasileños o los colombianos. Admirado, Cacho Hernández ya transmitía desde su puesto de wing y eso excitaba todavía más a nuestros verdugos. Tanto se entusiasmó mi padre que ni bien les tocábamos los talones cobraba y encima nos daba un reto. Por esas cosas que tiene el destino esa tarde iba a dejarnos algunas lecciones. Los de Honor y Patria hicieron todo para golearnos pero sólo pudieron meterla dos veces en el arco. Puro azar: la pelota daba en los palos, en nuestro arquero, en la cara del Puchi Toranzo, picaba en los pozos y se desviaba y así siguió hasta el amargo final.

En un contraataque Briones me la tiró por entre la defensa adelantada y me fui solo. Tenía tanto miedo de errar el gol que se la toqué a Cacho Hernández cuando oí que llegaba. Era de una torpeza tal el pobre chico que ni bien acomodó la pelota con el brazo empezó a pedir la infracción con la voz de Fioravanti, a gritar "¡Pésimo el referí!", mientras pateaba al arco vacío. Era el primer gol que hacía fuera de los picados y salió gritando como loco mientras mi padre señalaba, solemne, el medio de la cancha. Dos o tres minutos más tarde, en un paréntesis del baile con túneles y taquitos, un morochito pelado a la cero me quitó la pelota en el área con la elegancia de una niña que toma clases de piano. Yo grité como si me hubiera quebrado y empecé a revolcarme en el suelo. Ahí nomás mi padre cobró penal y expulsó de mal modo al morocho.

Confieso que rematé con un deleite perverso. Sabía que coronaba una injusticia, pero al mismo tiempo intuía que esa aberración provocada por la ignorancia de mi padre nos metía de lleno en las miserias de la vida. Cuando volvimos a casa, mi madre anduvo gritoneando un rato y al final nos mandó a la cama sin cenar.

⇜⇝

Arístides Reynoso era un prócer del fútbol en el Valle de Río Negro y llegó a jugar en Platense en sus años mozos, allá por el cincuenta y dos, mientras Elvis aparecía en los discos de pasta y Evita se moría. Ya de vuelta, Arístides agarraba la pelota y empezaba a silbar. Silbaba aires camperos, cuecas chilenas y alguna vidalita de su tierra natal. Atrás de esa música, claro, escondía una historia inconfesable.

Recordé su andar cansino durante un partido, en el instante en que el Gallego González, con 33 años a cuestas, metió sobre el final el gol del triunfo de San Lorenzo. Unas horas antes había perdido a su padre. Lenta, dolorosamente, lo venía perdiendo desde hacía dos años y su madre pasaba casi todo el día en el hospital. A lo largo de su vida dentro del área, el Gallego llevaba marcados ciento cinco goles en no sé cuántos clubes y ahora, a esta edad, esperaba una nueva oportunidad en el banco de suplentes. Veira lo llamó para que entrara en los últimos veinte minutos y allí fue el Gallego, sin haber dormido, recién venido del velorio, a ponerle la cabeza al primer centro decente que le tiraron.

Así son las novelas del fútbol: risas y llantos, penas y sobresaltos. González corrió con los brazos en alto a saludar la memoria de su padre. Llevaba lágrimas en los ojos y sus compañeros lloraban con él. De esa pasta están hechos los goleadores. Fantasmas que salen de ninguna parte. Arístides Reynoso fue uno de ellos y yo, que jugué con él a los diecisiete años, lo admiraba tanto que lo trataba de usted, le imitaba la pinta del pantaloncito caído abajo de la cintura y las medias atadas con una cinta color punzó. A veces, cuando perdía un mano a mano con el arquero, él se acercaba a sacudirme la melena con sus patas de oso hormiguero. Recuerdo que una vez recibió de espaldas al arco, empujado por un estóper que lo seguía a todas partes; no sé cómo hizo, pero con una voltereta se le tiró encima, le aplastó la nariz y me la sirvió en el punto del penal. Hice el gol, pero antes de entrar la pelota pegó en el arquero y en el travesaño. Al día siguiente me llamó a charlar en un bar, cerca de la estación de ómnibus, y me contó que también él, de pibe, quería asomarse a la ventana y sólo encontraba una persiana cerrada. "Pero si uno aprende a mirar, por la ranura ve la luz, pibe", me dijo. "Pasala por ahí, como pasan las mariposas." Sí, le dije, pero, ¿cómo acertar, cómo resolver el dilema de las tinieblas? ¿Qué hacer con mi angustia de cazador solitario?

El fútbol es duda constante y decisión rápida. De pronto, un gesto torpe parece irreparable pero la pelota va y viene en gracia y desgracia. Arzeno, el de Independiente, también lloró al comprender que el referí lo echaba y dejaba a los suyos a merced de River. Raro instante de arrepentimiento en un zaguero: casi siempre, los defensores se van con el pecado a cuestas, dispuestos a repetirlo mañana mismo. Arzeno, en cambio, moqueaba y eso, me parece, dejó a los otros con el ánimo por el suelo. Y los golearon.

Al llegar a la primera de Platense, Arístides Reynoso se fue a vivir con una bailarina de la calle Corrientes y empezó a salir de noche, a tragarse Buenos Aires. Amanecía en los bares con la gente de teatro y un día lo encontraron durmiendo en un quiosco de diarios. Pronto perdió el puesto de número diez en la época en que no había banco de suplentes y pasó al largo insomnio de la división reserva. Ahí se encontró con tipos que estaban de vuelta, con los que erraban penales y hacían goles en contra, con los que nunca habían visto la luz que pasaba por la rendija de la persiana. Eso le tocó el amor propio: hizo tantos goles que al poco tiempo volvió a los partidos importantes y le puso un sombrero a Carrizo en la cancha de River y un taquito a Blazina en el viejo Gasómetro. Metido en la alucinante noche de la Buenos Aires justicialista y en las luminosas siestas de estadios repletos, aprendió las cosas de golpe. Fue en ese tiempo, me contó, que empezó a silbar en la cancha. El cuerpo le dolía horrores, pero su mente volaba: podía ver, mientras devolvía una pared y picaba al vacío, la sonrisa de un chico en la primera fila de plateas; veía a los carteristas en acción y a los que meaban desde la tribuna de arriba. Una tarde, seguro de ser como una mariposa, decidió pasar gambeteando entre Colman y Otero, los roperos del Boca campeón. Esperó su oportunidad tirándose atrás, ofreciéndose de enganche, hasta que un tal Maldonado se la dio en un claro inmenso desde donde los otros jugadores parecían cucarachas.

Arístides Reynoso había empezado a mirar la vida de reojo. No con cinismo sino con ironía. Tuvo todas las mujeres, había cantado a dúo con Edmundo Rivero y una madrugada, en El Tropezón, le contó un mal chiste a Sandrini. Entonces se dijo que ya era hora de hacer las valijas, meter un gol inolvidable y volver a su pueblo para jugar de nuevo en los potreros. La pelota que le tiró Maldonado le llegó girando igual que gira la vida. El frente de ataque estaba cerrado porque cruzaba el Pelado Pescia y sólo Mouriño se acercaba. La tiró larga, con un silbido de cueca, y nadie se animó a quedar pagando. Arístides Reynoso sintió que Colman esperaba afilando el puñal, que Otero andaba algo distraído y los encaró con la cabeza alta. No era hábil como Orteguita ni elegante como Zanetti; más bien se parecía a Márcico, un piloto de tormentas navegando en calma chicha, un montón de huesos dotados de inteligencia. Otero quedó en el camino y Pescia se resbaló al segundo amague. Iba tan entusiasmado Arístides Reynoso que hizo una bicicleta y arqueó el cuerpo para engañarlo a Colman y tirarle el caño que iba a verse en todo el país. Pero a Colman lo llamaban Comisario y no había nacido ayer. Adonde adivinó la intención del otro, lanzó un grito criminal y se le tiró a las canillas con los tapones de punta. Arístides alcanzó a pasarle la pelota por debajo del culo, pero el zapato del Comisario le arrancó la carne hasta la rodilla.

Años después mostraba con orgullo la cicatriz y juraba no haber abierto la boca para quejarse. No hizo otra cosa que levantarse y seguir porque la pierna lo sostenía todavía y Musimessi, el Arquero Cantor, ya salía a enfrentarlo. Eran tiempos del Glostora Tango Club: tipos de traje y gomina Brancato que escuchaban las charlas de Discépolo; damas y damitas con pollera hasta abajo de la rodilla. Una década insulsa que preludiaba las tormentas que cantarían Beatles y Stones. Cine, radioteatro, salón de té, hipódromo, tango... ¡Cuánto había que esperar a que las chicas se decidieran! ¡Cuánto amor y cuánto odio despertaban Evita y Perón! Todo eso y Arístides Reynoso que pisa el área con las valijas hechas y el pasaje comprado. Viene medio desacomodado y Mussimesi ya abre el tren de aterrizaje, cae a sus pies con la camiseta que le marca las costillas. A Arístides le queda una sola: frenar de golpe, tirarla con los talones por encima de la espalda e ir a buscarla, si llega, por la rendija que se abre detrás del arquero. Siente el golpe en la rodilla, sabe de qué se trata, pero escapa y antes de caer por última vez en un estadio porteño, le pega de punta y cierra la valija.

Después el hospital, el largo viaje pampeano con una pierna en llagas y la otra enyesada. Así llegó a la estación donde fuimos a buscarlo: bromeando y dispuesto a seguir en los potreros. Tardó dos años en reponerse y un día nos encontramos en la misma delantera, yo que empezaba y él con su monumento a cuestas. Al poco tiempo me contó lo de la ventana y la rendija. Por ese ínfimo lugar me hizo pasar a su lado, sin hablar nunca de pesos y medidas, sin decirme por qué la pelota pica y engaña, pica y obedece, va a buscar un atisbo de luz aunque viva en el corazón de las tinieblas.

# GALLARDO PÉREZ, REFERÍ

*Para el mundial de 1986, Il Manifiesto de Roma,*
*me pidió que escribiera un artículo por día*
*durante todo el mes del campeonato. Maurizio*
*Matteuzzi me explicó que no se trataba de viajar a*
*México; ni siquiera de comentar los partidos por*
*televisión. Desde Buenos Aires yo tenía que*
*imaginar todos los días un relato vinculado con el*
*fútbol para acompañar las conjeturas de los*
*especialistas italianos.*
*De entrada, Giorgio Monocorda, uno de los*
*columnistas, escribió que el candidato más firme a*
*ganar la copa era el seleccionado argentino. Yo me*
*reí de él en el primer télex que mandé desde*
*Buenos Aires, pero un mes más tarde, cuando*
*Jorge Burruchaga coronó la victoria sobre*
*Alemania, tuve que disculparme ante los lectores*
*italianos por mi falta de confianza en Bilardo y su*
*gente. "Ustedes los argentinos son unos*
*descreídos", me reprochó Matteuzzi por teléfono. Y*
*esa vez tuve que darle la razón.*
*El protagonista de este relato existió, pero quizá no*
*se llamaba Gallardo Pérez. Yo hice el gol del*
*escándalo, pero no creo que haya sido exactamente*
*así. De cualquier modo, me divirtió reconstruir*
*aquellos días en que era muchacho y soñaba con*
*jugar un día en San Lorenzo de Almagro.*

Cuando yo jugaba al fútbol, hace más de treinta años, en la
Patagonia, el referí era el verdadero protagonista del parti-

do. Si el equipo local ganaba, le regalaban una damajuana de vino de Río Negro; si perdía, lo metían preso. Claro que lo más frecuente era lo de la damajuana, porque ni el referí ni los jugadores visitantes tenían vocación de suicidas.

Había, en aquel tiempo, un club invencible en su cancha: Barda del Medio. El pueblo no tenía más de trescientos o cuatrocientos habitantes. Estaba enclavado en las dunas, con una calle central de cien metros y, más allá, los ranchos de adobe como en el *far west*. A orillas del río Limay estaba la cancha, rodeada por un alambre tejido y una tribuna de madera para cincuenta personas. Eran las "preferenciales", las de los comerciantes, los funcionarios y los curas. Los otros veían el partido subidos a los techos de los Ford A o a las cajas de los camiones de la empresa que estaba construyendo la represa.

Todos nosotros estábamos bajo el influjo del maravilloso estilo del Brasil campeón del mundo, pero nadie lo había visto jugar nunca: la televisión todavía no había llegado a esas provincias y todo lo conocíamos por la radio, por esas voces lejanas y vibrantes que narraban los partidos. Y también por los diarios que llegaban con cuatro días de atraso, pero traían la foto de Pelé, el dibujo de cómo hacía un 4-2-4 y la noticia de la catástrofe argentina en Suecia.

Yo jugaba en Confluencia, un club de Cipolletti, pueblo fundado a principios de siglo por un ingeniero italiano que tenía un monumento en la avenida principal. Todavía las calles no habían sido pavimentadas y para ir al fútbol los domingos de lluvia había que conseguir camiones con ruedas pantaneras.

Confluencia nunca había llegado más arriba del sexto puesto, pero a veces le ganábamos al campeón. Muy de vez en cuando, pero le dábamos un susto.

Ese día teníamos que jugar en la cancha de Barda del Medio y nunca nadie había ganado allí. Los equipos "grandes" descontaban de sus expectativas los dos puntos del partido que les tocaba jugar en ese lugar infernal. Los muchachos de Barda del Medio, parientes de indios y chilenos clandestinos, eran tan malos como nosotros suponíamos que eran los holandeses o los suecos.

Eso sí, pegaban como si estuvieran en la guerra. Para ellos, que perdían siempre por goleada como visitantes, era impensable perder en su propia casa.

El año anterior les habíamos ganado en nuestra cancha cuatro a cero y perdimos en la de ellos por dos a cero con un penal y un piadoso gol en contra de Gómez, nuestro marcador lateral derecho. Es que nadie se animaba a jugarles de igual a igual porque circulaban leyendas terribles sobre la suerte de los pocos que se habían animado a hacerles un gol en su reducto.

Entonces, todos los equipos que iban a jugar a Barda del Medio aprovechaban para dar licencia a sus mejores jugadores y probar a algún pibe que apuntaba bien en las divisiones interiores. Total, el partido estaba perdido de antemano.

El referí llegaba temprano, almorzaba gratis y luego expulsaba al mejor de los visitantes y cobraba un penal antes de que pasara la primera hora y la tribuna empezara a ponerse nerviosa. Después iba a buscar la damajuana de vino y en una de ésas, si la cosa había terminado en goleada, se quedaba para el baile.

Ese día inolvidable, nosotros salimos temprano y llevamos un equipo que nos había costado mucho armar porque nadie quería arriesgar las piernas por nada. Yo era muy joven y recién debutaba en primera y quería ganarme el puesto de centro delantero con olfato para el gol. Los otros eran muchachos resignados que iban para quedarse en el baile y buscar una aventura con las pibas de las chacras.

Después del masaje con aceite verde, cuando ya estábamos vestidos con las desteñidas camisetas celestes, el referí Gallardo Pérez, hombre severo y de pésima vista, vino al vestuario a confirmar que todo estuviera en orden y a decirnos que no intentáramos hacernos los vivos con el equipo local. Le faltaban dos dientes y hablaba a los tropezones, confundiendo lo que decía con lo que quería decir.

Le dijimos –y éramos sinceros– que todo estaba bien y que tratara, a cambio, de que no nos arruinaran las piernas. Gallardo Pérez prometió que se lo diría al capitán de ellos, Sergio Giovanelli, un veterano zaguero central que tenía mal carácter y pateaba como un burro.

Ni bien saludamos al público que nos abucheaba, el defensa Giovanelli se me acercó y me dijo: "Guarda, pibe, no te hagas el piola porque te cuelgo de un árbol." Miré detrás de los arcos y allí estaban, pelados por el viento, los siniestros sauces donde alguna vez habían dejado colgado a algún referí idealista. Le dije que no se preocupara y lo traté de "señor". Giovanelli, que tenía un párpado caído surcado por una cicatriz, hizo un gesto de aprobación y fue a hacerles la misma advertencia a los otros delanteros.

La primera media hora de juego fue más o menos tranquila. Empezaron a dominarnos pero tiraban desde lejos y nuestro arquero, el Cacho Osorio, no podía dejarla pasar porque hubiera sido demasiado escandaloso y nos habrían linchado igual, pero por cobardes. Después dieron un tiro en un poste y el Flaco Ramallo sacó varias pelotas al córner para que ellos vinieran a hacer su gol de cabeza.

Pero ese día, por desgracia, estaban sin puntería y sin

suerte. Todos hicimos lo posible para meter la pelota en nuestro arco, pero no había caso. Si el Cacho Osorio la dejaba picando en el área, ellos la tiraban afuera. Si nuestros defensores se caían, ellos la tiraban a las nubes o a las manos del arquero.

Al fin, harto de esperar y cada vez más nervioso, Gallardo Pérez expulsó a dos de los nuestros y les dio dos penales. El primero salió por encima del travesaño. El segundo dio en el poste. Ese día, como dijo en voz alta el propio referí, no le hacían un gol ni al arco iris.

El problema parecía insoluble y la tribuna estaba caldeada. Nos insultaban y hasta decían que jugábamos sucio. Al promediar el segundo tiempo empezaron a tirarnos cascotazos.

El escándalo se precipitó a cinco o seis minutos del final. El Flaco Ramallo, cansado de que lo trataran de maricón, rechazó una pelota muy alta y yo piqué detrás de Giovanelli, que retrocedía arrastrando los talones. Saltamos juntos y en el afán de darme un codazo pifió la pelota y se cayó. La tribuna se quedó en silencio, un vacío que me calaba los huesos mientras me llevaba la pelota para el arco de ellos, solo como un fraile español.

El arquerito de Barda del Medio no entendía nada. No sólo no podían hacer un gol sino que, además, se le venía encima un tipo que se perfilaba para la izquierda, como abriendo el ángulo de tiro. Entonces salió a taparme a la desesperada, consciente de que si no me paraba no habría noche de baile para él, y tal vez hasta tuviera que hacerme compañía en el árbol de fama siniestra. Él hizo lo que pudo y yo lo que no debía. Era alto, narigón, de pelo duro y tenía una camiseta amarilla que la madre le había lavado la noche anterior. Me amagó con la cintura, abrió los brazos y se infló como un erizo para taparme mejor el arco. Entonces vi, con la insensatez de la adolescencia, que tenía las piernas arqueadas como bananas y me olvidé de Giovanelli y de Gallardo Pérez y vislumbré la gloria.

Le amagué una gambeta y toqué la pelota de zurda, cortita y suave, con el empeine del botín, como para que pasara por ese paréntesis que se le abría abajo de las rodillas. El narigón se ilusionó con el driblin y se tiró de cabeza, aparatoso, seguro de haber salvado el honor y el baile de Barda del Medio. Pero la pelota le pasó entre los tobillos como una gota de agua que se escurre entre los dedos.

Antes de ir a recibirla a su espalda le vi la cara de espanto, sentí lo que debe ser el silencio helado de los patíbulos. Después, como quien desafía al mundo, le pegué fuerte, de punta, y fui a festejar. Corrí más de cincuenta metros con los brazos en alto y ninguno de mis compañeros vino a felicitarme. Nadie se me acercó mientras me dejaba caer de rodillas, mirando al cielo, como hacía Pelé en las fotos de *El Gráfico*.

No sé si el referí Gallardo Pérez alcanzó a convalidar el gol porque era tanta la gente que invadía la cancha y empezaba a pegarnos, que todo se volvió de pronto muy confuso. A mí me dieron en la cabeza con la valija del masajista, que era de madera, y cuando se abrió todos los frascos se desparramaron por el suelo y la gente los levantaba para machucarnos la cabeza.

Los cinco o seis policías del destacamento de Barda del Medio llegaron como a la media hora, cuando ya teníamos los huesos molidos y Gallardo Pérez estaba en calzoncillos envuelto en la red que habían arrancado de uno de los arcos.

Nos llevaron a la comisaría. A nosotros y al referí Gallardo Pérez. El comisario, un morocho aindiado, de pelo engominado y cara colorada, nos hizo un discurso sobre el orden político y el espíritu deportivo. Nos trató de boludos irresponsables y ordenó que nos llevaran a cortar los yuyos del campo vecino.

Mientras anochecía tuvimos que arrancar el pasto con las manos, casi desnudos, mientras los indignados vecinos de Barda del Medio nos espiaban por encima de la cerca y nos tiraban más piedras y hasta alguna botella vacía.

No recuerdo si nos dieron algo de comer, pero nos metieron a todos amontonados en dos calabozos y al referí Gallardo Pérez, que parecía un pollo deshuesado, hubo que atenderlo por hematomas, calambres y un ataque de asma. Deliraba y en su delirio insensato confundía esa cancha con otra, ese partido con otro, ese gol con el que le había costado los dos dientes de arriba.

Al amanecer, cuando nos deportaron en un ómnibus destartalado y sin vidrios, bajo una lluvia de cascotes, nuestro arquero, el Cacho Osorio, se acercó a decirme que a él nunca le habían hecho un gol así. "Se comió el amague, el pelotudo", me dijo y se quedó un rato agachado, moviendo los brazos, mostrándome cómo se hacía para evitar ese gol.

Cuando se despertó, a mitad de camino, Gallardo Pérez me reconoció y me preguntó cómo me llamaba. Seguía en calzoncillos pero tenía el silbato colgando del cuello como una medalla.

—No se cruce más en mi vida —me dijo, y la saliva le asomaba entre las comisuras de los labios—. Si lo vuelvo a encontrar en una cancha lo voy a arruinar, se lo aseguro.

—¿Cobró el gol? —le pregunté.

—¡Claro que lo cobré! —dijo, indignado, y parecía que iba

a ahogarse–. ¿Por quién me toma? Usted es un pendejo fanfarrón, pero ese fue un golazo y yo soy un tipo derecho.

–Gracias –le dije y le tendí la mano. No me hizo caso y se señaló los dientes que le faltaban.

–¿Ve? –me dijo–. Este fue un gol de Sívori en orsai. Ahora fíjese dónde está él y dónde estoy yo. A Dios no le gusta el fútbol pibe. Por eso este país anda así, como la mierda.

Cuando se habla de mafiosos y coimeros, se los ve por la tele y se los escucha por radio, recuerdo al más simpático y creativo que me tocó conocer. Era referí y se llamaba, pongamos, Francisco Gómez Williams, o se hacía llamar así para que fuese más difícil insultarlo desde la tribuna. Igual, sus amigos le decían Pancho y ahí el personaje empezaba a rimar y sufrir como todo el mundo. Era petiso y musculoso, con una gran nariz torcida y la sonrisa siempre bien puesta. Gran conversador, sobre todo dentro de la cancha. Pedía, si la memoria no me falla, mil pesos por cobrar un penal y dos o tres mil para anular un gol. Dependía de la importancia del partido y de la cara del cliente. Uno podía comprarle incluso algún corner, o un tiro libre a veinticinco metros del arco, si se le mandaba un buen emisario a los camarines. Digo buen emisario porque Williams se había ensartado tantas veces que ya estaba curado de espanto: inventaba el penal y después los dirigentes se lo anotaban en el agua, no le daban pagarés ni cheques posdatados. Fue por eso que hizo un acuerdo con la mafia de la gobernación y abrió una cuenta en Chile a nombre de un falso referí de allá.

Vestía bien, salía con chicas que los jugadores le envidiábamos y hasta que lo mataron de un tiro en el aeropuerto de Neuquén fue uno de los personajes más populares de la región. Al entrar a la cancha, si el partido estaba arreglado, casi siempre nos lo hacía saber. Un domingo de 1962, en el partido contra Estrella Polar, puse un pelotazo en un palo a los cuatro o cinco minutos y enseguida me llamó. En aquel entonces no se usaban tarjetas de colores ni se hacían cambios de jugadores en medio del partido. Me tomó del brazo y me llevó aparte como si me estuviese dando un reto, pero eso era para engañar a la tribuna. Lo que hacía en realidad era contarme que una admiradora de Buenos Aires le había mandado unos zapatos ingleses de puntera ancha y que pensaba estrenarlos en el baile del Tiro Federal. De paso me avisó que no me rompiera, que igual íbamos a perder.

En el entretiempo se lo conté a nuestro entrenador, el Míster Peregrino Fernández, que venía de un asado y andaba con unas copas de más. Nadie hubiera podido imaginar que al año siguiente estaría dirigiendo el Red Star de París y se convertiría en el más respetado teórico del fútbol ofensivo.

–No le haga caso –me ordenó–. Usted vaya y gane el partido.

Lo mismo les dijo a los otros y se quedó durmiendo la mona sobre una mesa del vestuario. El Cuco Pedrazzi era el capitán del equipo y lo interpretó a su manera: juguemos al orsai, nos dijo. De esa manera, explicó, estaríamos siempre fuera de la zona de peligro y evitaríamos los penales arteros con los que Williams podía liquidarnos. A los quince minutos del segundo tiempo el Beto Jara, un número diez más lujoso que Galetto y Redondo juntos, amagó pasarme la pelota y desde treinta metros, con una multitud de contrarios delante, la puso en un ángulo. Ni lo festejó. Se quedó mirando a ver qué inventaba el referí para anular el gol. No sé si Williams ya formaba parte de la mafia o estaba por ingresar en esos días, pero le hacía falta mucha imaginación para salir del paso. Hizo un vago gesto que silenció a la tribuna, fue hasta donde estaba Jara y lo invitó a dar un paseo por la cancha. A él también le contó de los zapatos ingleses, le refirió la otra cara de una historia de adulterio que había terminado con el exilio del comisario en La Rioja y por fin le pidió consejo:

—Vos, en mi lugar, ¿qué harías?

—Doy el gol. No hay otra.

—Son dos mil pesos, che. Termino la casita y me compro el Winco con mueble que les gusta a las chicas. ¿No la habrás bajado con la mano? ¿No viste particulares en la cancha? ¿Nada raro?

—Y el linesman, ¿para qué está?

—Si lo consulto tengo que arreglar con él y eso me quita autoridad. Voy a parecer un vendido. ¿Sabés qué podemos hacer?

—Qué.

—Vos me das una piña y yo te echo. Ahí se arma un quilombo bárbaro y después nadie se acuerda del gol.

—Ni loco.

—Maricón... ¿Sabés lo que hace tu novia mientras vos discutís conmigo?

Y siguió así hasta que el Beto Jara le dio una piña. Entonces sí la cancha se llenó de particulares y policías, el partido se suspendió hasta que Williams volvió en sí, nos expulsó cuatro jugadores, echó a uno de sus jueces de línea por no haber levantado el banderín y anuló el gol sin dar explicaciones.

La hinchada rompió todo lo que encontró a mano pero a la hora en que el Míster Peregrino Fernández despertó de su siesta, ya había vuelto la calma. En la tribuna había tantos carteristas y colados que a nadie le convenía encontrarse con la policía. Poco importa lo que pasó después, pero perdimos dos a cero. Williams terminó de construir su casa en un barrio elegante y con el tiempo hizo una pequeña fortuna. Todo el mundo sabía que era coimero y mafioso, pero a nadie parecía importarle. Hasta nos divertía que fuese tan desfachatado. El tiempo pasa con tanta rapidez, decía el Míster Peregrino Fernández, que los necios sólo saben rascarse el ombligo y mirar para otra parte.

El día en que lo mataron, Pancho Williams ya había llegado a presidente de no sé qué cuerpo de árbitros, viajaba en avión y los penales que cobraba eran más selectivos y caros. La mafia que le disparó en el aeropuerto quería terminar con el negocio artesanal y las conversaciones amables. El juez los demoró unos minutos y se conformó con lo que le dijeron: según ellos el mafioso era Williams, que como todo el mundo sabía era un vendido y no se podía confiar en él. Había arreglado campeonatos enteros y ese día en el aeropuerto se le había caído al suelo un revólver que se disparó solo y lo mató.

En ese tiempo yo me fui a jugar a Independiente de Tandil pero después supe que desde entonces en lugar de comprar la simpatía de Williams empezaron a sobornar a jugadores y hubo que esperar el virtuoso gobierno de Arturo Illia para que la gente se animara a hablar. Prefiero recordar al Beto Jara clavando la pelota en un ángulo, evocar la piña que le dio al coimero de Williams, que imaginármelo arreglado y tirando un balín dos metros afuera del arco.

Cuando el Míster Peregrino Fernández dejó el club Confluencia, ninguno de nosotros podía imaginar que iba a dirigir en Francia y se iba a hacer famoso como creador del fútbol espectáculo. Se llevó con él al Cuco Pedrazzi que lo seguía como a un padre y los dos hicieron fortuna en el viejo Red Star de París. Pedrazzi se casó con una viuda francesa y a los cincuenta se fue a Nancy como consultor de defensores y arqueros. Me lo encontré por casualidad en el Parque de los Príncipes y después de tanto tiempo me costó reconocerlo. Me lo presentaron como a un argentino más y hablamos de todo un poco. Comentamos la derrota de los nuestros en la Copa América y me preguntó por algunos jugadores que le habían parecido horribles. Al rato, hablando de Passarella, de Veira, de Bianchi y otros técnicos, recordó la epopeya del Míster Peregrino Fernández y ahí caímos en la cuenta que de jóvenes habíamos jugado en el mismo equipo, allá en Cipolletti.

El Míster está un geriátrico cerca de Neuilly, me dijo. Cuando lo rajaron de la liga francesa por jugar un partido con doce hombres se fue a Australia y allá anduvo bárbaro porque la gente sabía muy poco de fútbol. Me contó que el Míster siguió fiel a su filosofía hasta el fin de su carrera e hizo sensación en Sidney y Melbourne con el fútbol espectáculo. Los mandaba al ataque a todos, ponía siete delanteros y conseguía partidos 6 a 5, 4 a 7 y llegó a perder 12 a 8 en una final de 1981 que todavía muestran en la televisión y las escuelas de fútbol.

El día en que llegó a Cipolletti, hace más de treinta años,

ya insinuaba esa determinación de rebelarse contra los esquemas y los tabúes del fútbol. En aquel tiempo yo había cumplido los diecisiete y empezaban a ponerme en la primera con los grandes. Orlando el Sucio, que había sido el técnico anterior, nos hacía jugar con el esquema que Helenio Herrera aplicaba en Italia. Ponía cuatro defensores en línea, otros dos criminales unos pasos más adelante y un tercero que les quitaba a los contrarios las ganas de asomarse. Ese era el Cuco Pedrazzi, que tenía el récord de ocho expulsiones por juego brusco en un solo campeonato. A los lados, boyando en zona, colocaba un par de corredores sin historia de los que se consiguen en cualquier potrero. El que llevaba el número once era un poco más despierto, corría por delante de la muralla y tenía que ordenar el despelote que se armaba cada vez que venía una pelota dividida y se chocaban entre ellos. Todos tenían prohibido pasar la mitad de la cancha. Sólo el Manco Salinas, que era número diez, podía irse unos metros, no muchos y allá arriba, solo y puteado por toda la hinchada, quedaba yo como único delantero. Fueron tan pocos los goles que hice ese año que me los acuerdo todos, hasta aquel cañonazo del Cuco Pedrazzi que pegó en el travesaño, rebotó adentro y como el referí hizo seguir tuve que ir a meterla de chilena. No sé cómo hice pero desde ese día la tribuna empezó a putearme menos a mí que a los defensores contrarios.

Terminamos siete veces cero a cero, perdimos cuatro o cinco por uno a cero y hasta ganamos dos partidos por un gol. Entonces, como el club tenía otras ambiciones, un día contrató al Míster Peregrino Fernández para jugar al ataque. Todos los defensores, menos el Cuco Pedrazzi, se quedaron sin puesto y fue la fiesta de los delanteros. No éramos muchos y cualquier tipo capaz de dominar la pelota entre

tres defensores se ponía la camiseta y entraba. Era lo contrario de lo que nos había enseñado Orlando el Sucio. Una
revolución que empezó a llenar las canchas, A la carga Barracas, decía el Míster, que venía expulsado de Chacarita y
todos salíamos al frente, picábamos como locos habilitados
o en orsai. Fue en ese tiempo que empezó a meter un jugador de contrabando. Lo hacía cambiar al chileno Jara, lo escondía entre el masajista y el utilero y al rato, cuando se
armaba algún revuelo alrededor del referí, lo mandaba a co-
larse en la cancha. El truco funcionaba casi siempre pero un
sábado, en un nocturno que jugamos en Villa Regina, un
comedido se puso a contar los jugadores y descubrió que
teníamos dos tipos con el número siete. Encima Jara estaba
haciendo el mejor partido de su vida, se los apilaba a todos y
nos servía los goles en bandeja de oro y todo el mundo empezó a fijarse en ese siete que a veces era él y a veces era
otro, dos cabezas más alto. Ganamos 5 a 3, pero el Tribunal
de Disciplina nos sacó los puntos y casi nos manda al descenso como castigo. Por un tiempo, el Míster paró la mano.
Ahora creo que no lo hacía por tramposo sino porque le en-
cantaba ver la pelota cerca de los arcos. Dejaba dos backs y
los otros íbamos a buscar el gol. Así tuve a mi lado todo tipo
de delanteros, improvisados y profesionales. Estaba el Tuerto López, que era zurdo y del lado derecho no veía nada.
Abel Corinto, un buen cabeceador, tan veterano que refería
anécdotas del 17 de octubre, cuando jugaba en Temperley y
cruzó el Riachuelo para reclamar la libertad de Perón. Juan
Cruz Mineo, que le contaba películas al referí para tenerlo
distraído. El Lungo Suárez, que tarareaba tangos mientras
llevaba la pelota. El Tincho Saldías, que solía abandonar los
partidos antes del final porque odiaba que le quitaran la pe-

lota. Si no recuerdo mal era el único jugador del equipo que tenía coche propio.

Lo cierto es que el club se quedó sin defensores y nos hicieron tantos goles como nunca volví a ver. El Míster Peregrino Fernández había abierto el negocio del fútbol espectáculo pero al final lo nuestro se parecía al básquet, un gol para acá, un gol para allá. Un día que perdimos 7 a 4 desapareció y nunca más se supo de él. Ahora, el Cuco Pedrazzi me dice que está en un geriátrico de París y a veces lo llama por teléfono para recomendarle que, dirija a quién dirija, vaya al ataque. Le pregunté si había sacado alguna enseñanza del Míster y me hizo una mueca de desdén: Mientras duró hicimos buena plata, pero después la gente empezó a fijarse en la tabla de posiciones y llamaron a Orlando el Sucio. El Míster tenía un vértigo bárbaro pero de contraataque nos llenaban la canasta.

Tal cual. Pero aquella temporada de 1960 en el área llovían pelotas, salían de abajo de la tierra, aparecían como hongos, parecía que cada jugador tuviera una que había traído de su casa. Lo que no tuvo en cuenta el Míster Peregrino Fernández fue que el miedo puede más. Fueron tantos los sustos que nos dimos que empezamos a perderle el gusto al espectáculo. Lo suyo era lindo para la tribuna visitante, pero cada vez que nos hacían un gol se nos retorcían las tripas. Recuerdo un partido que estaba cuatro a cuatro: retrocedí para ayudarlo a Pedrazzi a cubrir un contragolpe y me tocó sacar la pelota sobre la línea del gol. Al terminar el primer tiempo, en el vestuario, el Míster se me acercó y empezó a gritarme: ¡Qué hace ahí perdiendo tiempo! ¡Su arco es el otro, carajo!

Ahora está escribiendo un libro de estrategia ofensiva y Pedrazzi de dijo que se hace preparar compactos de partidos en los que sólo se ven los goles. Cada tanto lo llevan a la cancha pero después no puede dormir de tristeza. Me digo que un día de estos voy a ir a verlo para evocar con él los tiempos en que nuestra vida estaba llena de goles.

Después del encuentro con el Cuco Pedrazzi en el Parque de Los Príncipes, fui a visitar al Míster Peregrino Fernández a un geriátrico de Neuilly, la zona residencial de París. Lo encontré con las piernas duras en una silla de ruedas. ¡Cuánta nostalgia al verlo! Recordé al cuarentón flaco, alto y melancólico que llegó como director técnico a Cipolletti, a principios de los sesenta. En aquel tiempo era capaz de hacerle frente solo a la barra brava que venía a apretarnos, de subir a la tribuna y discutir cara a cara con los que lo insultaban. Han pasado más de treinta años y yo estoy lejos de aquel centrodelantero que era en los tiempos en que recién aparecía el 4-2-4 y no estaba permitido hacer cambios de jugadores.

Para que me recordara tuve que ubicarlo, contarle algunas anécdotas sólidas que se levantaran entre las tantas y mejores que acumuló después, cuando se fue a Europa y Australia.

—¡Ah, vos sos el centrofóbal al que le robaron el coche cuando iba a patear el penal. Sí, me acuerdo, después fuiste a Racing...

—No, ese fue el Tincho Saldías.

—Qué malo era el Tincho, ¿te acordás? Donde se ponía él había un back cebando mate.

—Sí, pero el fue a Racing y yo no.

—¿Hizo goles?

—No. Dos o tres. Creo que después pasó a Colón de Santa Fe.

—¿Y vos?

–Yo hice el gol en la final contra San Martín.

–¿Cuál San Martín?

–El que había en Cipolletti.

–Pero después fuiste a San Lorenzo, con el Toto. Me acuerdo: Dobal, Rendo, Arean, vos y el Manco Casa.

Me quedé soñando un rato, como si lo que él creía recordar hubiese sido cierto.

–No, yo me lesioné y quedé mal. El que estaba en San Lorenzo era el Bambino Veira.

–Pucha, dirigí tantos cuadros que se me confunde todo. Y la memoria a esta edad... Pero si eras bueno me voy a acordar... ¿No sos el que fue preso por pegarle al referí en General Roca?

–No, ese fue el Paya González. Le hundió la nariz.

–Ya me ubico: te lesionaste la rodilla en el Inter de Milan.

–No, yo me arruiné la rodilla contra Centenario, en Neuquén.

–Claro, ahora veo. El nueve zurdo que desmayó al perro... Qué gol te comiste contra Pacífico, ¿te acordás?

¡Cómo olvidarlo, Míster! El chileno Jara se sacó dos marcas de encima, se abrió a la derecha y me la tiró a espaldas del dos de Pacífico; la dominé al borde del área y cuando vi que el arquero salía le pegué tan fuerte y tan mal que el pelotazo desmayó a un perro de policía. Al terminar el partido, el Míster, enamorado del juego bonito y creador del fútbol espectáculo, me dio una filípica y en la semana tuve que repetir veinte veces la jugada con al arquero nuestro.

Nos reímos mucho en el geriátrico. Le compré un helado de frutilla y me pidió que lo llevara a dar una vuelta por el parque. Había un sol espléndido, uno de los mejores veranos que había tenido París en muchos años. Al cabo de un largo monólogo, mientras yo empujaba la silla, el Míster Peregrino Fernández recordó sin pizca de arrepentimiento que más de una vez había puesto doce jugadores en la cancha sin que nadie se diera cuenta. Trece en el Standard de Melbourne, me confesó. Nadie se avivó y ganamos seis a dos. Claro que éramos locales. Hubo un tiempo en que el Míster hizo escuela con el fútbol superofensivo y ganó un vagón de plata. Inventó mil cosas: el volante fantasma, el estóper de cuatro patas, el líbero gentil, el puntero ausente; plantaba el equipo tan adelante que todos los rebotes nos dejaban mal parados y los partidos terminaban en goleadas. Llegó a la osadía, en Melbourne, de poner a un homosexual confeso como número ocho, volante por la derecha. A mí qué me importaba si el tipo tenía buen manejo y dirigía al grupo con más autoridad que esos taxistas que manejan de noche.

–Un técnico tiene que saber aprovechar todo el potencial de los jugadores. Yo en Australia no tenía negros y los africanos estaban de moda, no iba nadie a la cancha si no ponías dos o tres negros gambeteadores. Y bueno, lo llamé al suplente, un pibe bárbaro que no entraba nunca, y le dije: esta es tu oportunidad, andá y pintate de negro.

–¿Hizo goles, Míster?

–Ni uno. Para el gol hay un ángel especial. Un no sé qué. Lo tenés o no lo tenés. Vos viste: está lleno de delanteros que no hacen más de cinco goles por campeonato, ¡no es serio!

–En San Lorenzo el pibe Rossi estuvo como tres años sin mojar.

–¿Viste? En cambio vos eras como Scotta: pelota que te tiraban era gol o desmayabas al perro.

–Trataba de hacerlo, sí.

–Metiste el gol en Barda del Medio, donde estaba prohibido, y fuimos todos en cana.

—Me acuerdo, Míster. Discúlpeme.

—Así que te lesionaste allá, en el culo del mundo... Carajo, qué jodida es la vida. Mirame a mí: con un pie en el vestuario y otro en el crematorio; yo que inventé el wing electrónico.

—Ese no jugó conmigo, Míster.

—No, fue en Francia. Le pusimos un circuito impreso y detonadores en los tacos de los botines. Cuando corría echaba chispas como una estrellita de Navidad y no se le acercaba nadie... ¿Sabés cuál era la joda? No hacía goles. Llevame hasta el lago, ¿querés? Si me comprás otro helado te cuento la del arquero sin manos. Una final en Barcelona y yo pongo un arquero sin brazos. ¿Qué tal?

—¿Helado de qué, Míster?

—Chocolate y menta... Decime, ¿qué hacés acá con este calor?

—Estoy terminando una novela.

—¿Tiene gol?

—Algunos.

—Muy bien. Guarda con el back que tiene cara de asesino.

—Quédese tranquilo.

—Me acuerdo que me decías eso, sí... ¿De que trata el libro? ¿De fútbol?

—No. Trata de los goles que uno se pierde en la vida.

—Ya veo. Poneme a la sombra, pibe, que te cuento la del arquero sin manos.

Imagínenme así: un metro setenta y cinco, más bien flaco, bigote ancho como el que llevaba mi abuelo a principios de siglo. Ha vuelto a ponerse de moda. Pelo abundante y descuidado, patillas cortas. Llevo sombrero tumbado a media frente. Tengo carácter uraño y alma de calefón. Me lo dijo una chica que crucé en Marsella el día en que escapamos de la gran guerra, allá por el año treinta y ocho. Ahora ya lo saben: me derriten las palabras amables y las mujeres que fingen timidez.

Me llamo Gustavo Peregrino Fernández, pero la profesión me privó del primer nombre y me regaló otro, doctoral y vulgar: Míster. Míster Peregrino Fernández, entonces. Llevo muchachos a correr por los potreros de algún olvidado rincón de la patria. Trato de que se porten bien y dejen en la cancha lo mejor que tienen. Que no corran como poseídos detrás de la pelota. Voy de acá para allá por la parte fea del mundo. Soy un ganador incomprendido, corro por la sombra, tomo trenes y colectivos bajo la tormenta.

Estoy en un rincón de la Patagonia en el año 58. Llevo una semana estornudando contra el viento, cagando arena y orinando agua bendita. En las horas en que no trabajo voy a matear con el cura, que es un primor de tipo, una ficha que Dios perdió a la ruleta. Les decía que vengo de lejos. Siempre es así. En el año 36 fui a predicar mi fútbol a Europa, hasta que empezó la guerra y la chica aquella me dijo eso de que tengo alma de calefón.

Del 39 al 44 estuve en Casablanca, en el bar de Rick. Cuando no estábamos muy borrachos íbamos a jugar a la pelota cerca de ese aeropuerto que ustedes conocen. Después no sé qué pasó, a dónde se fueron Rick y su amigo Renault, el gendarme francés. Yo me quedé dirigiendo en un club de Tánger. Eran tan malos los jugadores que tenía que ponerlos a todos en el área chica para escaparle al descenso. Me acuerdo que el centrojás era un petiso con joroba, bastante corto de vista. Había que ponerlo porque el padre manejaba el mercado negro y proveía tabaco, papel higiénico y hojas de afeitar. Al centrofóbal tampoco lo podía sacar porque decían que era su amigo o su amante, nunca pude confirmarlo.

Me pagaban bastante para lo que era el mundo en ese entonces. Tenía un Studebaker modelo 34, cuatro trajes y a veces una mujer expulsada de algún harén suburbano. No sé, nunca me gustó preguntar. No voy a ocultar que estuve preso. Las cosas eran confusas y no se sabía con certeza lo que estaba bien y lo que estaba mal. Ni siquiera sé si fui yo quién disparó el revólver. Hacía calor, el ruido era infernal y el eslovaco puteaba y puteaba, decía que yo le debía plata y que me estaba metiendo en su negocio. De pronto cayó redondo con un agujero en la cabeza. ¿Tiré yo? ¿Tiró otro? Todos andábamos armados en la ciudad y en los bares liquidaban media docena de tipos por día. Sólo que este era un peso pesado y estuve a la sombra casi un año, hasta que el club reunió la plata para los jueces.

No sé si esto tiene alguna importancia. Ahora que estoy postrado en una casa para viejos, aburrido y esperando el fin, se me dio por escribir las cosas de las que me acuerdo y que pueden servirle a los jóvenes. Un escritor de la Argentina que pasó a verme hace unos meses me contó que los jóvenes no quieren saber nada con el ejemplo de los mayores, que olvidara la moralina y los consejos. Si es así, narraré latrocinios y vendetas, vejaciones y tormentos. Tengo 85 años y he visto bastante.

Sé que los militares pasaron una generación de idealistas a degüello. Después mandaron a otros a una guerra perdida. Los que sobrevivieron todavía no han superado el terror y se lo han transmitido a los hijos. Parece que sólo los tranquiliza llevar una tarjeta de crédito. Igual, yo no escribo para que me lean. Utilizo las lenguas que me vienen a la cabeza según el humor con que empiezo el día. Viví en tantos lugares diferentes que cada idioma está atado a un afecto, a un suceso. Escribiré en turco, en inglés y en castellano sin traicionar ni reprimir los sentimientos. En alemán hablaré de aquella chica de Berlín, en polaco del campo al que me llevaron por tratar con judíos, en inglés de mis incursiones australianas.

Había pensado en un manual que traslade las enseñanzas del fútbol a la vida de todos lo días, pero no sé si podrá ser. En algunos países mojigatos la gente vive colgada del travesaño; en los pretenciosos se adelantan tanto que terminan apuñalados de contragolpe. En fin, mis teorías no serán atendidas; tal vez tenga razón el escritor aquel, pero tengo mucha edad y no puedo remediarlo. Empiezo, entonces, con los años en el bar de Rick. Ustedes habrán visto mil veces la película: Tócala otra vez, Sam, Bésame como si fuera la última vez, dice Ilda, la enamorada. Pamplinas. Rick no quería a nadie, era un individualista al que se le habían muerto las ilusiones. Tócala otra vez, Sam. Quién hubiera dicho en aquellos tiempos que Sam iba a tener una posteridad. Murió en el año 47 o 48, me contaron. El bar cerró y andaba tirado, con dolores de cintura y reumatismo en las manos de tanto darle al piano. Había remontado en barco hasta Burdeos. Se metió en un cine barato donde daban una de las primeras de Robert Mitchum. Lo oyó decir: "El amor es como el azar, cuanto más lejos vayas más posibilidad tienes de ganar", y ahí nomás se murió. Tal vez era la época: estaba plagada de existencialistas, vividores y socialistas románticos. A Sam le habrá pasado lo mismo que a mí: sólo el socialismo te ofrecía futuro. Muchas veces había que morir para que los otros siguieran viendo más allá de la nariz, como el Che antes de ser un montón de huesos ofrecido a los turistas. Pero bueno, caer estaba en los cálculos. Se moría menos por accidentes de tránsito y más por un futuro imperfecto.

En mi vida he visto distintas épocas de varios países. Los he visto encanallados, valientes, resignados, corruptos, cobardes. Vi la aterrorizada Alemania de Hitler ensañarse con judíos y comunistas. ¿De qué les sirvió tener a Heidegger? Los hombres decentes se expatriaron: los hermanos Mann, Freud, Peter Weiss, tantos más. Vi miserias de las que no me atrevo a hablar todavía.

No me va a ser fácil hilvanar con el fútbol. Yo fui uno de los primeros que vio la inutilidad de mantener wines estáticos haciendo firuletes por la raya, pero nunca pensé que al desaparecer los wines desaparecería un modo de vida. También afuera de la cancha. Habíamos acabado con la belleza para asegurar la rentabilidad de los equipos. Mandamos a esos endiablados chiquitos a correr de acá para allá, a sacrificarse, a colaborar con los que no sabían cómo se chanflea una pelota. El otro día vi a un tipo de cuatro millones de dólares, sin arquero por delante, tirarla afuera. No la embocó en un arco de once metros de ancho ni siquiera con esos zapatos de ahora, que vienen preparados con alerones y muescas de modo que hasta un enyesado pueda hacer un gol olímpico.

Allá por el cincuenta y ocho, en Tánger, mi centrodelantero era burro pero feliz porque sentía que tenía una misión y la cumplía. No iba a buscar la pelota, pero si se la daban a quince metros de la valla los arqueros sudaban. *Dur, violent, au coin enchanté*, me decía. Fuerte y bajo, al rincón de las ánimas, me atrevo a traducir. Tiempo después, así como Sam murió en una butaca de cine viendo y oyendo a Mitchum, mi delantero llamado Agustin se rompió la cabeza contra un poste al ir a buscar de palomita un centro mal colocado.

No quiero irme también yo sin antes declarar que soy uno de los responsables de la desaparición de los wines. Me gustaría evocar, además, a los backs centrales de aquellos tiempos. Uno era asesino y el otro caballero; pero eso lo dejo para otro día. Estoy cansado, tengo más edad de la que he confesado y la enfermera se acerca para llevarme a cenar. Acá en París nos acostamos muy temprano y ahora que se acerca el invierno lo único que puedo hacer es mirar viejas películas, leer viejos libros y evocar viejos partidos. No tengan piedad de mí: la memoria, si voraz y violenta, es una materia exquisita.